金匠一号

魏枫 著

Goldsmith First

中国言实出版社

图书在版编目（CIP）数据

金匠一号 / 魏枫著 . -- 北京 : 中国言实出版社，
2021.6

ISBN 978-7-5171-3216-5

Ⅰ . ①金… Ⅱ . ①魏… Ⅲ . ①长篇小说－中国－当代
Ⅳ . ① I247.5

中国版本图书馆 CIP 数据核字（2021）第 120366 号

出 版 人　王昕朋
责任编辑　王建玲
责任校对　崔文婷

出版发行　中国言实出版社
　　　　地　　址：北京市朝阳区北苑路 180 号加利大厦 5 号楼 105 室
　　　　邮　　编：100101
　　　　编辑部：北京市海淀区花园路 6 号院 B 座 6 层
　　　　邮　　编：100088
　　　　电　　话：64924853（总编室）　64924716（发行部）
　　　　网　　址：www.zgyscbs.cn
　　　　E-mail：zgyscbs@263.net

经　　销　新华书店
印　　刷　北京中科印刷有限公司
版　　次　2021 年 7 月第 1 版　　2021 年 7 月第 1 次印刷
规　　格　880 毫米 ×1230 毫米　1/32　9 印张
字　　数　190 千字
定　　价　48.00 元　　ISBN 978-7-5171-3216-5

目 录

金匠二号

　　我听见掘土的声音从棺顶往下一点点地掘进，一点点地清晰，不慌不忙。没多久，就传来一阵子嘈杂声，棺连同我的尸骨一起被几根铁棍撬动后，被几根绳索稳稳当当地吊出土眼，悬在空中，那感觉就像是浮在水面，浪花不时拍打着棺，棺在水面荡漾，我在水面荡漾。这个过程很慢很慢，当然我晓得我不是浮在水面上，而是浮在前不久那十六个男人或老或嫩的肩膀上，是他们把我抬进土眼的。

　　地仙给我堪舆的土眼沙石累累，尽管八个开山的乡亲汗得一身透湿，皮肤晒得墨黑，手掌磨出血泡，沙子溅进眼睛里，也像我们金匠一门心思镶嵌一枚漂亮的绿宝石，焊接一条精美的金项链，想方设法挖一坨金子一样，在我下葬的时间点前小心翼翼地将土眼打造得方方正正，所花费的工夫超过打鼓垄以往任何一个土眼的几倍。

我记得那时在路上歇了三回，虽然路程并不远，也就一两里，但是他们满脸涨得通红，脖颈上的青筋条条绽出，两脚几乎就要在毫无预兆的情况下突然跪倒在地。都是赶猪匠做的好事，给我挑选这么一副水泥棺，连同我的尸骨、陪葬品一起，起码上千斤。打鼓垄历史上没埋过上千斤的棺，这我晓得的，尽管这些年我走遍全国各地，待在家里的时间少之又少，但至少也抬过上百副棺。

说实话，抬棺都是有套路的，八个人的步子要是不一致的话，棺就会摇晃，扁担会从肩膀上滑下来，砸在脚上掉到田坎下或者阴沟里。当然，还有一件顶重要的事，就是给寿杠套索子，这可是技术活，套不好的话，抬到半路上棺会掉到地上，这是孝家的大忌，因为棺在没进土眼前，是不可落地的。在半路上歇气，棺要搁在两条长凳上，因为棺掉在半路上，亡灵回不了家，变成孤魂野鬼，夜夜在田间地头房前屋后游荡喊叫，让活着的人心惊胆寒。虽说是鬼话，但老祖宗几千年来从不怀疑，在打鼓垄像赶猪匠这号上了年纪的人，这是最忌讳的。遗憾的是，那些满哥或者说读书人，不单单嗤之以鼻，还一口咬定是迷信。就说我的崽黑伢跟翠鸟吧，我曾经一次次对他俩说，大人的话往往是很灵验的，不单单要听，还要记在脑壳里。我给他俩举了个例子，我亲身经历的。话说分田到户那一年那一

个抓阄的夜里，我情绪非常激动，"终于要分田了，要是抓阄
能抓到家对门那连着的三丘肥肉田，就好啦！反过来，要是抓
到弯头冲的沁水田，或者磐基滩的干旱田，不但要抬扮桶、捎
犁耙、担谷爬垄过坳，付出比做家门口田几倍的劳力，亩产还
很低。怎么办呢？"我沐浴更衣，跪在堂屋神龛下冥纸香烛燃
烧出的缕缕烟雾里，双手合十，念念有词，随后右手朝空中一
挥，两条桃花鱼似的竹卦飞出指尖，在空中划出两条好看的弧
线，在泥地上活蹦几下后，发出清脆响亮的"吧嗒"声，像是
绽放出两朵好看的花。我接连打了三卦，卦卦激荡心弦。我二
话没说，转身离开了家，来到生产队保管室。明亮的灯火悬在
大桌子上空，悬在黑压压的头顶，悬在激荡沸腾的心上，叶子
烟、汗臭、口水、鼻涕、煤油的混合气味弥漫在空中，牛卵大
的眼珠，钢针尖的眼光，穿不透青花瓷的质地，猜不透纸团的
密码，戳不破古老的法则。梦寐以求的肥肉田，三十年不换主
的肥肉田，全凭神灵的点拨，在伸手之间。当队长喊"下一个，
金匠二号"时，我锉刀般粗糙的手，伸到碗边，我看见阿爸的眼
睛，就隐藏在青花瓷边，隐藏在青花瓷底，隐藏在纸白的皮面，
"崽呀，看见冇？那三丘肥肉田，就在那个闪光的纸团里，那是
我的眼睛在眨"！我笨拙的指尖，捻起那个纸团，像捻一坨沉甸
甸的金子。"啊，阿爸，崽终于抓到屋门口三丘肥肉田了！"我
至今回想起当年抓阄的情景，仍止不住激动的情绪，可惜我的两
个崽，除了深信五满丘六满丘七满丘是我家的田外，对于阿爸那
夜是如何打卦求助死去的公公，死去的公公是如何显灵的故事情

节半信半疑，要是把讲述者换作别人，他们简直会嗤之以鼻，甚至嘲笑这纯粹是骗细家伙的把戏。有什么办法呢？年轻人，不信乱弹。

不晓得棺在空中摇晃了多久，就突然不动了。倏忽间，我看见棺盖被撬开抬走了，眼上方顿时一片明亮温暖，我又回家了，回到跟堂客困觉的房了，嗅到了被子枕头蚊帐跟她身上的香味，当然还有我的汗臭味。我堂客粗糙的手掌拍打着棺框边，尖尖的指甲鲜红，薄薄的嘴唇朱红，圆鼓鼓的眼睛血红，两行泪水从棺上方坠落到我的丧服上，痛不欲生，被几个乡邻架开。我在感动的同时，内心却翻江倒海，五味杂陈，她是打鼓垄一朵金花，我在外地奔波想着她，打鼓垄在家游手好闲的畜生暗地里撩她，还有，唉。我看见一双双熟悉的、惊愕的、悲伤的、怜悯的眼光，从棺盖腾出的地方，齐刷刷地朝我扑来，我眼泪长流，乡亲啊，尘世啊，从此与我无缘。我的不舍，我的留恋，从此向谁诉说。

我的陪葬品，是一枚白得耀眼的银章，上面篆刻着我跟打鼓垄的名字，我在世时精心打磨的杰作，就像一颗珍珠，含在嘴里，百年以后，我的子孙后代，会记得一个叫洪石奎的先人，曾经背着箱子拿着锤子，跟打鼓垄一帮金匠，走遍千山万水，传播打鼓垄璀璨的青铜文明。

且说 1936 年，时值惊蛰。我叔公洪田凹到家对门菜地挖土，一锄挖下去，"哐当"一声，手震得发麻，锄头歪倒一边。他以为挖到了石头，没放在心上。第二年惊蛰那天，叔公又去挖土，一锄挖下去，又是"哐当"一声，手震得发麻。叔公终于下定决心，要把它挖出来，免得年年碍事。就这样一点点地挖，一点点地刨，不想，挖出的并不是石头，而是一个又笨又重的怪物，他性急回家喊来伯公，把怪物悄悄地抬回家，用清水洗掉泥巴，用盐酸去除锈迹，于是，五牛鼎尊贵的容颜在埋藏三千多年后横空出世，熠熠生辉，那细若游丝的金线，那天衣无缝的焊接，那一气呵成的锤路，那花样百出的纹饰，美得让人心醉，仿佛不仅仅是一件青铜器，还是一个鲜活的生命，注定被载入打鼓垄史册。叔公由衷地感叹，对鼎的铸造工艺之谜及三千多年前的打鼓垄不停地追问。可是，在伯公的煽风点火下，叔公以三百块大洋的价钱，把五牛鼎卖给了街上一个古董商，古董商又以三千块大洋的价钱卖给了长沙城的几个皮革商，当皮革商准备以五万块大洋的价钱卖给一个英国古董商时，哪知走漏了风声，被县府抓获并没收归公。抗战期间，五牛鼎被日本鬼子投下的炸弹炸成二十七块，躺在一家银行的库房里无人问津。新中国成立后，文物专家找到五牛鼎，历时数月予以修复，终于再现了它的尊容。经文物专家考证，被认定为稀世国宝，珍藏于国家博物馆。一时间，打鼓垄名震全国，当地政府邀请省里的专家，在我叔公那块菜地周围又发掘出上百件的铙、鼎、卣、瓿等（均为青铜器，其中尤以青铜铙最多），并在打鼓垄集镇建起了一座青铜博物馆。现在，我叔公跟伯公，还有我阿爸，早就归于尘土，省里市里来的记者，每每来采访，就要采访我，因为我阿爸在世时，常常跟我讲起叔公当年挖国宝的那档子事，说得眉飞色舞口沫横飞，满脸的嘚瑟跟骄傲，三千多年间，无数次电闪雷鸣没劈出她，无数次地动山摇没崩塌她，无数铁蹄没踩出她，无数战轮没碾出她，唯独被我叔公用锄头挖出，真神奇啊！我阿爸怎能不嘚瑟跟骄傲？

考古专家试图破译刻在鼎内侧的"犰"字，以及她为何地人所造，有人说她来自数千里外的中原大地，随军队的征战流落于此，但更多的人（包括我叔公伯公）说，她无疑是打鼓垄金匠的杰作。

我常常站在叔公家当年的那块菜地上，像一位智者沉思冥想，恍惚间看见，三千多年前，在打鼓垄盆地，先人们修筑了高大的城池，国王犰的旌旗在城楼上迎风飘扬，猎猎作响。犰命令作坊里的十八个工匠，从盆地的泥土沙砾岩石间，提炼出一种坚韧耐腐蚀的金属物质——金铜。他们精挑细拣，冒着风寒顶着酷暑，一点点地积攒，到开工时，犰赐予十八名工匠每人一根又尖又长的鱼刺，命令工匠们刺瞎自己的眼睛。工匠们在痛苦绝望间领悟了犰的良苦用心，因为精湛至尊的金鼎只有双目失明的匠人才能打造出来。

双目失明的工匠在人称驼子大师的带领下，在与外界隔绝的作坊里，在黑暗中，挥舞锉子、錾子、锛、凿、斧、锤、磨石，凭着娴熟的手法深刻的记忆，精心构思，将牛头、牛角、牛腹、牛脚的形状、色泽、纹理移植到鼎上，在鼎的躯体上精雕细琢出云雷纹、饕餮纹、鱼鳞甲、蛇鳞甲、羽毛，集线雕、浮雕、圆雕技法于一身，将平面图像、立体架构和动物形状巧妙地融合起来，如狂风扫落叶，似山洪冲决堤坝，流畅刚劲有力的圆点、弧线、直线，乌青发亮的色泽，栩栩如生的造型，磅礴的气势，至尊的地位，深刻的寓意，无与伦比。十八名工匠，前前后后耗费十八年心血，经历十八次浇铸、雕刻跟打磨。驼子大师，精湛的技艺达到永恒，成就了鼎的至尊。遗憾的是，为了让后人铭记自己的功勋，驼子大师偷偷地在鼎外一头牛的眼皮下刻上了他的签名，那几乎是用肉眼无法辨识的名字，却被一名嫉妒他的工匠告发，愤怒的犹于是赐予大师一杯毒酒。剩下的十七名工匠在大功告成之日，家人收到了犹赏赐的牛羊跟谷物，同时也收到了亲人的尸体。从此，五牛鼎成了千古之谜。

时至清朝末年，名震天下的湘军在全国各地战场上所向披靡，一路上攻城略地，除保卫了边境、国土的安宁外，还携带着或缴获或受到朝廷赏赐的无数金银财宝，回到了家乡。就说当年曾国荃率领的湘军攻陷了太平天国的首府南京那阵子，湘军将士的铁镐掘遍了南京城的每一个角落，别说金银财宝，就连城墙上的一根根木方也被吊到船上，顺长江而下，由洞庭湖进入湘江，再用竹筏、骡马、土车等运回了打鼓垄，可谓捞得盆满钵满（哈，我的祖先）。于是，打鼓垄金匠被将军们请去为大婆子、细婆子、爷娘制作犹如皇帝头戴的皇冠，后宫妃子头戴的金簪金针，金手镯般的金器。于是，"叮咣叮咣"的捶揲声，宛如一支支曲子，在将军们豪华的大屋里荡起，飘到打鼓垄悠远的天际。

到了20世纪60年代，就很少打金了，转而打章子，我们在章子上打出的是篆字，是花鸟虫鱼，起先打木章子，后来打铝章、铜章、银章、银首饰，用银圆（又叫花边）、散碎银子为细家伙打制脚圈、项圈、手圈，脚圈上吊着的铃铛，项圈上吊着的百家锁，手圈上爬着的两条龙，栩栩如生，活灵活现，充满了金匠的灵气、思想跟泥土的香味。金匠嘴里含着一根细长的铜管，将木炭或成捆的蜡烛燃烧出的火焰吹到银坯上，大自然的气流被源源不断地从鼻孔里吸进去，从铜管里喷出来，将银坯熔化成坨，手起锤落，银坨被捶摞成薄薄的银片，再在铜模具上压制出两片百家锁的外壳，用錾子在外壳上雕刻出"双龙戏珠"的图纹，把写好百家姓氏、细家伙出生年月的红绸子，放进被焊接起来的两片百家锁内壳里。然后，在铜模的圆孔里压制出铃铛的外壳，做成一个个铃铛，焊接在百家锁外壳下方。最后，通过拉丝、编织、焊接出银链条，将百家锁连接起来，挂在细家伙的脖颈上，百家锁宣告制成。所谓"写好百家姓氏的红绸子"，指爷娘为了防止细家伙走丢，或者家门口有池塘以防被淹死，或者前头生的崽因种种不幸而夭折，就根据老人们的教诲，在细家伙可以下地走路时，背着袋子，拿着红绸子，一边讨米，一边请施主在红绸子上写上自己的姓名，直到写满一百个为止。讨到的米，无论多少，都要交给金匠作手工钱。据说，戴了百家锁的细家伙，上天在冥冥之中会保佑他一生平安。

我家数代都是金匠，阿爸告诉我，在我们洪氏族谱上刻印着一幅画：在一栋低矮的木屋前，摆着一个五十厘米高的木箱，箱子贴着白纸的一方正对着街，白纸顶格写着"洪记"两个大字，一个瘦瘦的男人，头戴盆帽，身穿浅绿色的长袍马褂，脚穿黑布鞋，伏在箱子边，右手扬起铁锤，左手不知抓着什么工具，全神贯注，温暖的阳光洒在他身上，盆帽遮住了他的脸。阿爸说，那是我公公的公公。可惜在那场轰轰烈烈的运动中，洪氏族谱被一把大火焚烧，化为灰烬。

我阿爸一生讨了三个堂客，第一个堂客生了个妹子，第二个堂客又生了个妹子，第三个堂客直到四十岁才生了我，前头生个崽夭折了，阿爸生怕我再夭折，就打制了一把百家锁，让我一直戴到七岁。

我很小就随阿爸到集镇打章子，后来发现流动的生意更好做，就跟着阿爸用帆布袋装着工具、打章子的原材料，到外地的大街小巷摆摊。直到把沉甸甸的原材料用完、荷包里的票子鼓起来，才满心欢喜地踏上归途。改革开放后，一切都变了，打鼓垄的木匠、漆匠、师公、泥水匠、农民，背着箱子，握着锤子，坐班车，搭火车，天南地北打章子，打金银首饰。打鼓垄，被冠以"青铜之乡"的美名。

我想，为什么一回到打鼓垄，就遭此毒手，我究竟得罪了哪个？当刀子捅进我胸脯的瞬间，我整个思绪飘到了成都，眼光紧紧地盯着新龙门客栈的金匠，浓妆艳抹的藏族女人，腰间挎着藏刀的藏族汉子，细皮嫩肉的小姐，细声细气的婆婆，我努力回想与他们打交道时的细枝末节，我承认，每次从成都回来，我总是把打金的秘密捂得紧紧的。我胆战心惊，焦虑难熬，夜里梦见有人拿刀子追杀，我慌不择路，逃到江边，前有堵截，后有追击，我纵身一跃跳进江里，接连呛了几口水，我游啊游，

游啊游，肚皮下，是深不见底的吸人的江水，我手臂又酸又疼，力气一点点地耗尽，我就要死了，我年纪轻轻，拖家带口，连福还没享啊。我要活下去，我要游到江对岸去，可是我的手臂像没了骨头一样，一点力气也没了，身子在慢慢下沉，大口大口江水涌进肚里，把肚皮撑得像个皮球。我就要沉入江底，被大鱼一口一口撕碎，被水鬼拖入滚滚洪流。我听到了我的呐喊声："我不能死，要活！要活！"我醒来了。我看见自己躺在床上，一身汗得透湿。堂客问我，我没作声，后怕得发抖。闭门躲客三天。三天后，我时刻观察周边的动静，一有风吹草动，就见机行事。凡是从成都回来的金匠，只要没结仇，就去打听那边的消息。这次，我又在家躲客，后来粑粑回了，他悄悄地告诉我，说在我离开新龙门客栈后，一个藏族女人来找过我，声称要打一副金项链，谁打都不行，非要我。她深褐色的皮肤，藏袍上嵌着珍珠跟玛瑙，浑身散发出牦牛气味，一双眼睛眨个不停。头一回，我老老实实给她打了一副空心大耳环，连加工费也没收。当时客房就我跟她，趁帮她戴耳环的机会，我摸了她的耳根跟头发，又斗胆去摸她奶子，她居然把我的手按在胸脯上，然后猛地一拉，把我死死地搂在怀里，力气之大，足以让我窒息。

第二回，第三回，我拿着她黄澄澄沉甸甸的金子，一瞬间怦然心动，恨不得拿到嘴边舔，亲。可是，我的手，这个不争气的东西，抖了，就像头一回对顾客的金子下手那样抖。作为金匠，最让人耻笑的莫过于抖这个字，它是懦弱、胆小、惧怕、窝囊的代名词。曾经，金匠粑粑就一度因为抖，竟然将挖到的金子抖到顾客的眼皮下，遭一阵死打，以至于一拿金子，就害怕得哆嗦，被金匠们茶余饭后一次次地嘲笑。我在内心告诫自己，不能抖，不能抖，我是个老手，挖金的绝技就是我创造发明的。我内心趋于平静，一狠心，挖了一坨金子。后来她又来了一回，就是这次回打鼓垄之前，蠢得要命的藏族女人，还蒙在鼓里。然而，粑粑说，那天她神色惊慌，形迹可疑，叫我最近不要去。嘿，她总算发现了，要是栽在她手上，说不定连命都没了。我要小心再小心，谨慎再谨慎，不到万不得已，成都是去不得的，即使去了，新龙门客栈、华天街也去不得，悦来客栈、文殊院倒是可以去。但是现在一切都过去了，我死了，我不晓得是藏族人，还是别的客人，或者跟我有仇的金匠害死的，总之，不外乎这些人，都是金子这家伙闯的祸。金子啊金子，为了得到你，有多少金匠被客人追杀，有多少金匠被警方通缉。哦，我想起了金匠一号那个蠢货的警告，后悔当初没听他的话，才落到这个下场。也许你认为我的死，是罪有应得，但是，我并不这么认为，试问，如果我们只拿加工费的话，哪有钱交房租？哪有钱养家糊口？金匠越来越多，福建的莆田，广东的潮汕，与我们湖南打鼓垄金匠，像三张巨网，撒向全国各地的大街小巷，为了打金的营生，为了抢占地盘，不惜火拼，生意越来越少，靠加工费连房租都交不起。也许你们又会问，那你们何必出来打金？你们可以到建筑工地担灰桶，可以进厂打工，可以到街上开店，可以到工业园开厂当老板，七十二行，行行出状元。

我说，你们是站着说话不腰疼，试问，难道我们世代打金的荣光就这样消失？打金的技艺就这样荒废？不能，我们绝不能失去金匠的身份跟荣光，绝不能就此金盆洗手，不但要延续千百年来的打金传统，还要做大做强。

你们至今也不晓得我是怎么死的。就在我前几天刚刚从成都打金回来，在一个大雾弥漫的夜晚，有人从背后突然袭击我，一刀将我捅倒在地，在我的脑壳、胸脯、肚子、腿把子、手臂上一顿乱捅。后来我数了一下，一共十七刀，刀刀要命。我清楚地记得，当时仅仅叫了两声，就再没吭声了，那个该千刀万剐的家伙，在我大腿跟肚子上踢了几脚后，又搬大石头砸我脑壳，然后拖到刺蓬里，扔进其间一个隐秘的枯井里。那里的一窝蜈蚣像蚂蚁一样爬满我的身躯，像饿狼一样撕扯吞噬我的皮肉。当我看到血从刀口涌出时，我感觉身体分量在一点点地减轻，在一点点地被掏空，而思绪却变得越来越飘逸轻灵，几乎感觉不到一点点痛苦。在我肉体就要变成干树枝时，灵魂像一缕青烟，迅速与肉体剥离，升到空中，像一只鸟在旷野飞翔。我看见法医用酒精棉球将那十七道刀口上的血痕一点点吸收干净，用尺子仔细测量后，相机"咔嚓咔嚓"响。锋利的手术刀麻利地剖开胸腔，像剖开青蛙的肚皮。我的内脏被迅速摘除，浸泡在容器里。随后，法医飞针走线，就像去世的阿妈在缝补一件衣衫，麻利地把剖开的皮面缝合。锣鼓叫，鞭子响，师公摇曳引魂幡，吟唱声长长短短高高低低。黑伢、翠鸟、水仙身穿孝服，手挂哭丧棒，围着我尸体拜了又拜，喉咙嘶哑。我躺在土眼里的日子，无时不在诅咒那个该千刀万剐的家伙，愿他到阴间后，阎王爷将他丢在油锅里慢慢地煎熬，在蜈蚣、毒蜘蛛、恶蛇盘踞的洞穴里，被一点点地撕咬，在结束生命的过程中，他遭受的疼痛至少超过我疼痛的百倍千倍，那样我就能像挽联上写的"驾鹤西去"了。

黑　仔

　　他是个戴着琥珀色眼镜、黄皮寡瘦的小老倌子，雀爪般的手上青筋条条绽出，像一根根枯藤。他一次次满怀期待来到我家，然后一次次背负诅咒、怨恨、哀叹声离去。他在课堂上给我们解读两千多年前就诞生了的仁义，同学们听得耳朵都快生茧了，以至于只要他唠叨那词，下面就都在开小差。我是例外，因为他深陷的眼光看上去，就像八月深秋里的阳光那么纯粹、执拗、凌厉。但当我瞅阿爸直挺挺地躺在棺里面目全非，再也没醒来，而让他滴尽最后一滴血的畜生，却早已消失得不见了影踪时，就觉得那词——小老倌子天天挂在嘴边的词，只不过是在欺骗我们这些嘴上还没长毛的细把戏而已——趁我们脑壳里还是一张白纸时，就将那词填上去，填满，等将来好支配和使唤。

是的，我不再相信，也不愿再见小老倌子佝偻的影子。但阿妈恰恰相反，为使我依照她心愿行事，她手里的竹棍子左一下右一下，在我腿肚上抽出一条条就像吸足血的蚂蟥的红杠，鼓着那又大又圆的眼珠，用涂得血红的手指，指着我的鼻尖咆哮："不读书是吧？就去山上砍柴，上午砍一担，下午砍一担！"试图以繁重的苦力来倒逼我背着书包去读书。

但她的算盘打错了，尽管腿肚上隆起的红杠火烧火辣疼，我也没吭声，换上阿爸生前穿过的那身散发出汗臭、金属和酸液气味的夹衣夹裤，那双用旧轮胎精心制作的皮草鞋，柴刀磨快，扦担上肩，去了茶子山。当我将一担百多斤的湿柴从肩上往地坪上一放时，她晓得就是以死相逼，我也不会让她如愿以偿了。而当她惊异的眼光落在我肩胛上的一汪汪血泡时，竭力压抑着从心底奔涌上来的、足以摧毁坚固心理防线的哭声，说："崽呀，你怎么这样犟咯……"

那夜，一个我熟悉的影子出现在月色朦胧的地坪前，与我隔着十来步远的距离。他矮胖，腰有水桶粗，穿着一件白衬衣，一条浅蓝色短裤，一双浅口皮鞋，额上的皱纹弯曲得足有筷子粗，一眨也不眨的眼睛里闪烁着一种捉摸不定的东西，那东西没有气味没有形状没有质感，是一种背着犁铧将一片片潮湿的新鲜的泥坯翻耕过来的公牛，突然不听你的使唤了，在你绷紧牛绹绳、举起竹棍子就要抽到它头上去的时候，它的前体下意识地塌陷下去，鼻子一个劲地绷着牛绹绳向后退，眯缝着不时颤抖的眼睛。

我眼睛一眨也不眨地盯着他，豆大的冷汗从额上顺着脸颊直滚下来，掉在地上，嗒嗒作响。他的眼光紧紧地盯着我，然后转身，顺着门前的小路朝前走去。

我在颤抖和哆嗦中，跟在他身后，细声喊："阿爸……阿爸……"

他随即回头看了我一眼，没吭声，继续朝前走去。我跑到屋檐下摸了一把锄头，追了出去。夜里的北风刮起小路上的尘埃，在空中打着旋涡，钻进眼眶，好一阵才将一粒沙砾眨出来，而那个影子却不见了。我四下张望，为刚才的那粒混账沙砾而气恼。我向前跑了一阵，又停下来，那个影子竟然又出现在眼前，他回头看了一眼，随即又隐去了。我举着锄头奔过去，一颗颗冰冷的汗珠从额上滚下来，和泪水混杂在一起，模糊了视线。

"是人是鬼？"我喊道。

它像是传说中的鬼魂，来无影去无踪。它又像是真正的人，和阿爸一模一样。在我迷失在田埂上或者干枯的田野间的时候，它会在我眼前显一下，然后隐去了。

直到把我引诱到那枯井边，才停下来，说："崽呀，不要怕，我是你阿爸……"

我不晓得手里的锄头是怎样落下去的，在空旷的荒凉的田野上，在冰冷的月色里，我捂着眼睛的颤抖的双手慢慢地松开，慢慢地让视线从手指缝里漏出，投到他影子上。瞳孔一点点地放大……放大……然后把整个手指从眼睛上松开，哭道："阿爸……阿爸……"

他指了指枯井，就回头死死地盯着我。

我哭喊道："阿爸……阿爸……"

我眼睛睁得灯泡大，站在那里哆嗦打战，汗水和泪水模糊了两眼。他离我越来越近，越来越近。我却不能动弹，只能听任摆布。

"崽呀，你才是洪家真正的男人，给阿爸报仇……"然后鼓着灯泡大的眼睛，张开双臂，朝我做着拥抱的姿势。我害怕地闭上了眼睛。在我感觉到他并没有拥抱我的时候，他早就隐去了。

我将禾蔸踩在脚下，一蔸蔸，一排排。我将原野上的稻草垛一垛垛地点燃。燃烧。燃烧。燃烧。火焰冲天，照亮了我，黑夜，打鼓垄，那罪恶的魂灵。烟雾冲天，在风中飘摇。我在火焰和烟雾里奔跑、跳跃跟尖叫。

稻草垛在火光中"噼噼啪啪"的响声，在空旷的原野上像孤魂冤鬼在咆哮，在撕裂。乡亲举着木棍、铁锹、扁担，用他们泥性的嗓门呼喊、尖叫：他——癫——了。他——癫——了。他——癫——了。

脑壳一夜之间被许多奇奇怪怪的东西填得满满当当，几乎就要爆炸了。爆炸了。我不愿在任何人前提及阿爸，也不再跟要好的伙伴玩耍了，我寻不到凶手，没面子。

我身高一米八，背稍驼，手臂跟胸脯上长出黑毛，长头发时不时盖过眼睛，我习惯性地向左一甩脑壳，长头发就潇洒地飘到左额上。我穿着脚跟被磨破的凉拖鞋，浅蓝色的大短裤，将褪色的蓝背心搭在右肩上，来到铁铺，将一张精心绘制的大刀图纸递到鲁铁匠眼前，一再声称必须打足五十斤。鲁铁匠打过菜刀、篾刀、柴刀、铡刀，却从没打过大刀，更莫说五十斤的巨重了。他用惊异的眼光打量我，像闻到了血腥的气味，听到了"救命"的喊声。我叫他不要屎少屁多，要多少钱尽管开口。他说他只是个铁匠，只对每一件铁器的质量负责，至于因为铁器闯出的祸，跟他一毛钱关系也没有。当然，工钱少一分钱也莫想。最后就是，如果我不答应帮他打下手，就莫想让他开炉，给再多的钱也没卵用。炉火烘烘燃烧起来，我光着背，抡起铁锤，黑铁砸红铁，汗流浃背，配合着将大刀打出来。

沙袋吊在横梁上，我光着膀子，站着马步，"呀——""呀——"，吸气，吐气，拳头击打着沙袋，沙袋沉闷地扑腾一声。脚尖踢打着沙袋，沙袋荡秋千。我大汗淋漓，手脚麻辣火烧疼。清晨，透过木格窗棂，家人能听到我"嗨——""嗨——""嗨——"的操练声。在晨雾弥漫的田埂上，人们能看见一个身材高挑的伢子大腿间绑着沙袋、满头大汗奔走的影子。我还设计了一张图纸，来到打鼓垄外的翻砂厂，从那里扛回一双八十斤重的铁鞋。我用牛皮做成鞋面，试走几步，麻绳深深地勒进了脚背肌肉里，就像船身吸进水里。肌肉很满，足够撑起八十斤的重量，但麻绳的边缘锋利如刀，汗水滴进破损的肌肉里，像撒下一把盐。我在麻绳上缠上厚厚的布。于是，不出多久，铁鞋越穿越轻。最后，竟然能穿着它爬到高高的茶子山顶，踩着单车在公路上飞奔。当我脱掉铁鞋时，身轻如燕，个把人高的土墙一踮脚尖，轻轻一跃，就像条鱼翻了过去。

有时我也光着背，端坐在阿爸的木箱前，将一块花边（袁大头）搁在一截木头上，用焊枪烧熔，淬火，用钳子夹住，手起锤落，叮咣，叮咣，叮咣叮咣，满屋的捶搀声，响出很远。多熟悉的声音，仿佛坐在木箱前的不是我，而是身材矮小、脖子粗大的阿爸。我常常在放学回家快跨进地坪时，就远远地听见这响声，它充满节奏、力度、质感跟热情，好像不是在捶搀，而是在演奏。

我背着一个看上去里面装着重物的布袋，大摇大摆地从站在车门上的售票员眼前走过，朝过道走去。我看见一道道陌生的惊呆的目光，落在我手臂跟胸脯上的黑毛上。她站在车门上吆喝："到南站的吗？""到南站后面还有座位。"车子在颠簸向前，不停地有邋遢的鼓鼓囊囊的蛇皮袋从背后挤过去。她不停地重复"请大家打票"的话，好像乘客都是聋子。破旧的客车，在奔跑，窗外的田野山岭，从我眼里向后退去。我听见她一点点地朝我挤来，一点点地靠近，睃了一眼我胸脯上的黑毛，挤过去，说："请没打票的打票咯。"

窗外的田野、山岭以及芜水河从我眼里向后退去。客车吐着黑烟，在奔跑。

在火车站熙熙攘攘的人流中，我肚子吵闹，嘴皮干巴，大摇大摆地走进车站饭店，将桌上一大杯凉茶"咕噜咕噜"灌下肚。等一盘青椒肉丝、一盘红烧猪脚、一盘萝卜炖排骨汤外加三大碗米饭上桌后，狼吞虎咽，风卷残云。然后嘴一抹，大摇大摆地走了。我听见有人在背后喊，接着听见一个人追上来，是一个留着饭铲头的满哥，右脸一颗黑痣上拖着一根长长的红毛。他堵住去路，老鼠眼里喷出蔑视、仇恨的火焰。长发又盖过眼睛了，我脑壳向左边一甩，从背上抽出大刀，六月的阳光，在刀刃上火辣辣地闪光，刺得饭铲头睁不开老鼠眼。他点头哈腰，说："大哥，好走，下次再来，再来哈。"

两个月后的一天，我携带着城市的喧嚣气息和重重的挫败感，踏进家门。我下巴瘦得尖尖，眼窝深陷，皮肤墨黑，面色憔悴。阿妈烧了一大壶热水，叫我洗了个好澡。一声不吭地在一个灶上煮饭，在另一个灶上炒菜，手脚麻利的程度，从没有过的安静，简直不是之前的阿妈了。我一下吃掉三大碗饭，两大碗猪肉，十五个鸡蛋，然后倒在桌边呼呼大睡。

此次离家，我走遍了湘北、湘南及鄂西城市的街巷，拿着那个手臂跟胸脯上同样长着黑毛的家伙的照片，问过了摆摊的金匠、开店的老板、讨饭的乞丐，在长沙火车站出口，凡是背着木箱的打鼓垄金匠，都被我打听一番。可惜，没一个说最近看见过他。

翠　鸟

我从猪栏屋后门溜出，在扯开门闩的一眨眼间，还特意将门向上提几厘米，那样就刮不到门槛边了。多年以后，那扇被阿爸多次修修补补过的木门，总会出现在我记忆里，将那一次次偷偷摸摸的往事一页页地翻开、合拢。

我沿着酸枣树下、茅房边的那条被雨水冲刷出沙粒的上坡路，借着淡淡的星光，向右转，走过一段百把米的田埂，再左转，又是一段田埂，田埂右边是一堵爬满青藤的土墙，中间隔着一条长满野草的水圳，散发出腐烂树叶、竹叶、野草和淤泥气味，能听到泥鳅、麦穗和小虾的弹跳声。左边是一丘每到盛夏就必定要车水才能灌溉的旱田。

当我摸到右前方搭在水圳上的两块麻石时，就听到咚咚咚的心跳声，因为一旦跨过麻石，就到了兰癫婆家。

她家哪有一条被遗弃的碾石，哪有千足虫从屋檐上掉下来，哪里的墙缝开裂了，哪张门正对着潮湿的天井，哪张门通向她的睡房，篱笆门在哪开着，从哪里穿过能绕到她睡房的墙根下，都熟得不得了。我弯着腰，悄悄打开篱笆门，溜进菜园。蟋蟀吱吱吱的打斗声，地老虎啃食菜叶的吱吱声，菜花蛇咀嚼老鼠肉的吧嗒声，猫头鹰饥肠辘辘的咕咕咕声，在耳边回响。我快速地穿过菜地，摸进那个木棚，它紧挨着兰癫婆的睡房。

我听见她提着镜灯走进房内的橐橐声。透过稻草尖间的缝隙，微弱的灯光透过蒙在窗子上的塑料薄膜，折射到窗外潮湿的泥地上。"吱嘎——"木门被扯开，我听见她趿着拖鞋，跨过了门槛。

我全身汗水湿透，像刺猬一样蜷缩着，直到那橐橐声掉进门槛那边，被一声清脆的吱嘎声吞没后，才松口气。我潜到窗下，透过塑料薄膜间的一个细孔，借着里边昏黄的灯光，看见她站在衣柜前，背对着我，换上一身单薄的睡衣。就在她欲转身的一眨眼间，我缩到窗子下，躲回原来的地方。随着"吱嘎——"的门轴旋转声再次撕裂寂静的夜，她提着镜灯，跨过门槛，"哗啦"一声，将一盆脏水泼到木棚外的韭菜地里。

这时，一阵异样的急促的脚步声响起，一个黑影冲进木棚，越过门槛，门槛那边就传来"啊——"的一声惊叫。但是没多久，那黑影从门槛那边滚出来，紧跟在后的是一根两米长的、像是由一支巨大的弓箭从门槛那边射出来的扁担，随着一声沉闷的迅疾的"嘭"声响起，扁担像是撞在那个黑影的背上，"哐当"一声掉在木棚外的菜地上。

"去死吧——"从门槛那边传来她的诅咒声，余音随即被"嘭"的一声、欲斩断一切与外界相连的性急的关门声吞没。

我在硝烟里瑟瑟发抖，仿佛那个黑影就是我，那根扁担不是撞在黑影背上，而是撞在我背上。我感到惧怕，因为要是被她发现，第二天在打鼓垄到处宣扬，说我在夜里如何如何调戏、强奸了她，说得有鼻子有眼，搞得我身败名裂怎么办？何况她是金匠一号那个挨千刀的家伙的侄媳妇，要是阿妈晓得了，怎么得了？不过，即使是，她也不会那样做，因为自阿爸被害死以后，在路上碰到她，她的眼睛就显出一种既不恨你也不搭理你的神情，尽管自那以后我和她很少说话。

就在那个黑影消失后的第三个夜晚，我依旧躲藏在那个木棚里，听一阵急促的脚步声从菜园里传来，越来越响。我不敢抬头，听见那脚步跨进了木棚，在她房门边停下了，"咚咚——咚咚——"，在敲门。

"哪个？"硬邦邦的声音从窗子里边传来。

"是我，三婶。"

房门外的声音压得低低的。

哦，原来是裤子，这深更半夜的，她来做什么？莫不是跟那个挨千刀的家伙有关？

"哪个嘛？"

"快开门，三婶呢。"

"哦……"

我悄悄地抬起头，透过稻草尖间的缝隙，只见昏黄的灯光，将被塑料薄膜蒙住的窗棂上模糊的影子倒映在木棚潮湿的地上，夜来虫子的叫声密集，像故意掩盖住房子里秘密的交谈声。蚊子在身边"嗡嗡嗡"地飞来飞去。

我又躲藏起来，该怎么办？裤子一定带来了秘密，可惜，听不清。我是那么焦急。兴许裤子带来了金匠一号躲藏在哪的消息，或许就躲藏在打鼓垄的深山密林，躲藏在某一个防空洞，要吃饭喝水，要换洗衣衫，要路费，继续逃跑。

当然，兴许他早就改名换姓，逃跑到很远的城市了，因为他是打鼓垄数一数二的金匠，随便逃到哪都能搞到钱，他也许在暗暗嘲笑我和家人的愚蠢、弱智。他时常跟族人偷偷地打电话，以便获得我和家人的消息，譬如我和家人正在采取什么行动，比如阿妈什么时候要出远门，去哪个省哪个市，发动了哪些亲戚朋友在寻，等等。

我蹲在那里想呀想，不知不觉间，犯瞌睡了，眼皮打架了，人也好像要倒下去了，于是索性坐在潮湿的地上，伏在膝盖上，困了。

当我醒来时，发现屁股冰冰凉凉，裤子浸湿一大块，手臂上被蚊子虫子叮咬出不少红坨，一抓就血糊糊的。夜里潮湿的水汽越来越重，菜园围墙上的灌木丛间传来清脆的鸟叫声，天快亮了。而她的房子里静静的，似乎能听到熟睡时的呓语。

金匠一号

在和金匠二号、金匠三号、金匠四号一道回来的路上，我一直在暗中寻找下手的机会，把二号推倒在铁轨上，火车在前方喷吐着黑烟呼啸而来，一阵旋风刮过，他被碾压成肉饼。或者在他的可口可乐瓶里偷偷地放入一些矛，他口吐泡沫而死。又或者趁我俩在野外的林子里撒尿时，将匕首捅进他的背心。但是，我暗自诅咒自己是个懦弱的家伙，迟迟没能下手，根本不配做一名杀手。我无数次在心中发誓，除非金匠二号先杀了我，否则，我必先杀了他。

第二天清晨，当一条野狗循着那气味钻进那片刺蓬里，在那里吠，并引来好几条同伙在那里吠时，引起寻找金匠二号的赶猪匠的警觉，这个多事的老家伙，晓得那里隐藏着一个废弃的枯井，他赶走那群野狗，拨开刺蓬，然后拖着瘸腿，火烫伤卵一样，叫来了金匠二号的家人。不久，派出所的警车呼啸而来，迅速拉开警戒线，他的尸体很快就摆在打鼓垄人面前。我哭倒在他身边："是哪个千刀万剐的家伙下的毒手啊。""可怜的兄弟……""死得好惨啊。"我一边哭，一边睃一眼那些人的眼色，揣测他们的内心。当发现他们也被我的哭诉激荡得流出泪水时，我焦躁不安的心，才渐渐平静下来，哭声越来越微弱，并悄悄地离开了现场。

自从把恶心的家伙做掉后，家就不再让我心安了，担心我在谋杀过程中留下的蛛丝马迹，被警察发觉，沦为打鼓垄人茶余饭后的笑柄。我回到家，地坪上静悄悄的，只听见不远处芜水河的呜咽声，桃花鱼从水面跃出后，坠入水里的滴答声。门上一把锁，她也去看尸体了，打鼓垄除了我，全都去看尸体了。空气中弥漫着血腥跟恐怖的气味，二号变成了幽灵，在打鼓垄的深夜游荡，哭泣，让那些在白天见过他的胆小鬼，惧怕得发抖，不敢出门。

我打开门，在屋里转来转去，总有一种不祥的预感罩在心头。我想，要是等下警察或他家人来盘问："你昨天夜里做什么去了？""和哪个在一起？""从几点到几点？""什么时候回的家？"我该怎么回答？

从成都回来的两三天里，大雾弥漫，我故意在他家房前屋后闲逛，只等他出门时吐痰擤鼻涕的那种熟悉的声音，从他家地坪上传来。第一夜计谋落空，因为他几乎没离开屋子半步。后来我只好进屋去坐坐，和他两公婆闲聊了一阵，就回家困觉了。第二夜，又落了空。直到昨夜，也就是实施谋杀的第三夜，大雾弥漫，我在他家房前屋后闲逛，听说他夜里将去帮四号打一副金项链。果然，他独自离家了，踏上了田埂。

要到四号家，必经过一段狭长的山间小路，那里阴暗潮湿偏僻，还要爬长长的一段上坡路，下一段长长的下坡路，说白了，四号家就落在山岗那边窝窝里，单家独屋，平常很少有人去。我尾随他，当他踏上狭长的山间小路时，突然扑上去，带着满腔的仇恨，从背后连捅两刀后，他随即倒地，后来我朝他身上一共捅了十七刀。处理完尸体后，我简单地清理了一下现场，急匆匆地离开了。为了制造不在场的假象，我去了三号家。刚好，三号家来了客，三缺一。三号一见我，像见到救星，二话不说搬桌子抹凳子，哗啦一声响，骨牌从小布袋里滚到桌面上，现出红红绿绿的点点。直到凌晨两点钟，才回家困觉。我有不在场证明了。

看尸体的人陆续散开，我耳朵贴着窗户的塑料膜，听到他们像麻雀一样叽叽喳喳，或诉说凶手的残忍，或猜测凶手所在的地域，为何要杀害他，是在夜里哪个时辰下的手，死者与凶手之间究竟有何深仇大恨……

他们猜测得最多的是"哪个是凶手"，有的说，死者是个金匠，而且刚从成都打金回来，身上必定带有金子或不少票子，是谋财害命；有的说，死者在外一定跟顾客或同行结仇，是仇杀；

有的说，死者堂客可能在外面又有了野男人，野男人为了达到长期占有的目的，将他杀害，是情杀。他们压根就没怀疑我，这使我长长地舒了一口气。从他们口中得知，经法医做过尸检后，尸体已被抬回家，将在三天之后埋葬，警方提取了相关样本，已在打鼓垄围绕死者的关系人展开侦查。

翠　鸟

　　趁阿妈去田里扮禾的空隙，我从杂屋楼板墙上偷偷地取下鱼罾，溜下河。芜水，在堤坝的拐角处，青涩的稻草叶在漩涡里打转。清清的半浅半深的流水，裹挟着来自田沟水渠里饱满的谷粒、来自草甸里的成熟透了的种子、滚壮的昆虫，吸引着成群结队的桃花鱼，它们五颜六色的身躯积蓄了厚厚的脂肪，丰富的动物蛋白成为餐桌上的美味佳肴。

　　打鼓垄人将新打的粮食煮得酥软喷香，供奉在神灵前，香盒里三根黄灿灿的檀香挑着缕缕青烟，"老天爷在上，列祖列宗在上，请尝尝郎嘎赏赐的美食吧，请保佑我们子孙后代永远衣食无忧吧"！

我在清澈的河水里，追逐着成群结队的桃花鱼，抓鱼抓到手软，鱼篓在腰间迅速下沉。那些膘肥体壮的鲫鱼，三五条，七八条，就在深水处的洞穴里享受肥沃的秋水。我只需脱去上衣和长裤，鼻尖贴着水面，探进奇形怪状的洞穴，那滑溜溜的鳞片，那圆滚滚的肚腩，那刺痛皮肤的鳍，那微微挣扎的力度，感觉像是童年时意外得到了一块糖，喝醉大人们的一壶美酒。

夕阳西下，我悄悄地将半篓鱼藏在离兰癫婆家不远的稻草垛下，从猪栏后门溜进了家，被正在喂猪的阿妈逮个正着。她甚至连鱼篓也没有瞧一眼，就利利索索地将半篓鱼从猪栏里抛到了地坪上。桃花鱼和鲫鱼在地坪上翻着筋斗，猫和鸡一个箭步扑上去，来一顿饕餮大餐。黑伢和水仙挥舞着手里的镰刀，也一个箭步扑上去。鸡飞了，猫跳了。

"不要吃夜饭！"

阿妈提着一桶猪食，朝食槽里一倒，丢下我，走了。

我呆呆地站在食槽边，低着头，脚尖拨弄着地上一块小石头。母花猪"吼喝吼喝"吃食的声音在走道内响起。

阿妈又提着一桶猪食，朝食槽里一倒，走了。

"去吃吧，菜都凉啦。"水仙来到我身边。

"阿妈在气头上。"

我低着头，脚尖拨弄着地上那块小石头。

水仙揪着我的衣角，使劲拖。

黑伢嗝嗝嗝打着饱嗝，也来拖我。

等阿妈朝灶膛里添加稻草秸的时候，等到四野寂静，黑色的帷幕在打鼓垄上空徐徐拉开时，我再次从阿妈的眼皮下溜走，猫着腰，穿过猪栏走道，潜入那个被我做了记号的稻草垛旁，寻到那半篓鱼，装进蛇皮袋。黑暗中，我跌跌撞撞地摸进院子，扒开篱笆门，摸进菜园，再摸着那曾经熟悉的小路，进了后院的一间耳房。耳房没有闩门，黑魆魆的，尽管有窗子朝着空旷的菜园，但能见度比外面更低。

　　我用稻草搓成的绳子，一头系住蛇皮袋，一头系住窗棂，将蛇皮袋吊在屋里边的窗棂下，悄悄地离开了。

黑 伢

　　我躺在床上，孙二娘就躺在离我百米远的楼房里。她又从南方那座城市回来，拖着一只拉杆皮箱，穿着一双鞋头落着红蝴蝶的高跟鞋，黑发染成了金发，眼睛里早已不再盛开一朵她刚嫁来时一见我就羞答答的花。生长在向阳坡的灌木丛间的花，只在春天盛开，而她却会在不同季节里在我眼里放肆绽放。她男人外出时，我们几个伢子和她打打闹闹，捉迷藏，游泳。

　　她的男人，自从阿爸被害后就从打鼓垄消失了，后来哑巴在枯井旁捡到了一把尖刀，有人在她家见过那把刀，据此被公安列为嫌疑人。他又高又大，驼背，手臂上、胸脯间，也长出黑毛，又密又深，像动物园的黑猩猩。他曾经因宅基地纠纷，打断粑粑的七根肋骨而锒铛入狱。事实上，他在进牢房之前，就发现堂客已不再容忍他一身的烟臭、汗臭、金属味和不可避免的衰老，已不再准许他在夜深人静时去敲击她的房门。他怎么也不会料到，曾经一见到刀子在鸡的脖颈间轻轻地一抹、血液喷涌而出就浑身发软的堂客，竟然举起菜刀，砍进他胳膊两寸深。他长年在外打金，直到年近四十才娶了三十里外大山深处、小他一半岁数还多的她。

　　而在此之前，据阿爸说，大凡他打金的异地他乡及打鼓垄本土，都有好几个细把戏的血管里流淌着他的血脉。孙二娘生下孩子后，就有一种受骗上当的感觉。孩子一断奶，就扔给大山里的阿妈，拎一个背包，悄悄地跟几个姐妹，去了广州。一年后她回到家，而男人还在高墙内苦熬。

　　她像是在那个据说富得流油的城市里发了横财一样，大兴土木，将原来的三间破烂土砖瓦屋夷为平地，竖起在打鼓垄首屈一指的唯一的一栋红砖楼房。在夜幕的重重掩蔽之中，在她租着摩的飞来飞去中，据说就连村里的阿公，也都先后沦为她席梦思床上的客人。而她的孩子也在无声的岁月中一天天长大，在百里外的一家私立学校里从小学读到了初中、高中。也就是从那时起，她眼里早已不再盛开她刚嫁来时一见我就脸红的花。那花曾经一度盛开在我年少的记忆深处。

　　我沿着泥泞的土路摸进曾经满是土坷垃而今却光溜溜的水泥坪，曾经用塑料薄膜蒙着的窗子变成了可以向两头推拉的大玻璃窗兼纱窗，曾经的煤油灯变成了省电的白炽灯，曾经吱嘎作响的门板变成了溜光厚重的防盗门。我隔着玻璃窗压低声音喊了一声，防盗门随后被拉开一条缝。

橘红的灯光在席梦思床头的墙壁上像是一团瘴气在扩散，她浑身散发出一股来自遥远南方城市的，一半是狐臭一半是薰衣草的气息，囤积在臀部和大腿间的脂肪，谋杀了昔日柳枝条般的曲线。

我瞪着她说："那个老家伙躲在哪里了？"

"什么意思？"

"哼，别装了。"

"你倒是说清楚，别他娘的啰啰唆唆！"

"只需告诉我，他躲在哪儿。"

"不要在我面前提他，你不是不晓得，现在我跟他半毛钱关系也没了，多年来我就没跟他困了。要是不信，就去问你阿妈，她最清楚，我甚至都没她那样清楚。难道他会害死你阿爸？他俩可是要好的兄弟呀。他为什么要躲？就算要躲，哪个晓得他躲哪了？我还巴不得他早死了呢。"

"哼，把我阿妈扯到老家伙身上做什么？"

"嘿嘿。"

"你——"

"不假呢。"她从床上移下来，眼睛盯着我。

"怎么会呢？"我有些哆嗦。

"他说的。"

"不可能。"我看见阿妈的眼睛里燃烧的是一种复仇的火焰，一种经久不息的复仇的火焰，因此我一点也不会怀疑，在她对阿爸的贞洁里还会掺杂着某些可耻的东西，而阿爸对她的所作所为有时即使是火冒三丈，但最终还是不得不言听计从，并在我们讨厌她整天懒懒散散时，适时地告诫我们兄妹，不得以此作为借口冷落她，说她只不过身体有病做不了力气活而已。

她只不过是在胡说八道挑拨离间而已，就算只是在照话传话，那个老家伙也只不过是在胡说八道而已。

但她一点也不服气，似乎那个老家伙的话百分之百是真的。她说："不信是吧？告诉你，在你爸没死之前，他就告诉我，你阿妈借过他一笔钱，一直没还。"

我感到那是无论如何也不可能发生在阿妈身上的事，她是无论如何也不会做出那样的事的，她在挑拨离间。但她还是说，不假呢。

夜来的寒气将我包围，我感到只有吸气的声音，而她却在那橘红色的灯光下用轻蔑的眼神不停地嘲弄我。

"汪汪""汪汪"，屋外传来了粑粑家那只黑狗的尖叫声，我躲到壁柜后藏起来。孙二娘动作麻利地揿灭了灯。在黑暗中，我听到她溜到了窗子下，拉开了一边窗帘，把耳朵贴在窗玻璃上。"汪汪""汪汪"，狗叫了两声后，就不叫了。大地似乎重又在蟋蟀和芜水河的汩汩声中沉寂下来。我从壁柜后摸出来，顺着床缘摸到了她面前，说："会查清的，你放心，要是隐瞒那个老家伙的下落，我不会放过你。"

我听到她已从我身边走开，不久橘红色的灯光亮了，她又显现在我眼前，说："怎晓得呢，还是去问你阿妈吧。"

我的眼睛几乎贴到她惊恐的眼睫毛上，冰冷的汗水一滴滴地从额上滚下来，说："你现在要撇清和那老家伙的关系，是吧？哪个信？那老家伙在外面挣到了钱，哪一回不是一分不少地交到你手上？哪一回不是当着赶猪匠的面亲手交到你手上？赶猪匠还没死，他随时随地可以作证。你拿了血汗钱，还说跟你一毛钱关系也没有，还说多年来就没跟他困了？只能去骗细把戏，骗不了我。"

她用手指指着我的鼻尖，压低声音喊："滚！给老娘滚出去！那老家伙是不是害死你阿爸，他跑哪里了，都不关老娘的事。老娘说不晓得，就不晓得！你小子听好了，再在这啰里啰唆，就要把你在这里调戏老娘的事宣扬出去，把你的名声搞臭，让你打一辈子光棍！"

我一把掐住了她的脖子，那么大的力气，致使她的呼吸越来越紧促。但一阵踉跄的急速前行的"沙啦沙啦"声，从地坪外的塘基上传来，而且很快就传到地坪上，越来越清晰，就像远处灰蒙蒙的骤雨正朝我席卷而来，起先只是一点点微弱的声音，但渐渐地那声音越来越大越来越急，直到在我眼前哗啦啦地冲刷着大地一样。当那"沙啦沙啦"的声音在窗外的墙根下停顿下来时，一声熟悉的压抑的"嗯哼""嗯哼"声，随即撕破了蟋蟀和河水的呜咽声。那一瞬间，我惊呆了，不相信那声音是从他喉咙里喷出来的，因为那是在整个打鼓垄所特有的一个符号。几乎与此同时，她也像是听出了，趁我松懈的机会，挣扎了一下，那粗重的呼吸声随即微弱下来。我将她拉到胸前，在她的耳边说："不要作声，要不就杀了你！"随后一把推开她，从腰间摸出尖刀，悄悄地摸到楼梯间的门，扯开门闩。

　　她突然从黑暗中冲过来，一把推开我，急速抢到门前，用脊背顶住门板。瞅这个骚猪婆，到底要做什么？我一把扯开她，从用力揪住并狠狠地将她拉到一边的暗含的咒骂中，她应该清醒地认识到，堵住门板对于我来说，是多么不可饶恕的事情。可她简直癫了，成心与我作对，又扑过来，企图用脊背死死地顶住门板，使得门板接连发出了"哐""哐"的声音。那声音就像警报声一样传到了门外，传到我几乎一伸手就可以捉到的那个影子的耳朵里，然后那个影子就消失在蟋蟀和河水的无边无际的呜咽声里。我又掐住她脖子，又听到了她急促的呼吸声。从她那两只死死地掰住我的恨不得一瞬间捏碎我手指骨的手，可以想象，她就像掉进了深水潭里快要窒息了一样。我将她狠狠地摔倒在地，扯开了门。一个黑影佝偻着身子，站在离我十步远的墙根下，正面对着房子的玻璃窗，张望着什么。就在我冲上去的一眨眼，他随即消失在黑暗中。

　　我从身上摸出手电筒，他很快就消失在前方粑粑家屋檐与土墙的夹角里。而就在那稍纵即逝的瞬间，一蓬乱发所无法掩饰的那个最熟悉不过的扁平后脑勺、扁豆耳朵也暴露在亮光里。我还是不敢相信自己的耳朵跟眼睛，因为他在这样的时间这样的地点，根本不应该出现，王警官说，他的嫌疑最大，并时刻都在搜寻他的蛛丝马迹。他不可能不明白，绝不会在这个风口浪尖上轻易抛头露面，何况我和家人时刻都在寻他的消息，在打鼓垄尽人皆知。刚才那个骚猪婆还在信誓旦旦，现在看来她不但晓得，而且还很清楚。我又想起了阿爸，看到血从刀口里涌出浸透了他衣衫的情景。

我追了过去，那只黑狗从粑粑家的屋檐下蹿出来，我急忙用手电打在它两只像魔鬼一样邪恶的眼睛上，它像是遭遇电击一样，定格在那里，但"汪——汪——"的尖厉的叫声依然吞没了乡村夜幕下的宁静。我趁机钻进屋檐与土墙夹角里的阴沟。身后，尖厉的"汪——汪——"声紧追不舍。竹叶撒落在阴沟里的稠稠的泥巴上，清晰地陷进泥巴里的一行凌乱的脚印在光束里向前延伸。从土墙上伸出的刺蓬，像一只又一只无形的爪子，将我的脸和额抓出一道道血痕。蜘蛛网也故意在黑暗中设置了一道道路障。污秽的猪尿水很快就漫过了脚印，沁进解放鞋里，滑溜溜的。他像一只无头苍蝇在阴沟里乱冲乱撞，前方不时传来被刺蓬绊住脚跟而摔倒的哐当声，身后的汪汪声渐行渐远，划破黑暗的一道手电光在身后将我的影子勾勒在脚下，时隐时现。我听到心脏血液的涌动声，从下直往头上冲，怦怦地冲撞着脑壳顶。他的影子离光束越来越远，在阴沟尽头的拐角处，是一丘丘自高而低的闪着白光的田野。再往前一点，就是一条连接芜水河的水圳了。灰蒙蒙的雾气携带着潮湿的水汽迎面扑来，他的影子被我的光束锁定。他冲上了一条杂草丛生的滑溜溜的田埂，"哗啦"一声，滚到了田里。水和泥巴虽没拖住他的双脚，但也增添了负重。他像一条一点也不甘心的落水狗，蹚过刚刚翻耕过的泥坯，以及混浊的有些冰凉的水，朝前方黑洞洞的河畔窜去。

　　狭窄的田埂上清晰可见他歪歪斜斜深深浅浅的脚印。在黑黢黢的夜空下，田埂的一边泛出一大片平坦的水汪汪的白光，另一边则坠落在一丈多高的土墩下的一大片水汪汪的白光里。滑溜溜的泥泞路面，只有在一步一步地缓慢行进下才能保持身体平衡，但这样做显然让我为难，因为正在前方加速移动的黑影预示着，如果不尽快捉住他，他就有可能随时永远地消失在这黑黢黢的夜幕里。

　　我在田埂上有如走钢丝般东倒西歪，并且很快就滑倒下去，顺着高墩滚到了水田里，变成了泥糊鬼。在翻滚中摔脱的手电落在高墩上的草丛里，将雪白的光亮直插进黑黢黢的夜空。我爬上高墩牢牢地抓住它，像那个黑影一样在水田中飞奔。尽管水和泥巴在使劲拽脚跟，并在胯下"哗啦哗啦"地荡起一簇簇浪花，我也能毫无顾忌地向前跑，并很快就赶上了那个黑影。他站在河岸边的草地上，在手电光里"呼哧呼哧"地喘着粗气，死死地盯着我，直到在分辨出我的最后一刻，他的粗重的呼吸才稍稍缓和下来，眼光里的恼怒顿时消失，代之而来的是深切的仇恨。肮脏的泥水从花白的头发里溢出来，流到了倒伏的睫毛里，漫进了眼眶，逼着眼睛眨个不停。在我身后，始终有一束划破黑暗的光束在摇晃。

　　我揿灭了手电，顺手丢在脚下的草丛里。他也许从我的眼光里发现了那种他早就预料到了的东西，转身就朝前跑去。我摸出那把刀，很快就追上他，从背后一把揪住了他的衣领。就在他挣扎着转过身来的一瞬间，刀子完全可以顺势扎入他背部的肌肉，让他尝试一下那种钻心疼痛的滋味，可是我没有。

"不要乱来！"当他发觉有一样尖尖的东西抵住喉咙时，他嘶哑地喊道。我也想喊，但没有，因为他的耳朵大概只有在打雷时才能听见。可笑的是，他以为我也一样，只有在打雷时才能听见，对我大声喊："我什么也没做，不要乱来！"

可怜他在临死时，也无法听到我对他的宣判。但我还是想让他听到点什么，喊道："你杀了我阿爸！"

"不是我！"他居然听见了。

"你阿爸，不，他不是你阿爸……我才是……"

"什么？"我咆哮着，恨不得一口吃掉他，"你说什么？"

"我才是你阿爸……蠢崽……你连阿爸也敢杀吗？"

"你……你这个老不死的家伙，老癫子，死到临头还在侮辱我阿爸……杀了你！"

我将刀尖扎下去，那只手却被他死死地揪住。

"蠢崽，你连阿爸也敢杀？"他咆哮着，像一头绝望的衰老的公猪在乱哼哼。

四只手很快就为了抢夺刀柄而纠缠在一起。他那长满黑毛的手居然一点也不像老倌子的手，隐藏着一股暗劲，不顾一切地要把刀子抢到手。刀尖一会儿扬起，一会儿扎入草丛，在黑暗中闪着白光。最后我和他倒下去，一同在河岸上的草丛里翻滚。我胸口被划了一刀，有点疼。很快我就将他压在下面，在他猝不及防时让刀尖划到他脸上。

　　而我，只感到后脑勺被什么东西敲了一下，就从他身上滚下去了。

翠　鸟

　　戏台两边的台柱上贴着大红对联，横梁上吊着两个灯笼大的火球，火星四溅，刺刺有声。打鼓垄有名的——每逢红白喜事必来打秋风的科哈巴，瘸着腿，立在长凳上，朝台下打呼哨的浑身刺青的满哥嬉笑着，露出满嘴的黄牙垢，吐出长长的牛舌头，翻出铜铃大的牛白眼，在满哥们一浪盖过一浪的嘲笑、尖叫声中，托起半脸盆废旧柴油，踮起脚尖，咬着舌头，给火球添油。

　　"咚咚咚嚓""咚咚咚嚓"……

　　随着响器的落幕，戏台上，被胡大姐追得没法的刘海哥只得坐在地上，胡大姐也跟着坐下，刘海哥说："告诉你，我家有三蛋嘞，鸡蛋、鸭蛋、鹅蛋。"

"那好呀，天天有蛋吃，多好阿！"胡大姐乐呵呵的。

"嗨，你还真以为是吃的蛋呀，咧，那是太阳光从屋顶漏下来，落在地上，就变成这样的蛋哩！"说完，做出鸡蛋的样子来。

"呵呵呵，呵呵呵……"胡大姐乐得手舞足蹈，移了几下屁股，就挨着刘海哥了。

刘海哥说着说着，就发现了，一把将胡大姐推了过去："哎呀嘞，你靠得这么近做么子喽，坐过去坐过去！"

台下，雷鸣般的笑声一浪盖过一浪。

浑身刺青的将黑发烫成水波纹的满哥，将两根指尖含在唇间，窝着嘴，深吸一口气后，再用力将那口气从嘴里平稳地吹出来，于是响亮的悠长的美妙的哨声从戏场的上空穿过，引得那些岁数差不多的妹子循着那声音偏过头去，发现在离她们二十来米的人群中，攒动着十多个烫着水波纹头发的满哥的脑壳，他们在那里或故意大声嬉笑，或故意大声调侃，在火球光的照射下，他们熟悉的、陌生的英俊面孔，滑稽搞笑的段子，撩拨得妹子们蠢蠢欲动。

当科哈巴没及时添油、火光渐渐地暗淡下来时，满哥们发现捣乱的机会来了，他们你挨着我，我挨着你，将手按在对方的腰子上，在一起发出嗨哟声的同时，用力朝那个频频回眸的方向推去，一个巨大的海浪扑过去，她们就像一排树齐刷刷地倒下去了，在始料不及间一齐发出尖厉的惊叫声，跟着一起向前扑去的大人发出愤怒的咒骂声。

　　我在那一瞬间也倒下去了，倒在一个倒霉的女人身上，感触到她的肌肤像豆腐那样细嫩，油炸桃花鱼的香味，从拖在她肩上的两根辫子间散发出来，扑进了鼻孔。她也许会想，我是故意的，骂我猪弄的、狗日的，尽管在这之前，她一直抬头望着戏台上的刘海哥和胡大姐，压根就不晓得站在她身后（中间隔着一个老倌子）的是我。哦……是她……怎么是她……这么凑巧，难道老天故意在这个地方，这个夜晚，这个时间点……我慌乱地从她背上爬起来，那个老倌子则倒在我和她身旁的草地上，倒是一点皮毛也没伤着，他一爬起来就朝身后那个捣乱的方向破口大骂，猪弄的，吃饱了？吃饱了就去背犁好啦，犯不着在这里发情。他的骂声在我看来显得那么讨厌，尽管我也应该站在他那一边，像他那样破口大骂一阵才解恨。

　　她倒下地时也发出了尖叫声，当她爬起来向后扫了一眼，见压在她身上的是我后，原本铁青的脸一下子涨得通红，她没吭声，像什么事也没发生过一样，站在我胸前。我起先想挨她近一点，但想想又离她远一点，最后又挨她近一点，鼻尖几乎就碰到辫子了。她会不会骂，要被她骂一阵，多丢人啊！不，她不会的，她不可能感觉不到我的鼻尖好几次碰到她辫子了。她一动也没动，像是正想要我碰一碰呢，我想，反正这是在看戏，就算村里人发现我站在她身后，也犯不着脸红，那些鱼她收到没（三天前的夜里，我将好几斤桃花鱼偷偷地搁在她睡房的窗台上）？前天在河边碰上她，当时她在割猪草，只是朝我微笑了一下，什么话也没说，她晓得是我送的吗？要是不晓得，就白送啦。唉，怎么当时不塞张纸条进去，说是翠鸟送的，但她应该猜得到打鼓垄就我捉鱼厉害。

　　我感到她的背部在下意识地贴紧我胸脯，那两根辫子也下意识地不时摩挲我鼻尖，那股桃花鱼香味，熏得人发慌，突然间，她那因割猪草剁辣椒洗衣服插田扮禾而打磨出老茧的粗糙的手，伸到身后，拽住我的一个衣角，下意识地扯了几下后，就挤出人群，离开了。

　　　　胡大姐，你随着我来走啰

　　　　海哥哥，你带路往前行哪

　　　　走啰嗬

　　　　行啰嗬

　　　　走啰嗬

　　　　行啰嗬

　　　　得儿来得儿来得儿来哎哎哎

　　　　……

　　我跟在她身后，在黑暗中，借助微弱的月光摸索前行，在经过一条又一条田埂时，就迎着脚跟磕碰踩踏稻草苑发出的沙沙的碎响声，伴随着渐渐消失的响器欢畅明快的节奏，在一堆僻静的稻草垛旁停下来，她背对着我站着，一声不吭，不远处，芜水河发出汨汨的流水声，不时传来桃花鱼跃出水面捕捉飞虫的滴答声，草鱼啃食水草的吱吱声，临河的山间树林里传来蟋蟀的吱吱吱声，以及山鼠野兔或者野鸡活动的细碎响声。

我站着不敢向前移过去一步，移过去一步，就又贴近她背心了，我不晓得手是插在裤袋子里好，还是放在胸前好，她叔叔杀了阿爸，要是阿爸看见我和她在一起，一定会抽我耳光，骂我是个不知羞耻的家伙，甚至骂我不是他的崽，不是洪家的人，要把我赶出家门从此不许再回来，说他没我这个不争气的崽，他的脸都给我和水仙丢尽了，他甚至要让他的鬼魂来找我和水仙的茬子，让我和水仙不得安宁。我低着脑壳，既害怕看她，又想看她，想向前跨过去一步，但是那一步像有百步、千步远。

我瞅了她一眼，她低着脑壳，不晓得是因我没吭声，还是没靠近她，或许我已暗示她，你是我家仇人，你叔叔杀害了我阿爸，我是不会跟你好的，你居然有脸皮来勾引我，呸，骚猪婆，想得美。她站在那里颤抖着，显得很紧张。

"没什么事吧？"

"没什么。"

她低着脑壳，一声不吭地离开稻草垛，朝田埂走去，脚下的稻草蔸发出沙沙的碎响声，不远处传来断断续续的说话声。

"嫂子。"我急了，一边压低声音喊，一边追上她。她站住了，我下意识地将一只手轻轻地搭在她肩上，她没吭声，本能地扭了扭肩膀，我的手随即滑下来，这时不远处的说话声离我们这边越来越近了。

"有人来了，"我说，"到那边躲躲吧。"

她朝说话的方向望了望，就随我躲到稻草垛下。

"回去，回去。"

等到那说话声从田埂上渐渐地消失后，她的声音在耳边像燕子呢喃。我没吭声，脑壳失灵了，这时一股凉风刮来，刮醒了脑壳，我松开她，她瞪了我一眼，转身就走。我没出声，目送她的影子划破了空旷的原野，我追上她，搂住她的腰，她就像一袋面粉坠入我怀里，鼻子哼哼响，我脑壳一片空白，紧紧搂抱着她。

"我先走。"

"怕吗？"

"不。"

"好吧。"

"哎，鞋子陷进泥巴里了。"刚走几步，她就一只脚站在那里。

我急忙跟上去，搀扶她。

"在哪？"

"看到了吗？那一坨黑黑的东西。"

"看到了，能站稳吗？我松手啦。"

"哎，快点，快站不稳啦。"

"嗨，沾了泥巴，你扶住，我帮你擦掉。"

她踮着脚，又大又粗糙的手搭在我瘦瘦的肩上，压得我喘不过气来。我顺手抓了一把稻草绒，将鞋里的泥巴擦干净，她把那只脚伸进鞋踩下去，高跟鞋就陷进了泥巴里，她一抬脚脚就从鞋里溜出来。

"该死的，快点，被人看见就麻烦啦。"她又把双手搭在我肩上，朝四周望了望，我将那只鞋子从泥巴里拔出来，刚要用稻草绒擦泥巴，她说："快躲，又有人来啦。"

她竟然扔下我溜进稻草垛。

我抓着那只高跟鞋，朝她所指的方向望去，果然，在十多米远的小路上，有几个影子正朝这边移动。我也急忙溜进稻草垛，缩成一团，顺手抓了几把稻草，将洞口遮掩得透不进一丝丝光线，就像真的躲藏在洞里一样，隐藏很深，但是，我心脏仍然在怦怦直跳，猜那几个人会不会走过来，会不会掀开洞口的稻草，将我俩暴露在月光下。时钟在耳边嗒嗒地走着，一点也不性急，我一边暗暗地催促时钟快点走，一边竖耳细听着稻草垛外的动静。

"听到了什么？"

"没呢。"

"要不出去看看，兴许早就走啦。"

"嘘，细声点，兴许就躲在外面偷听呢。"

"那怎么搞啊。"

"再等等。"

时钟又在耳边嗒嗒地走着，一点也不性急。

"去看看吧，要躲着点，千万莫被人看见。"

"嗯。"

"等等，哎，鞋子呢？"

"刚才带进来了，记得就放在你脚边，你摸。"

"没，哦，是不是记错啦？"

"记得清清楚楚，就放在你脚边嘞，在这，你摸摸，摸摸，我说过，不会记错。"

她的手指突然碰到了我右边的裤袋。

"哎，你裤袋里藏着什么呀，硬邦邦的。"

"哦，小石子。"

"你也不小了哦。"

"好玩。"

"嘘，细声点，当别人听不见噢。脚尽是泥巴，要是能洗一洗就好了。"

"要不等下去河里洗一洗，也不远的。"

"有蛇呢，算啦，还是回去洗，去看看，看人过了没。"

我蹑手蹑脚地钻出了稻草垛，潮湿的水汽从山林从河道从原野的上空，像朦朦胧胧的烟雨飘来，落在我单薄的衬衣上，浓密的黑发里，弯弯的睫毛上，稻草垛在淡紫色的雾霭里打磕困，离我十多米远的那条田埂上，空荡荡的，没有人影，芜水河在汩汩奔流，蛐蛐在田野鸣叫，远处传来刘海哥和胡大姐的声音。

她也钻出了稻草垛，说："过了吗？"

"过了。"

"真的？"

"真的。"

"一身都吓软啦，没一点劲啦。"她来到我身边。

"嫂子，"我拉着她粗糙的手说，"干脆困稻草垛，等天亮再走。"

"不行，阿婆一个人在家。"

"再陪我一会儿。"

"得走啦。"她轻轻地摸了一下我的脸。

"再陪会儿，就一会儿。"

"不行啊，别被人看到了。"

我朝她离去的背影喊："嫂子。"

我的手碰到了裤袋里梆梆硬的家伙，就倒吸一口冷气，我突然想起那天深夜裤子敲开她的房门，在里面窃窃私语的情景，就听到内心的召唤。

她听到我的呼喊声，就朝我看过来，站在那里说："跟我回去吧。"

我没吭声。

"听到了吗？"

我还是没吭声。

"怎么啦？怎么不吭声？"她终于回到我身边。

我低着脑壳，脚尖撩拨着地上一根稻草。

"倒是说话呀。"她弯下腰，偏着脑壳来盯我的眼睛。

我还是没吭声，脚尖撩拨着地上的那一根稻草，鼻子酸酸的。

"莫犟啦。"

我眼泪吧嗒吧嗒落在地上，想起睁着眼睛躺在棺里的阿爸，哦，可怜的。

她顺手将一块手帕塞进我裤兜里，转身就走了，我看见她的影子划破了灰蒙蒙的雾气，越来越远，越来越小，几乎很快就要消失了，我的影子随即划破了灰蒙蒙的雾气，突然降落在她面前，拦住了她。

"你到底要做什么？喊你回去也不回。"

我从裤兜里摸出小石子，那其实是一把折叠小刀，在她眼前虚晃了一下，雪白的锋尖抵住了她的喉咙。

"你要做什么？"

"告诉我，他跑哪去了？"

"哦，哦，不，不，不要乱来。"

"早几天夜里你和裤子在房里叽叽喳喳的，说什么？"

"你怎么晓得？"

"少啰唆！"

"关你屁事。"

"你和裤子一定晓得他跑哪里去了。"

"不晓得！"

刀子抵在她喉咙的皮面上，那里一跳一跳的，我听到了血液跳动的声音清晰地朝我传来，我说："不要看我平时老实巴交的，一旦横了肠子，什么事都做得出来。"

"你不要乱来！"

"我爸是他杀的。"刀子抵在她喉咙上。

"哪个说的？"

"王警官。"

"有证据吗？"

"有！"

"是什么？"

"一把刀。我哥交给了王警官。"

"关我屁事。"

"你晓得他躲在哪里？"

"不晓得。"

"不要逼我。"

"动一下试试？"

"不说，是吧？哎——"

"敢动老子一根毫毛，明天就把你强奸的事宣扬出去，把你的名声搞臭，不信试试看！"

"敢污蔑人，猪弄的。"

"你逼的。"

我盯着她的眼睛，那里喷射出咬牙切齿的仇恨，还有可耻的讥笑。

我的脸火辣辣的，收了刀子，转身走了。

黑伢

当我睁开眼的时候，我躺在黑黢黢的夜色里，潮湿的冰凉的雾气像小雨一样扑在脸上，凝集在眼睫毛上，还有胸前隐隐作痛的伤口上。"汪汪汪"尖厉的狗叫声一阵接一阵，撕破了无边无际的夜，吞嚼了"哗啦哗啦"的河水的呜咽声。我的双手摊在湿漉漉的草丛里，像是弯曲的木把。我下意识地动了一下，指尖才微微地抖动了一下，两下，三下，然后慢慢地有了冰凉的感觉，有了血液流淌的感觉。脑壳里像灌满了铅，沉重，还有隐隐的痛感。感到不可思议的是，我为什么会躺在这里？是哪个让我躺的还是自己躺的？躺在这里做什么？想了好久都没搞明白。我从草丛里爬起来，慢慢地，只感到浑身冰凉不停地哆嗦，当意识到在这之前发生的一切都已结束，而我仅仅是被深夜的乡村遗弃的一个孤独少年时，我跪在黑暗中的草地上，一点点地摸索着，终于在躺下的草地下方的灌木丛里摸到了那把刀，刀刃在夜色中暗淡无光。

在离开河岸之前，我没摸到手电。我拖着湿漉漉冰冷冷的身子，一步步地在黑暗中微微泛白的滑溜溜的田埂路行走。当一步步逼到了那楼房前的水泥地坪时，我站在那里，听到自己粗重的呼吸声、心脏的怦怦直跳声。粑粑家的那只黑狗也许躺在屋檐下的草窝里困了，或者又去瞎逛了。我悄悄地靠近那扇玻璃窗，把耳朵贴在玻璃上，只有蟋蟀和芜水河的声音在回响，听不到一点呼吸的声音。我摸到那扇门前，轻轻地一推，感到像是有人在里面用力顶住了一样，一动不动。摸到了旁边的菜园门栅栏，轻轻一拉，它一声不吭地靠到一边。然后猫着腰，朝前伸出双手，指尖在黑暗中一点点地触摸，一点点地向前移动。刚刚翻耕过的菜地松软的泥巴糊了脚跟、脚背，挤满了脚趾缝，像穿了一双泥巴鞋。楼房墙根下是一条虽然滑溜但却坚硬的泥土路，顺着泥土路摸索到了那张朝菜园开着的灶屋门。那是一张老门，它隐藏在菜园深处一株一丈多高的樟树影子里，平时很少打开。刀子尖插进了门缝，抵住了门闩，一点点地，一点点地，门闩被拨开，潮湿破烂的门显得出奇地沉重。一阵风吹来，樟树的叶片落到了头和肩上，发出"沙啦啦"的响声，我趁机推了进去。但是那里空荡荡的，像是一根被白蚁掏空了内脏的枯木。

我喊开了家门。

"你到哪儿了？这么晚才回？"阿妈站在门里边，从房里钻出来的一束昏黄的灯光照在我衬衣被染红的部位上。

"啊……哪来的血？"

我没吭声，一头撞进了隔壁的房间，"砰"的一声，关了门。

"又闯祸了？"她在门外压低声音喊道。

我背靠着门，身子像散架了一样，一股血在一下一下地冲撞着头皮，异常疼痛。那个老家伙和骚猪婆的话在耳里回响，一声比一声大。

"开门，听见没？今晚非说清不可，否则你莫想困觉。到底闯了什么祸？"

我背靠着门，泪水从眼眶里流出来，双手揪着湿漉漉的头发，一把一把地拧出水来，又一下一下地用后脑勺撞击门板，发出"嘭""嘭"的响声。我感到脑壳很快就要爆炸了，总是回荡着那个老畜生和那个骚猪婆的声音，那声音无疑就是安置在脑壳里的一颗定时炸弹，渴望它快点爆炸，好让我的碎片能在屋子的空中像雪花一样纷纷扬扬地落下来，然后一切都是雪花。雪花的土地，雪花的河流，雪花的阿爸阿妈，雪花的洪氏家族，雪花的我。

我蹲在地上，头倚在门板上，逼着自己没哭出声来，哭是耻辱，是洪氏家族的耻辱。但阿爸早就哭了，哭了很多很多回，尽管从来就没看见他在我们姐弟面前哭过，但他一定哭过很多很多回。这个阿妈晓得，他晓得。要不然我怎么会变成那个老畜生、那个杀害阿爸的畜生的崽呢？那我岂不也变成了畜生？不，我不是，不是畜生的崽，不是杀害阿爸的畜生的崽，不是阿妈和那畜生苟合出来的崽。如果是，我宁愿去见阿爸，宁愿我的血管里流淌着阿爸的血脉，也不愿血管里流淌着一个畜生的一丁点血脉。我抱着头，把头埋在两膝间，但还是哭出了声。我由此深信我的血管里流淌的就是阿爸的血脉，因为阿爸早就哭了很多很多回。

啊，阿爸，我想起了那个早晨，太阳冷冷的，我穿着单薄的衣，不停打战。掀开凝结着冰霜的稻草垛，嗅到一股热烘烘的霉烂气味。郎嘎粗糙的脚板，踩在田里的冰霜上，从稻草垛上飞快地扒下一把把稻草，扎成一个个稻草人，说："照这样晒，天黑好收！""烂草，有什么卵用？""煮猪食，垫猪圈。"郎嘎一瞪眼，说："又发懒筋了，莫给老子讨价还价，上紧点，回头我来看！"郎嘎把裤脚卷过膝盖，嘴里叼着一根烟，掮着犁，赶着黑牛，到冲里去了。

我戴着草帽，从稻草垛上掰下稻草人，抓着稻草人的"头发"，猫着腰，踩着硬邦邦的稻草茬，拖开，翻晒。我有气没力，有的稻草人栽倒了，有的像打醉拳，有的"四脚朝天"，有的全散架了。我讨厌稻草人，讨厌这又脏又累的活，也讨厌读书，总是羡慕那些城里人。那天，我在插田，从公路上下来一帮人，他们踮着脚尖，像踩钢丝一样，走在窄窄的田埂上，跨过上面的泥巴，从田里漫溢的浑水，从紧挨的稻草人旁擦过。我站在田里，被汗水跟田水打湿的衣裤，贴着皮面，被太阳晒得墨黑的脸上，糊着泥巴，我看见那些人穿着黑皮鞋，时髦的衣服，戴着太阳帽，撑着伞，或嘻嘻哈哈，或叽叽喳喳，或一惊一乍，缓缓地从我的眼里消失。后来阿妈告诉我，他们是在外参加工作的城里人。也就是从那时起，我懂得了在打鼓垄之外，还活着另外一种人，叫"城里人"。我不晓得为什么城里人活得那么舒服，而农村人却要在或烫脚或冰冷的田水里苦熬。阿爸，郎嘎趁农闲时去城里打金，几趟都路搭偷车，为了躲避熟人，摸黑进屋，郎嘎饿得寡瘦，阿妈痛心，恶心。后来郎嘎挣了钱，给阿妈跟我们姐弟买了新衣服，新鞋子，还在成都大医院做了肾结石手术，阿妈总算开心了。我曾经一直想，将来，我也要做金匠。但一回想郎嘎饿得寡瘦的情景，我又不想了。我想去当兵，然后在部队转业，最后变成城里人。粑粑他叔叔就是这样的，他在城里安家落户，再也不要回家作田了。他才读完小学啊，听说他在部队特别受首长喜爱，最后居然讨了首长的女儿做堂客。

我躺在稻草垛上想啊想，很快就睡着了，梦见自己到了部队，首长漂亮的女儿，暗送秋波，说要嫁给我。我说，要是复原的话，你愿意同我回农村吗？她说，只要你娶我，我阿爸就会把你留在城里。我说，给你做牛做马都行，只要留在城里。她在我脸上亲了一口，说，OK！我高兴得跳起来，却从稻草垛上滚下来，跌在硬邦邦的田里。我睁开眼，只见像野马像大象一样乌黑的云朵，从西向东一路奔跑，北风刮起田里的残根断草跟灰尘，飞到空中，一粒沙子钻进眼眶，胀得眼泪都流出来。大地苍茫，昏暗，河岸上，田野间，传来焦急的呼喊声，人们在田里忙着收草，打捆，担草。阿爸，你，掮着犁，赶着牛，急急地奔回了家，急急地抓了两副扞担，直奔田来。

"没长眼？还翻草！赶紧缚草！"一跳到田里，你就骂，"雨就来了！""这草是人晒的吗？饭都从屁眼里筑进去的，将来怎么养活堂客崽女？""晚饭不要吃！"你火烫伤卵一样，用稻草扎带，一个个东倒西歪的稻草人，纷纷倒在你膝盖之下，被捆扎得整整齐齐。

我噘着嘴，没吭声，抓起你带来的一根竹扦担，双手握住一端，用力将另一端捅进一捆稻草里，然后用尽全力举起，并试图用竹扦担的另一端，也捅进另一捆稻草捆里，哪料一个跟跄倒地，被压在稻草捆下。你跨过来，抓起竹扦担，一捅，一扬，一捅，一抬，一担稻草平平稳稳地落到我肩上。

我从田地里爬起来，蹲在你跟前，用右肩接过你手里的担子，在肩上移了移，感觉平衡了，便摇摇晃晃地朝家里走。走过一段弯弯曲曲的只容两只脚并排走过的田埂，摆在面前的是一个陡坡。这个陡坡平时连牛都要翘起尾巴使足劲才能爬上去，担子百来斤重，走平坦路还有些喘粗气，要想爬过面前的陡坡，不放下歇一肩，是难以上去的。我把担子从肩上甩下来，一屁股坐在担子中间的扦担上，用衣袖擦了一把吊在眉毛尖尖上的汗珠，呼哧呼哧喘气。心想，在这山旯旮，刨一辈子地，卵都不值。真想快点满十八岁，赶快去验兵。

"坐死？"我一惊，才转过神来。原来，这一歇就歇过了，你赶来了。我慌忙站起，你挑着的稻草，少说也有一百八十斤，你喘着粗气，豆粒大的黑汗糊得睁不开眼，脸色寡白。你并没歇气，一步一步地爬陡坡。我突然想起你的肾里头还埋着大拇指大的石头呢，每当干一次重活，你的腰就会又胀又痛，在床上翻滚，床铺都打烂。我急忙扔下担子，在你背后使劲推。你竟一口气爬上了陡坡，随即就不见影了。奇怪，我的力气陡然冲上来了，挑着稻草一口气冲上了陡坡。

"他爸，吃了夜饭再去担吧。"阿妈说。

"就要下雨了！"你卸下稻草，扛着扦担又出发了。

"你们都去担，担完再吃饭！"阿妈说，"你爸的腰子又要发作了！"

不知怎的，缠我一整天的懒惰和厌恶情绪消失了，我们三姐弟望着你的影子消失在夜色中，也不声不响地跟上去。乡间的小路泛着柔弱的白光，远方的群山，隐约可见起伏突兀的野兽似的脊背。北风刮得越来越紧，夹杂着零星的雨点打着我的脸庞，有些寒意。

我摸着熟悉的小路，很快就追上了你，你已经准备好了担子，正焦急地等着我们三姐弟。你担心我们上不了肩。我说，我能上肩，不信，看！不知哪来那么大的劲，用扦担一捅，一扬，又一捅，一扬，双臂一举，百十斤的担子就到了肩上，这是我一整天来头一回发现阿爸满是汗水的脸上露出了很不自然的笑容。哎哟……正要上路，突然，你一屁股坐在田里，稻草担从肩上滑下去了。你用手捂着左侧的腰子，双眉紧锁，紧咬着牙，一副十分痛苦的表情。我慌忙丢下担子，小心翼翼地扶着你，翠鸟则用双手握拳，小心地拳击着你的腰。夜越来越黑，北风夹杂着的雨点越来越密集，这是我们最后一趟担草了。偏偏在这个时候，你的结石病发作了。可怜的阿爸呀，在成都动了手术不到两年，肾里不但又长了结石，还越长越大，都快要填满肾脏了。你为了我们三姐弟读书，不听医生的劝告，一拖再拖，没再去动手术，至今仍在忍受阵痛的折磨。

"你们先走吧，歇歇就好啦。"

"草要紧，还是郎嘎身体要紧？"

"快走——"

我一运气，用力一拱，郎嘎的担子就被我莫名其妙地举起，滑到了肩上。雨点拍打着地面，渐渐地密了，汗水和雨水搅和在一起，一时热，一时冷，担子压得我喘不过气，撑不起腰，然而我什么也不管了，拼死往前冲。那个白天看了都发抖的陡坡，一闭眼，居然一阵风似的冲上去了。雨沙沙沙地拍打着路面，路面渐渐滑溜起来，脚趾尖得像壁虎的爪子一样，吸住路面才敢向前跨。等我和翠鸟返回到那个陡坡下时，一条正在地上痛苦地翻滚扭曲的黑影，呻吟着，拳头擂击着路面……

随着一阵"咚咚咚"的敲门声响起，我醒了。

"到底怎么啦？"阿妈在那边说，"崽呀……你受了什么委屈，连阿妈也不能说吗？"

"不，你不是阿妈，你不配。"

"怎么说出这样无耻的话来了？"

"我是野崽——野崽——"

"……你……你……"她在那边哆嗦。

"那个老畜生亲口对我说的……"

"他……他……他……"她在那边哆嗦了一会儿，就发出沉闷的"哐"的一声，接着什么声音也没有了。

我急忙扯开门，从她房里射出来的那束灯光照在她身上，她躺在那里，一动也不动，像是困了一样。

我捧着她的头，摇了摇，她还是没有睁开眼睛。我把手指尖伸到了她的鼻子前，在触到一股微弱的气息从那里冒出来后，就搂起她又笨又重的躯体，将她拖到床上。我竭力将填充在脑壳里的那些让我恶心的东西赶走，但它们一点也不听话，重又杀了回来。几乎在同时，另一种迫在眉睫的东西也钻进脑壳，竭力要打败那些让我恶心的东西。可是，它们势均力敌，哪个也不心甘情愿地退出。我呆呆地立在床前，在昏黄的灯光下，她安详地躺着，一动也不动，像困了一样。她是我阿妈，我记得清清楚楚。她不是我阿妈，我看得清清楚楚。

"我才是你阿爸……蠢崽子……连阿爸也敢杀吗？"

那歇斯底里的声音又在耳边回响，天哪，她是我阿妈？我真是野崽子？既然这样，难不成阿爸是被他俩合谋杀害的不成？如果真是这样，现在就是她去见阿爸的时候。我脑壳很快就要"砰"的一声爆炸了，我渴望它快点爆炸，好让碎片冲破屋顶，在空中像雪花一样纷纷扬扬地落下来。

脑壳终于打败了那些让我恶心的东西，我掐她的手，掐她的脚，掐她的额头，直掐到她睁开了眼睛。她喝下我端给她的一碗清水后，就恢复了许多。

在五月淅淅沥沥阴阴沉沉的天空下，在黑黑的只有蚂蚁和蜘蛛陪伴的房子里，我拴上门，在那张潮湿的竹席上，在淅淅沥沥的雨声中，默默地躺着。任凭她在外面喊开门喊吃饭，任她在蒙着塑料薄膜的木格子窗外偷看，也一声不吭，一动不动。

扯开了那张不知封闭了多少日子的木门时，在门槛那边的凳子上，放着一个饭篮，揭开盖，可见一只盛着米饭、鸡蛋和青菜的碗立在里面，一双筷子搁在一旁，一丝又一丝的热气从碗里飘出来，携带着一股又一股芳香的气息。她的房门紧闭着，屋的大门紧闭着，屋子里空荡荡的，只有淅淅沥沥的雨声在耳边回响。我像是丢失了什么金贵的东西，到处寻找。哦，她原来倚靠在那里，闭着眼珠，鼻孔里发出均匀的呼吸声。抓在手里的菜刀刀刃上还残留着猪草的碎末，半篓子的猪草挨着她，脚边丁板上新鲜的猪草碎末堆得高高的，散发出好闻的芳香气味。她安详地呼吸着，眼角的鱼尾纹和额上的皱纹在自由自在地舒展着，使她看上去比她的实际年龄要小很多。我将一件夹衣悄悄地盖在她身上，离开了。

赶猪匠

傍黑时，都不想待在她家地坪上了，那里飘忽着一股尸臭，凡是到过她家的人都这么说，可是，她和她崽女却说一点气味也没有。兴许是在屋里待久了，嗅觉不灵了，就像我长期跟大约克待在一起，早已嗅不到它身上散发出的气味，而那些初次接近它的人隔老远就得掩鼻子。

那天我赶了三趟猪，很早就收工了，早早搞了夜饭吃了，把手电插在衣兜里，嘴里叼着喇叭筒，一瘸一拐地去了。我想，无论那股气味有多难闻，也要到她家地坪上甚至屋子里转一转。

我的腿刚搭进她家地坪，就见地坪上空飞舞着绿豆苍蝇，满脑壳都回荡着"嗡嗡嗡"的叫声，还时不时落到我眉毛鼻尖上舔吸，用手一拍一个准。天哪，我长到六十七岁零七天，还从没见过这么多绿豆苍蝇聚集在一块，它们像是约好了的，从三五十里外的地方，冒着被鸟、蛇和鸡吃掉的危险飞来。它们到底要做什么？

我猜，兴许是要把二号分吃了。这对她和她的崽女来说，是一场灾难。当初她要把二号挖出来，我就说了直话，虽说她不是我刘姓族上的人，但我敢说，凡是村里看不惯的人，我都敢说。我说她不是发癫就是发狂，大逆不道。可是她横竖要那样做，说是石奎夜里托梦给她。

说实话，自从二号被害以来，黑伢就不像以前的黑伢了，以前他见了我，都很有礼貌，现在横眉冷眼，好像我借了他壮谷还的却是瘪谷一样，有时还没大没小的，喊我"刘十甲"的小名，当时我就扇了他一巴掌。"刘十甲"是你喊的吗？莫说是他，就连他阿爸也不敢当面喊，没教养的家伙，书读到屁眼里了，猪弄的。我这样骂，可这小子吃了豹子胆，居然敢还手，把我双手给反扣了起来，跪在地上，硬逼我喊自己三声"刘十甲"。

天哪，我这张老脸都给他丢尽了，现今这是什么世道呀，论大小，他至少得喊我伯伯呢。天底下哪有侄儿打伯伯的，只有伯伯打侄儿，乱套了，全乱套了。可是我又有什么办法呢？他力气那么大，要是拿那五十斤重的大刀砍我，我这残疾身子岂不被剁成肉饼？看我气的，恨不得趁他困午觉或者上茅房的机会，一刀子剁了他脑壳，才解心头之恨。再说那翠鸟，自从二号进了土眼以后，村里人背地里叫他"癫子"，听说他跟兰癫婆在稻草垛里搞那号事，有人亲眼目击了的，不会假。这下把他娘气得半死，你说气不气？兰癫婆的叔叔是一号，一号是害死二号的嫌疑人，二号的满崽是翠鸟。按理说，翠鸟怎么能跟兰癫婆搞那号事呢？难怪李桂花一把鼻涕一把眼泪说："他阿爸还没闭眼呀……不争气的畜生呀……轮到人家笑话呀……我怎么生了个畜生……"

以前翠鸟不是这样的，一看到妹子脸就羞得通红，是个蛮听话知书达理的伢子，这我是清楚的，打鼓垄没人比我更清楚。我猜，八成是兰癫婆那骚货勾引他，让他魂不守舍。你瞧翠鸟，长得多帅，村里好多漂亮妹子想念着他呢。兰癫婆那个破鞋，嘿嘿，要是盯上我刘十甲，那还差不多。我刘十甲不是没向她扯过眉眼，可她就不来电，有一回我半认真半开玩笑在她胸脯上摸了一把，结果被她臭骂了一阵"老不死的""骚狗公子"，真扫兴。这骚猪婆，假正经。

"还愣着做什么？"

我一进地坪，就朝站在屋檐下的黑伢、翠鸟吼，并顺手在阶基上摸了一只竹扫把拍打空中的苍蝇，铆足劲往死里拍，它们一下子全乱套了，好些个甚至不用我拍，就你撞我我撞你掉落在地坪上，头破血流。

黑伢、翠鸟却仍然一动不动地站在那里，像木偶，他们以为这是我的事，哼，活到六十七岁零七天，还没见过这么一家人，我这是咸吃萝卜淡操心，竹扫把一扔，关我卵事，也不瞅他们一眼，就拖着那条瘸腿，弯着腰走了。原先还想着要来碰碰运气，真好笑，倒窝了一肚子火回来。我站在离她家不远的一个土墩上，硬要看苍蝇飞进那口棺里，把他身上的腐烂肉一点点地啃个精光，只剩下光秃秃的一副骨架，那时我就笑了。嘿嘿，嘿嘿。

猴　子

　　我从三亚回到家，一打开堂屋门，就嗅到一股霉烂腐蚀的气味，地上灶上落满了灰尘，堂客兴许也好久没归屋了，不用看，用鼻子一嗅就嗅出来了。我说过，我要拿刀子杀她，她都几年不跟我困了。

　　坐了一天一夜的车子，累得要死，我在地坪前的摇井摇了一壶水，架在地灶梭筒钩上，又到屋外的阶基上抱了一捆柴烧水，得痛痛快快洗个热水澡，困个乐心觉。至于堂客，就不用惦记了，鬼晓得她死到哪去了。

　　灶屋门敞开着，我老远就听到高跟鞋敲击路面的橐橐声，从门前的土坎下一点点地爬上来，然后一点点地朝灶屋门里飘来。

那不是堂客，听得出，她走路一向快，只顾往前面冲的那种。

还以为哪个呢，嘿嘿，原来是你这个猪婆。我向来就这样，就算一肚子苦水和委屈，也不对邻居亲戚朋友说，而且表面上还装出一副乐天派的样范，显得格外快活。我连忙起身搬凳子，等李桂花落座后，就挤眉弄眼做些怪样范给她看，好使她不感到一丁点拘束。事实上，只要在路上碰到熟人，我总要弄出点怪模怪样来逗他们乐。

虽然李桂花是我们打鼓垄公认的好看的女人，但是我从来就没在人前夸过她，我可不喜欢夸人，相反，总看不怪，某人身上的一丁点缺点在我眼里总是被放大许多倍，这使我觉得打鼓垄没一个让我看上去顺眼的。我早就打听到了，李桂花跟我堂客好不到哪里，跟男人有一腿。你看她的大崽黑伢，眼睛、鼻子、耳朵、脸块，还有性格，哪一点不跟一号相像？像死了。一身黑毛，哪里比得上二号？可是，李桂花偏偏跟他好上了。我就瞧不起这号女人。

好奇怪，屁股还没坐稳，李桂花就找上门来了，怎么晓得的？难道在路上看见了？我可是从街上坐摩的直接奔回家，半路上也没碰见一个熟人呢。

"我是神仙。"她这样回答。

我看她起身把一个纸包搁在饭桌上，就朝她扮了个鬼脸，说："来就来，送这么多东西做么子？"

"家里老母鸡下的蛋，一点点心意，莫嫌少。"

"找我么子事？"

"也没多大的事，说出来，你得替我保密。"

"放一万个心，我猴子嘴巴稳得不得了。"

她坐回到灶边，我故意用眼珠子朝她眨了眨，又朝她扮了个鬼脸。她的脸一阵子红一阵子白一阵子青，显得心事沉沉。如果我没猜错的话，她来找我，跟她男人的死有关。我在三亚听到她男人被害死的消息，当时感到很意外，因为一号不是跟她有一腿，还跟他生了个野崽吗？他怎会害死她男人？这到底唱的哪出戏？

"想必你早就晓得了。"她说。

"听说了。"

她一提起这档子事，我就不好意思扯乱弹了。

"你在外做事，见过他没？"她那双鼓得又圆又大的眼珠子盯着我。

我故意装作没看见，低着脑壳，拿着夹钳只顾朝火上添柴，潮湿的柴火冒出一股黑烟，爬到了空中，撞到瓦屋顶后便折腾下来，绕到蒙在窗户上的塑料膜破洞边，从那里钻出去了。好一阵子我没吭声，心里却在打鼓，暗暗盘算着该怎么回答她。倒是出了个难题，你想，跟我无冤无仇，我为什么要害他（只要我说出来，要是起作用了，他脑壳就要"咔嚓"）。

我一阵子想这样说，一阵子又想那样说，真的好难为情。都是屋门口人，不想得罪哪一方。当然，如果把两方分别搁在天平的托盘上，我发现李桂花这边分量稍许重一点，那边分量稍许轻一点。打鼓垄哪个哪个人品怎么样，都在天平上搁着呢。

　　她长得好漂亮，我猴子这一世要是能跟她困一回，哪怕就是到阎王老子那里去报到，也值。要是……嘿嘿，嘿嘿……我就这样乱七八糟想，磨磨蹭蹭，支支吾吾，那句话都爬到舌子尖尖上了，她却站起身，红着脸说该回去了。

　　我急忙起身扯住她的一只衣袖，笑着说："水就要开了，喝杯茶再走。"

　　她用力一挣就把我挡了回来，说也不早了，你坐车坐累了，要困了吧。

哑 巴

　　我正在工具柜里找那颗螺丝，要把它拧到单车的护板上，她就站在我屁股后面，不停地伸手看表，她说什么我可听不到。阿妈从屋里端出一碗茶，递到她手中，两个女人都张开口说话。这时候黑伢来了，不是一个人，猴子走在他前头。他背着个布袋，背带像是勒进肉里去了。是什么玩意儿呢，那么重。嘿嘿。黑伢的眼光冷冰冰的，一副很不服气的样范。我低着头继续在那些生了锈的螺丝、螺帽、垫片中，寻找那颗规格型号都配得上的螺丝，装作没看见。

　　我晓得黑伢还会来的，他都来过两回了，这是第三回。真讨嫌，为什么老盯着要呢，我可是从那个地方的草丛里捡的，都锈得不成样范了，都是我拿回家一次又一次打磨后再涂上机油保存好了的。费了不少力气呢，怎能随便给？他为什么老盯着要？嘿，要不是夜里去捉麻拐，那只麻拐跳进那片草丛，也许它现今还躺在那里，早就锈得不像把尖刀了呢。他俩一进地坪，就跨进了灶屋，阿妈在那里。她还是站在我屁股后，也没喝茶，不停地伸腕看表。终于找到了，她笑的样范真好看，给我做了个数钱的样范，我笑了笑，朝她伸出五根手指，并在空中做了个抓东西的手势。她给了五毛，真聪明，晓得我要的是五毛而不是五块。真聪明。她推着单车，一抬腿，屁股就落到了坐垫上。

猴子和黑伢从灶屋里出来，猴子指着她那落在坐垫上的屁股，使劲朝我眨眼，瘪嘴，然后双手做了个搂抱的样范，张开嘴巴仰天笑了笑，不晓得笑出声没。我不晓得什么是声音，我活的地方静静的，一年到头都听不到什么响动。她骑着单车走了，屁股真大。我今年三十八了，孙二娘不跟我困了。她屁股真大。

在堂屋的那个角落里，猴子让黑伢把黑布包一层层打开，从里面显出一把磨得雪白闪光的大刀来。猴子指了指东边，做了个抢锤打铁的样范。他在告诉我，是那个脾气古怪的鲁铁匠打的。我认识鲁铁匠，去年十一月十七下午两点十七分我在那里打过一支钢钎。但我从没见过这么一把大刀，以至于花很大力气才把它提起来，但是黑伢一只手就能举起来，在空中劈过来砍过去，好像大刀一到他手里就变轻了一样。

猴子指着大刀，做了个很吃惊的手势，在我眼前伸出五根手指，然后又搭了个十字，他告诉我，五十斤，要用大刀换我捡来的尖刀。我朝猴子摇了摇头，又比画了一阵，意思是这家伙太重，不好使。猴子有点不高兴了，比画着对我说，它可是花了血本的，黑伢光帮鲁铁匠打下手就打了三天，而我只捡了一下。我做了个用力磨刀的样范，又摇了摇脑壳。

正在猴子和黑伢磨蹭时，阿妈从灶屋里出来，眼珠直盯着我，一根手指指向我困觉的房子，再做了个拿出来的手势，然后又指了指黑伢，意思叫我把尖刀给黑伢。这时，猴子、黑伢、阿妈三人的眼珠都直直地盯着我，等我做出决定。

我低着脑壳，真不愿换，虽然黑伢的是大刀，我的是尖刀。我都磨得雪白了，能在空中把一根稻草砍成几截呢，都试过好多回了。我要杀了阉猪匠，孙二娘是我的，他困了孙二娘，孙二娘不跟我困了，再也不跟我困了。我要杀了阉猪匠。

猴子比画着说，我这把尖刀是孙二娘男人的，她男人杀了黑伢阿爸跑了，所以黑伢一定得要回尖刀，交给派出所王警官，说是凶器。

我恨孙二娘，她不跟我困了。我就跟黑伢换了。

水　仙

　　奇怪，在从成都赶回家前几夜，总困不着觉，其实那几夜都是在准十一点收工的。十点五十分，哈利油来了，我说，得在准十一点收工。他说，以前夜里十二点都没见收工。我瞪了他一眼，说，哪个叫你运气不好，明天随你什么时候来，只要不超过夜里十一点就行。他觉得有点难堪，站在屋内磨磨蹭蹭。我脾气一下子来了，咬牙切齿喊，走还是不走？老子要困了。他这才慢慢腾腾地走了。他刚跨过门槛，我就看见一个男人早在门外等着。那可是个熟客，看得出。我瞟了他一眼，就"砰"的一声关了门。可是他还是不死心，在外面一下一下地敲门。我懒得理他，把头蒙在被子里。尽力不去想什么，要困。

　　我脑壳昏昏沉沉，直到深夜两点钟，才在迷迷糊糊中进入梦乡。我听到打鼓垄河畔的柳树、竹子、松树枝"呼啦啦""呼啦啦"地叫，被北风刮得东倒西歪。地坪上、田埂上的灰尘沙粒被风吹到了空中，树叶被卷入翻滚的旋涡，发出"呜呜呜"的叫声。没多久，就下起了瓢泼大雨，雨点穿过窗户上的破洞，打湿了屋内的地面，把窗户纸吹打得"呼啦呼啦"响，我感到屋顶就要被大风抬走了，墙就要倒塌下来压死我了，不停地打战，打战，突然，惊叫一声，猛地从床上跳了起来，发现屋里静静的，能闻到精液、汗腺、狐臭及高锰酸钾气味。我在床上呆坐了蛮久，第二天就搭最早的那趟火车回家了。

　　结果一回家，阿爸就与我阴阳两隔了。

　　前几天夜里眼皮总跳个不停，我老在想，为什么？为什么平时夜里眼皮不跳，唯独这几天夜里跳不停？细一想，原来，阿爸阴生到了。

　　我提着竹篮，里面除装了一菜碗萝卜和一菜碗小炒肉外，还装了一菜碗桃花鱼，它们身上那花花绿绿的颜色全被猪油煎得金黄，活像一条条金鱼，它们张开的口里露出细密的小牙。那几年翠鸟不但很会捉而且也捉得不少，要是姨妈或者舅舅来做客，阿妈准会叫翠鸟快点抄鱼罾下河，她说"我洗好锅子在屋里等"，翠鸟乐得像是我做妹子那阵去大队部看电影一样，欢喜得不得了，并且准会在开中饭前，把桃花鱼拿回来。我和阿妈挤去屎后，我就坐在灶前烧火，阿妈在灶上煎，拌上辣椒、大蒜和生姜，姨妈或者舅舅吃得满脸通红，说要把剩余的几条带回去给我的表哥表妹尝鲜。可恨的是，现今芜水河再也捉不到桃花鱼，不光桃花鱼，别的鱼也捉不到了，全没了，芜水河像根木头一样躺在那里，不再展露她欢腾的鱼闹景象和勃勃生机。这些桃花鱼都是从二百里外的湖区买来的，那个鱼贩子说是野生的，我估摸是饲料养大的。因为现今野生鱼早被那些电鱼机和毒药赶尽杀绝了。要不是阿爸最爱吃桃花鱼，我才不会跑那么远去买呢。

我很快就看见那些老鹰了，长这么大才第一回看见这么多老鹰，我们这一带虽说也算是山区，但要爬上大山起码还得步行十多里呢，站在大山上看像包子馒头的山倒能在平坦的田野上凸显出来，几乎把田野和河流给挤没了。于是土砖瓦屋就傍着那些包子馒头边站着，显出一副有气无力衰败的样范，连城里的厕所也比不上，嘿嘿。但山里的野物除了零星几只野兔野鸡外，也没什么可稀罕的了，都倒在猎枪枪口下或者掉进夹子和罗网设置的陷阱里。老鹰也只是偶尔在田野上空盘旋，将那些在田里找食的鸡一窝蜂赶进灌木丛里躲藏起来，让一阵阵"咯咯咯"的尖叫声引来那些当家女人的咒骂声。我看见它们在头顶上空盯着我，实在恼火，瞅准地上的几颗石子，不等它们反应过来，从地上捡起就朝它们砸去。石子和骂声像离弦的箭满载着我的力量和仇恨射向空中，可惜没射中，但也吓得它们乱了阵脚。哈哈，哈哈，我的狂笑声刺破长空。但那几个讨嫌的家伙，没等我的狂笑声落音，又来了。

要是它们跟进屋，跟到阿爸棺边，阿爸就恼火了。可想而知，它们就是奔他来的，我只不过是引狼入室而已。我在踏进地坪那一步时，就嗅到那股令人呕吐的气味，不用说，是从他皮肤上的毛孔里发出来的。我身后的老鹰只不过是找个由头而已，它们其实早就嗅到了那股令人呕吐的气味。也许它们在暗中陷我于不义，将它们入侵我家的罪责推卸到我身上。

我每走一步，都要把篮子搁在地上，捡地上的石块转身去驱赶它们，当然与其说是驱赶，不如说是吓唬，当石块朝它们飞去时，就做做样范躲一躲，等我一转身弯腰提地上的篮子时，它们又跟上来。真讨嫌。我脾气可火爆了，只是不想发，因为今天是阿爸阴生。我都记不起在地上捡了多少回石块了，真讨嫌。要搁在平日，不拿鸟铳轰它们才怪。我虽是个女人，但胆子好大，记得有一回在河畔割猪草，看见一条竹叶青，它绿中带红的身子，蛮逗人爱。它想溜，我用镰刀压住它的脑壳，像拉锯子一样，把脑壳割下来，剖开肚子，摘了胆，丢进嘴里，吞了。听老一辈说，吃蛇胆对眼睛好，别人都怕吃，我不怕。

但是，我踏进堂屋门时，黑伢挡在那里，像张飞那样瞪着一双牛卵子大的眼珠，不准进去。他的眼光好灼人，像两炉钢水。我从心里鄙视他，早就听说了，他是——哈利油叔叔——我也该喊叔叔的野崽。可是他至今还蒙在鼓里——这个癫子，居然穿了双几十斤重的铁鞋，拿着一把尖刀，八成是看多了武侠小说走火入魔了。雪白的尖刀寒光闪闪，我生怕他当真砍，就退几步，朝堂屋里大声喊："妈……妈……"

我晓得阿妈在那间房里为他烧纸钱，因为我闻到了它散发出的苦艾或者荨麻的气味，泪水一下子从眼里滚出来，烫烫的。像是又看到了阿爸的遗容，又看到了他往日坐在木箱子前叮咣，叮叮咣咣，扛着锄头或者犁去田间的背影，又听见她说，我小时候他一担担着我、黑伢跟翠鸟去大队部看电影的事，就哭了。但黑伢的心肠像是铁打的，那雪白的刀光像魔鬼堵着堂屋大门。

我的哭声越来越大，泪水越掉越多。阿妈终于显身了，站在黑伢身后，冰冷的脸，哭得红肿的眼睛朝我这边瞟了一眼后，像什么也没看见，又像是什么也看见了，一声不吭地转身进屋去了。那一眨眼间，篮子从手里掉到地上，桃花鱼洒到在地坪上。

我一下子就跪在地上，连喊带哭："阿爸……阿爸……女儿来看您……呜呜呜……"

但是屋里还是一点动静也没有，我的声音像是一出口就被周围的空气吞没了，又或者周围原本就隔着厚厚的一层屏障。我横着衣袖擦了一把咸味很浓的泪水，将那些桃花鱼一条一条地捡回碗里，把篮子里的两碗菜端出来，在地上摆成一条线，正对着堂屋门。但就在我点燃香烛和纸钱的一眨眼间，黑伢出现在眼前，一脚把它们全都踢翻了。

翠　鸟

　　我睁开眼睛窸窸窣窣地穿好衣服，将昨晚写好的纸条的一半压在被子的折缝里，一半露在外面。当鸡叫声再次响起的时候，我溜到楼下，从连接着猪栏的走道里钻出，就连平时吱嘎作响的门轴也悄无声息，因为我特意将木门向上提了两厘米，那样木门就刮不到门槛了。我还事先在门轴里淋了一勺水，那样门轴在旋转的时候就把声音吸掉了。那是当我决定隐瞒他们从家里溜出去做一件在我看来非做不可的事时，屡试不爽的小把戏。当然，现在只需要隐瞒她了，因为他已去世。黑伢也不会管我，他刚从很远的地方回来，变成了一个叫花子，好像每次外出长途跋涉，都只是将自己折磨得黄皮寡瘦然后再去讨饭一样。可是他一点也不泄气，口口声声一定要抓住那家伙，否则他宁愿去死。他说，好几次，他感到那个老家伙就在眼前，几乎一伸手就可以捉到。可是，当他偷偷地靠近他的时候，他就像水分一样蒸发了，只在被窝留下一股热烘烘的气味。我不会相信他的鬼话，他的鬼话只能说给他自己听。

当跨过猪栏门槛从那棵酸枣树的影子里溜出去时，我加快了脚步，但也只能用蹑手蹑脚来形容，因为鸡叫了第三遍，用不了多久，她就会打开堂屋门到坪场上，瞧一瞧老天脸上的表情并规划当天的事，而我的必经之路又恰好暴露在她的可视范围内。还好，村庄俨然在沉睡，我庆幸自己没有白费力气。

可是，在沿着河堤顺着水流的方向走的时候，我还是不敢回望，好像她就站在坪场上一眨也不眨地盯着我的后脑勺，所以我一次次地警告：翠鸟，莫回头，千万。解放鞋摩擦土坷垃发出的沙沙声，一下一下地敲打着村庄的神经。直到我的影子在羊角滩的拐角处消失后，才放慢了脚步，因为我确信那个尽管埋藏着我胞衣，但我已厌倦了的地方，无论我怎么回望也不会出现了。

我站在横跨在两条河道交汇处的倾斜的石拱桥上，长长地嘘了一口气，就像躲过一场惊心动魄的劫难。

李文俊

　　不晓得翠鸟是怎么得到我的 BB 机号的。上次回打鼓垄，他就说要同我出来，我说工厂不招工，因此没告诉他联系方式。叫他安心在家读书，读完高中考上大学，当白领。像我吃亏就吃在没读多少书上，之所以能当业务员，是因为我对这座城市的每一个角落都很熟悉，能吃苦耐劳，会说一口标准的普通话跟广东话，当然也善于跟那些办公室经理主管或企业老板打交道。他懂什么？再说，凶手有公安去抓，我一有线索就会跟姑姑或者公安联系。但是他居然事先也不呼我一下，就来了，说是阿妈叫他来的，我猜他在说谎，无非是找个借口罢了。

　　听说姑姑将姑爸的尸体从土眼里挖出来，停放在家里了。为了寻找凶手的下落，姑姑把我家也牵连了，我寄回家的一部分钱，被阿爸瞒着阿妈借给姑姑做路费了，具体多少，只有阿爸晓得。阿妈很生气，跟阿爸吵得很凶。本来两口子平常就吵来吵去的，我做细把戏时阿妈就把离婚的话挂在嘴边，估摸这下她又挂在嘴边了。虽然很同情姑姑一家，但是我早超过了结婚年龄，村里和我同龄的满哥，有的十九岁就成家了。可是我还没着落呢，寄回家的那些钱都是计划将来结婚用的。

翠鸟小表弟太莽撞了，在火车站出口见到他那会儿，凉了半截。瞧他什么东西也没带，零光一个人，穿一双洗得褪了色的解放鞋，白衬衣衣领都被汗渍染成黄色了，西装裤脚边也皱皱巴巴。他头发好乱，像个罪人，也许是坐了一夜的火车，眼珠子带血丝，脸皮粗糙。像他这号操满口打鼓垄口音的人，要到深圳这样开放的新兴城市打工，让人头疼。本家湾里的鱼嫩子在这边找工作都找了一个多月了，也没着落，估计只能回去了。

可是又有什么办法呢？哪个让他是阿爸的妹妹的崽呢？他这么千里迢迢地来投奔我，难不成把他拒之门外？我本来就和同事挤在宿舍里，晚上困的是单人床。不能让他去住十元店，那花的都是我的钱呀。就两个挤吧。他倒好，一上床就像头猪一样打起呼噜，搞得我和同事困不着觉。

他呀，一到火车站就身无分文了。借三百给他时，就说，借我的钱将来要还呢！可没转弯抹角，我的钱来得容易吗？天天跟那些狡猾的主管经理磨嘴皮子，还有那些讨厌的同行，三天两头抢客户，把价格一降再降，降一次，我的价格也跟着降。事实上，降的部分都掉进那些主管经理的腰包了，他们鬼精得很，说既然人家这个价能做，你就能做。他把同行的价格表拿给我看，白纸黑字，你敢不信？所以我感到这业务是越来越难做，说不定哪天就拜拜了。所以我对他说得很清楚，借的钱一分都得还，亲戚不亲戚，萝卜三斗谷一担，他倒是满口应承。

他说要去追凶手，凶手逃到了深圳的郊外，在某条街上打金。我问他，听哪个说的？他说，听从深圳打工回家的人说的，有名有姓。问题是，在郊外哪个地方？深圳郊外有四个区，每个区又有好几个街道，每个街道又有几十条街。莫小看深圳，它的规划面积相当大，目前人口达一千万，要寻到凶手，就等于大海捞针。

翠鸟呀翠鸟，在这种情况下，你叫我帮你去大海捞针，搞笑不？

哈利油

　　那夜，粑粑、五号说要带我去那个地方，还朝我贼贼地笑。鬼晓得他俩笑什么，我可不愿去琢磨。他俩一路上说说笑笑，人力三轮车在一个菜市场门口停住后，我们下车了。他俩带着我在一条条墨黑的小巷里转来转去，最后就走进那个亮着微弱的橘红色灯光的院子，四五个穿着连衣裙的女人随即围上来，用成都话说，要不要去耍。直到听了她们说的"耍"，我才明白他俩那贼贼的笑里的含义。就在我心跳得厉害不晓得去还是不去时，看见他俩跟在两个女人后面进屋去了，也没告诉我是去还是不去，去了会什么样。而我也没怎么多想，光看那薄薄的连衣裙下面那双雪白的长腿，就像是中了邪，慢慢地跟着她走进那间仅仅够摆下一张床的屋子。借着那盏橘红色的灯光，就在她脱下连衣裙的一眨眼间，我发现她面孔好熟，有点儿像打鼓垄的妹子水仙。

是不是水仙还不确定，因为路隔一千多公里，再说自从我家与她家结仇以来，她一见我就瞪着仇恨的眼睛，想喊她都怕，彼此也由原来的熟识而变得陌生。那次她家一只小鸡溜进我家田里吃掉几粒谷子，阿爸就咒她阿妈，叫她管好自家的鸡，并拿锄头赶小鸡，它四处乱窜，结果也不晓得躲藏到哪去了，或者被黄鼠狼吃掉了，或者惊吓得躲藏在刺蓬丛里不敢出来，总之，它大概再也没回家了。水仙阿妈傍黑清点鸡数时，发现少了一只，就想起我阿爸白天在田边赶鸡的事，又伤心又恼火，但也许怕我阿爸发横，也就咒了几句，不了了之。

后来听阿爸说，派出所到处抓叔叔，说是他害死了水仙的阿爸，害得叔叔到处躲藏，不敢归屋。裤子婶婶还跟水仙阿妈扯皮打架。

后来，我几年没见她了，之前只听说她在南方的制衣厂打工，每次回家都穿得很洋气。我想她是犯不着跑这么远到这个厂子并不多的山城来的，也就没往心里去。

老实说，我还是个处男，对于那号事可是一点经验也没有。粑粑和五号不用说是老油条了，这个我清楚，整个在成都的打鼓垄男人，除非带堂客来了，否则不到这号地方来就不是男人了，这个我见得多了，也觉得不稀罕。

我这个人很懒，常常一两个月才洗一个澡，脖子被煤油、机油搞得墨黑，衣服也很脏，别人老说我身上有一股气味，从我身边走过都要掩鼻子，应该是太夸张了点。但我从来不理不睬，我这个人嘛，对待生活很随便。有时在寒冷的冬天，穿很厚的袄子，脚上却穿一双凉鞋，别人笑话我，我无所谓。

当我脱光衣服趴到她身上时，她就咯咯咯地笑了，说："哥你是不是打鼓垄人？"

"怎么晓得的？"

"一嗅到你身上的气味就晓得了。"

"难怪面熟。"

"其实你们一进院子我就认出来了。"

"那就不怕我说出去？"

"怕个屌。"

"你会不会吐？"

"不，你身上的气味好香。"

我感到纳闷，因为从来就没妹子对我说这号话。再说，我家与她家现今变成了冤家，怎么可能……

第二天，新龙门客栈的金匠一个个问我昨夜是不是破处了？那女的怎么手把手教的？我倒无所谓，但如果不是耙耙跟五号在客栈里散播消息的话，大家怎么就晓得我破处的事？没卵用的家伙。不过他俩至今也不晓得，破我处的女人是水仙。

有了第一回，就有第二回第三回。不同的是，我每回去都只找水仙，并一个人偷偷地去，免得老乡说闲话。水仙喜欢嗅我身上的气味，也不把上一辈的恩怨记到下一辈身上来，我特别喜欢。去的回数多了，她就越来越迷我身上的气味了，我也就向她表白了。起初她不接受，因为她生怕阿妈不同意。

后来的结果都在意料之中，双方家人都极力反对这门亲事，尤其是未来的丈母娘更是以死相逼。但是我俩哪个也离不开哪个了，水仙更是带着行李离开那个昏暗的小院，和我住进新龙门客栈，后来又跟我搬到悦来客栈。她答应我了，从此再也不做那行了。为了表示真心，我把当天挖的金把把全部交给她，说是给她的结婚礼物。由于她阿妈坚持不同意这门亲事，她顶着巨大的压力瞒着家人和我拜堂成亲。因为她没偷到户口本，所以我们至今也打不成结婚证。

结婚后，我发现她有个最大的毛病，就是爱打牌爱耍。常把我挖的金把把拿去赌，输了还发脾气，动不动就砸碗摔凳子。我要是不把金把把交出来，她就到外面做那事，夜里也不跟我困。

阿　兰

　　翠鸟是个穷困潦倒的乡巴佬，穿着寒碜，瘦得下巴与脸颊的棱角很突出，但这不是我愿意盯上他的理由，理由是他有一双漂亮的眼睛跟一张漂亮的国字脸。他来公司做搬运工，这个又苦又累还挣不到几个钱的事，我猜他或许是被家人逼来的，要不然他绝对不会自愿来的。真搞不明白，像他这个年龄应该是在学校放肆读书的时候，可他偏偏千里迢迢来做这个。也许他家里太穷了，这倒可以相信，我也来自乡下，不同的是我爷娘都在国营企业上班，我中专毕业就来了深圳，换了好几个工作，都是坐办公室。我的命挺好的，当然是与乡巴佬比。说心里话，我之所以关注他，还有一个重要原因，那就是他是我的老乡，一个县的。

刚好，我是负责货运这块业务的，阿娇管财务，阿珠负责搬家那边的业务调度，阿秀是我俩的主任，负责货运和搬家的全盘统筹。她们都是潮汕人，是马总的老乡。我能说一口流利的广东话，当然，她们的潮汕话我也能听懂。在我们公司，全国各地的方言都有，但大都以普通话沟通交流，挺好的。但他连普通话也说不准，总夹带着那个县的方言，搞得阿娇、阿珠、阿秀常常莫明其妙，我也不好点拨他。再说他在我们面前总显得有点拘谨甚至紧张，通常不到万不得已，是不会跨过中间这张铝合金门的。他一来上班，就规规矩矩坐在仓库里的一条长凳上，就像一个害怕老师批评的小学生，不敢向办公室这边瞅一眼。倒是我会不时瞅一眼的，瞅得他一脸羞红，就像我初恋时的那种羞红。我很想问他，你心里一定藏着什么秘密，要不然你不会到马总这里来，不会做这种不应该是你做的事。你一定有的，你只是不愿告诉我。好几次话都爬到舌尖尖上了，却又滚回了肚里。或许让它滚回到肚里是对的，因为它是不应该滚出来的。但凡到深圳来的人，不管来自乡下还是城里，他们内心都藏着一个秘密，不为人知的秘密，哪个都甭想试图去揭开，否则是十分危险的。这个道理没有人比我更清楚了，嗯，我都犯糊涂了，都是他那张羞红的脸诱惑的。但我是做对了的。

长凳是老张他们几个坐的，正对着门外的地坪和连接地坪的马路。老张是四川人，是他的头。只要看见有车子在马路边停下来，他就会出去看一看问一问，那多半是来发货的客户。他就在那里回答那人的问话，到银川要几天，价格怎么算，甚至要包一个整车什么的，他都能说到对方心坎上，马总对他挺满意的。但我的这个小老乡自然是一问三不知，甚至眼睁睁地看着客户打开车门从驾驶室里钻出来朝后尾厢走去，他还是坐在长凳上发呆，直到客户从后尾厢里搬出一箱货气喘吁吁地跨进仓库门，他才站起身。客户累得满头大汗，对我们公司的这种服务态度自然颇有微词。为此我得挨马总批评，老张得挨我批评，小老乡得受老张白眼。老张说，他时不时要去停车场调车，要去外边提货，他可不能在仓库门口老待着，像个蠢巴一样。我盯着小老乡脸一阵青一阵紫一阵白，但也不好说什么，因为他初来乍到嘛，再说他还是舍得下力气的，明明是搬不动的货，也要下力气去搬，累得脸和脖子涨得通红。并且要盯上几秒钟才把目光从货身上移开，看它是不是在仓库角落里坐稳当了。看得出，他不想偷懒，不想让人说他闲话。

他住在离公司七八里路远的宿舍，每天坐公交车上下班。轮到值夜班了（马总安排他们三个刚来的搬运工值夜班），就躺在仓库那张又破又烂的沙发上熬一个晚上。他的工资才四百多，除去吃快餐的钱就没剩几个了。他每天在库存区外边快餐店吃三块的快餐，那些搬家部的小伙虽然也在那里吃，但是他们吃八块的快餐，另加一只鸡腿、一瓶啤酒。当然，他们每搬一次家都有五十一百的小费，但小老乡则一分钱也拿不到。眼看着他越来越瘦了，尤其是他那双漂亮的眼睛里总显出忧伤，真不明白，像他这个年龄段的小伙，应该是成天唱着《小芳》才对，跟我们几个姐妹也该说说笑笑甚至逗逗乐子才对。我猜，他心里是不是隐藏着什么愁苦或什么不幸呢。我打心底里怜悯他，这倒是有点让我心烦。我想，如果我刚谈的这个对象有他这么漂亮就好了，可惜他仅有他一半的漂亮呢。

嘿，又到开夜饭的时间了，男朋友刚打过电话，约我吃饭。我在送饭阿姨的篮子里找到那个浅蓝色的饭盒，从玻璃墙上那个小窗口递过去，装作很随意地喊了他一声，瞧，他漂亮脸蛋上荡起了羞涩的红花朵，真好看哪。我说，拿去吧，拿去吧，别不好意思，男朋友来接我了，里面有香干炒肉，有红烧鱼块，那都是我最爱吃的，你一定也最爱吃。可是，他漂亮脸蛋上羞涩的红花朵很快就不见了，他摇了摇头，转身出去吃快餐了。我恨不得顺手把饭盒砸到他身上，往他身上砸。哼，不识抬举的家伙。傻乎乎的乡巴佬。气人。气人。

翠　鸟

　　我长这么大，才晓得《新华字典》里会有提货或者运货这个词，我生命里会有阿兰这个词。那时候她告诉我第一个词是提货，我还是第一回听到这么新鲜漂亮刺激的词，她像一颗新星照亮我的夜空。那时候她会将一张散发出她皮肤体温的小纸条递给我，然后用温柔、略带指使的口气说，去提货！上面是某某区某某街几栋几号联系人。

　　开车的是整天操着潮州话的林司机，三句话不离"丢你老母"，都是马总从家里弄来的，爱在我们外来工面前指手画脚。他们屁股后总挂着个不时发出哗哗声的黑匣子，夹杂潮汕口音的普通话与我夹杂打鼓垄方言的普通话同样滑稽可笑。我跟在他们中的一个屁股后，充其量是一条可以随意使唤的哈巴狗而已。

　　林司机把车子开到停车场后，手里抓着那张小纸条不时对着黑匣子叽里咕噜，黑匣子接着也叽里咕噜。在进门的那一瞬间，脑壳里就新装了一个叫客户的词。这个词在后来长长的一段时间里从来就没放弃折磨我的想法，我爱它的时候爱得死去活来，恨它的时候恨得咬牙切齿。

　　客户把我们请到一堆货前，用同样的鸟语与他叽里咕噜后，他就下令我把货一件件从库房里搬进走廊外的电梯，到了地下室后再搬到停在外面的车厢里，就像蚂蚁搬家那样。他则在那里和客户叽里咕噜，在单子上填写着什么。等到货基本搬进车厢后，他终于下来了，一开口就是一句"丢你老母"，原来他手里还提着一件货。在他看来，我就是一个负责流臭汗的傻逼，他就是一个负责洽谈签单的聪明人。其实我是让他返回时顺手带下来的。

　　仓库货满时，那些抛货就连我值夜班困觉的沙发也不放过，它简直被压榨得不成样范了，再加上那些油腻的浅黄色工装裤时不时在上面坐一坐躺一躺，它就把油腻甚至狐臭的气味全部吸干，然后在我值夜班时一股脑喷出来，让我困不着觉。讨嫌的蚊子像是读了《孙子兵法》，轮番上阵。找来几件工衣，把身子包裹严实，只留鼻孔露在外，它们就只有"嗡嗡嗡"叫的份了。

　　我扯开仓库门，在空荡荡冷清清的马路上徘徊。突然想起兰癫婆裸露的母狗般肥硕的乳房，如果她就在眼前，我就会毫无羞耻地像哈巴狗那样去纠缠她，在她面前发誓再也不去寻一号报仇。何况一号早就隐姓埋名跑得远远的了。但是阿妈和哥哥在寻，至于姐姐，哦，别再指望了，她都嫁给哈利油了。她为什么要嫁给哈利油？难不成没了他，就嫁不出去？听说她之前在成都那边做那号事。阿妈一定晓得的，阿爸也是，哥哥也是，可他们从来就没在我面前提起过，我都是从别人那里听来的。阿爸睁着眼睛躺在棺里，肌肉在一点点地腐烂。棺躺在阿妈那间房里。苍蝇和老鹰虎视眈眈。桃花鱼像箭一样从芜水里射出，像雨点一样落下来。我抓住一条桃花鱼，塞进了嘴里。我脑壳昏昏沉沉，像灌了铅。脸色苍白，脚下的水泥地软绵绵，眼睛发花。天哪，我是不是病了。路灯把我的影子一会儿拖得很长，一会儿拖得很短，一会儿一点也不拖。也不跟我说话，完全把我当成外地人。李文俊是尽了力的，对于这份工作，我是没法可唠叨的。再说还欠着他三百呢，他说过，得还。他以为我不会还，因为我喊他阿爸叫舅舅，喊他叫老表。阿妈已借了他家不少钱了呢。

我们得到那老指手画脚的潮州佬林司机发的命令。厢式大货车的屁股正对着仓库门，吊在车厢顶角的一盏灯，把里面照得白晃晃地刺眼。他留着一撇胡子，眼光冷冷的，盯着手里的发货清单（那是阿兰列出来的），站在仓库门口，用那夹带着潮州口音的生硬普通话，命令我们货运部和搬家部八个工友，先装重货，然后再装抛货。他们倒是嘻嘻哈哈的，时不时和潮州佬开几句玩笑。把货递到站在货厢上的那个高个子手里，高个子再把它递给屁股后的矮个子手里，矮个子再把它铺到车厢底上。

都上车！最后，林司机朝大伙一挥手，话音一下子变得不容置疑或者毫无商量的余地。大伙不再嘻嘻哈哈了，什么随身物品都没带，爬上车，挨个坐在车厢后边的香精桶上。那些家伙倒是蛮结实的，要两个力气大的汉子合力才能抬上车，当初我使劲抬也抬不动。搬家部的倒是一声喊就抬上车了。听说一口大冰箱他们一个人就能一口气从一楼背到七八楼，一台两吨重的机器设备仅仅利用叉车、钢管、绳子、滑板等简单的工具，就能沿着楼梯的踏步从一楼一级级地迁移到七八楼。李文俊说，他之前也在这家公司搬家部做过，我能被录用，全是仰仗他在这里积攒下的人脉关系。可惜后来我全不把它当成一回事，也没顾及他的声誉，就那样不辞而别了。

随着"砰"的一声响，车后门就稳稳当当地合上了。一瞬间，就像掉进了黑窟窿，不同的是，这个黑窟窿会摇晃，会奔跑，会突然停下来，等个几十秒或许更长的时间，接着就又会摇晃会奔跑。能听到它划破气流的声音，当然还有刺耳的喇叭声，向前急速奔跑摩擦水泥地面的呜呜声。没完没了，像是载着我们驶向黑窟窿的尽头中，慢慢地等待我们疯狂到最后的一丝喘息声消失、黑窟窿尽头此后就永远永远地归于寂静。

我看见他们模模糊糊的影子。他们能不能看见我模模糊糊的影子呢，也许他们早就晓得没必要问了，他们也不是头一回掉进黑窟窿，这只不过是很寻常的一次简短出行罢了。只要一掉进那里，就哪个也支配不了哪个，只有大货车可以，林司机可以，马总可以。马总手里拿着那砖头样的家伙，那家伙我可是头一回见到，它朝上的那头伸出一截比筷子稍细点的天线，再往下的部分随时可以贴在耳朵上，听从里面发出的声音，那声音可以来自深圳的每一个角落，也可以来自大江南北甚至大西洋彼岸。他总是握在手里，总是当着我们的面把它的那头贴在耳朵上，对着它叽里咕噜。我觉得他整个人就因为它变得神气了，因为当我们看见它被握在他手里时，我们的眼光就不由自主地落在它身上，接着就自然落到他很有节奏而得意的步伐上。

我们在黑窟窿里呼吸着木质纤维、香料、油漆、塑胶的混合气味，猜测过了某个收费站，上了某座高架桥，驶入了某条隧道，进入了那必然经过的"洗浴之都"。后来听深圳的同行说，大凡讨好客户的话，最好的方式就是单独请他们到"洗浴之都"去，那里的收费虽比深圳高出许多倍，但正因为那不是一般人能消费得起才显得人有多尊贵，客户才觉得你真正摸准了他们的内心，以至于爽快地把订单下给你。至于"洗浴之都"为客户提供了什么服务，深圳的同行把当时的感觉描绘得飘飘若仙如梦如幻。这使我又想到了水仙，恍惚间，她就在"洗浴之都"里。她从来就没提起过，而我从来就当不晓得。

大伙或伏在膝盖上想着往事，说着什么时候能把仓库的活干完、可是连一条毛巾也没带的话题。我听见香料在桶里摇荡，我们在桶盖上摇荡。我闻到香气越来越浓越来越烈越来越刺鼻，几乎就要窒息。我将鼻孔对着车门边的缝隙，呼吸从那里梭进的丝缕清风。也许他们早过惯这样的生活、经历这样的往事，最后会安然归来，因为我听不到他们一丁点抱怨的声音。也许生命之于他们来说注定算不了什么，即使消失也如同一只蚂蚁被踩碎一样无足轻重。

在迷迷糊糊间，"砰"的一声车门被打开，刺眼的路灯光照进来，街道上人影幢幢，众声喧哗，恍如隔世。潮州佬站在车门边，一只手扶着一边车门，大声说"下车"。我在地上站了好一阵两只脚才恢复知觉。一路上的颠簸和各种灰暗的念想烟消云散。那是位于广州市郊外的小镇，之前来过的几个搬家部工友一下车就嘻嘻哈哈打打闹闹，建议大家去就近的录像厅看录像，因为要整理的仓库就在附近，那里冷冷清清枯燥无味，去早了困不着觉呢。他们把录像片夸张得如何如何让人销魂，就像降临想象中的"洗浴之都"。大家欢呼雀跃地去了。多年以后回忆，我不晓得工友们是麻木还是豁达，还是认为人生注定要经历那些，或者那些经历对于他们来说习以为常，不值得怀想。

李桂花

村里静悄悄的，从墨黑的树影里传来的一声鸟鸣，忽然间消失。不晓得老鹰飞到哪去了，也许它们蹲在屋脊上，落在樟树、酸枣树上。它们死盯着，被他发出的腐败气味深深地吸引，但是它们至今也没靠近棺。

我背着小布包离开时，对石奎说："你在家放心好了，我跟你多次外出打金，早就学会照顾好自己了。几岁大时，就一个人从十多里外的姑姑家走路回家，在经过那个集市时，遇到一个年纪跟阿爸相差不多的热心肠男人，他手里拿着一粒金纸包裹的糖，伸到我眼前，说，只要你跟叔叔去玩，这粒糖就归你。我眼珠鼓得好大，盯着糖，一线口水从嘴角流出来。男人见我不作声，就故意将糖收起来，眼睛里的笑，怪怪的。我白了他一眼，一扭身就走开了。多好吃的糖，我竟然一点也不动心，到天黑时终于赶到家了。"

我在内裤上套上健美裤（尽管肚腩将裤腰撑得紧紧的），穿上蝙蝠衫、高跟鞋，梳着长长的披发。当高跟鞋的橐橐声响起时，我仿佛又回到了那个爱打扮，爱在人前展示身材，爱听男人奉承话的时代。

天刚蒙蒙亮，公路上传来清亮的扫地声，学生赶路的沙沙声，杀猪匠拖着半边猪肉的影子从身旁一闪而过。没多久，就刮起北风，呜呜呜，灰尘、纸屑和树叶在空中打着旋涡。

班车离开镇上后就在冷飕飕的风里奔跑，在坑坑洼洼的峡谷里颠簸。我坐在车厢后面的座位上，屁股时不时被车子抛离座垫，心脏仿佛也跟着跳。拖着脏鼻涕的细把戏，扛在肩上提在手里脏死了的蛇皮袋，叼在胡子间冒出刺鼻气味烟雾的纸烟，走道上丢弃的被踩瘪的果皮纸屑，墨黑的座椅，恶心。我尽量躲开，生怕弄脏了健美裤、蝙蝠衫。

我一听猴子说那千刀万剐的家伙在那边打金的消息，恨不得马上赶过去，但班车走走停停，大凡在它经过的路口，只要有人朝它招手示意就刹车，好像总嫌自己装得不够多，事实上，连过道也塞满了。班车变成了猪笼，幸亏我坐在窗子边，要不然，非臭晕不可。

一下车，我就跑到附近的绿化带，蹲在那里把早上吃进去的饭菜通通吐出来，那种窒息让我发慌，简直活受罪。心想要是石奎在身边，多好啊，他会端温水给我漱口，递毛巾给我擦嘴，扶我到空气新鲜的地方歇一阵。石奎身上让我厌恶的那股气味，那阵子像雪花油一样喷香。

进入火车站，我被人潮围堵得喘不过气来，他们你推我挤，在缝隙间穿来穿去，闹闹哄哄，散发出一股热烘烘的汗臭、烟尘的浑浊气味。只看见黑压压的人头和大包小包的行李像蚂蚁一样在涌动。大家几乎没心思去考虑所处的环境、人身安危，只求能尽快买到有座位的头班车车票。我像一只笨拙的皮球，被汹涌的人潮踢来踢去。健美裤沾上了灰尘和污渍，汗湿的蝙蝠衫散发出一股酸腐的气味。我恶心、孤单，思绪游离在眼前闹闹哄哄的与自己毫无瓜葛的尘世之外。

火车沿着轨道像脱缰的野马向前飞奔，将长沙城远远地抛在后面。法国梧桐的影子在灰暗的天色里从窗外一棵棵一排排闪过，异地他乡一望无边的原野和高耸的山峰，像黑洞一样的隧道以及之前从没见过的滚滚江水，喷吐黑烟的轮船，如此种种给我带来新奇的感觉。随着太阳从地平线上一点点地升起，把金灿灿的光线铺洒在波光粼粼的江面上，像一张亮丽的毯子，然后，又把那一张亮丽的毯子投射到天幕上，在那里映出蜃景之城。

我又闻到一股冷飕飕的难闻的汽油味，把脑壳埋在前排的椅背上，闭上眼，尽力不去想什么，感觉那样会舒服点。我尽力让思绪凝集到那些逝去的往事上，它们却一齐涌上心头，好像早就在那等待，苦涩的甘甜的烦闷的心痛的悔恨的……脑壳本来就晕乎乎的，不堪的往事更让它雪上加霜。我抬头去看窗外，望见那一片荒凉的原野，有一大片低矮的破烂不堪的土砖瓦屋，在它们周边，有一小片一小片的堆着零散稻草垛的田地和长满狗尾巴草的光秃秃的山岗。偶尔会有几个面色蜡黄的妇女，弯腰挥锄，或拄一根木棍，眼睛一眨也不眨地盯着火车从她们眼前疾驰而过。我看见她们呆滞的眼光如同那一片荒凉的原野，充满茫然和无助的气息。此后，她们呆滞的眼光总让我无法释怀，好像她们中的一个就是我。她们之所以一眨也不眨地盯着火车，是因为我坐在火车里、我血脉里流淌着她们血脉的缘故。

我站在车厢间的过道里，脚跟有时能落到底，有时则不能，整个身子被挤得悬了起来。我的鼻尖不得不顶到前头那个男人的后脑勺上，呼吸着他皮肤散发出的汗臭气味。整个车厢填满了黑黝黝的脑壳，以至于你分不清哪里是座位，哪里是过道了。虽然车厢在铁轨上震动摇晃奔跑，但是我感到它就像始终落在原地一样。"轰隆隆""轰隆隆"，我耳朵里总是回荡着这种声音，没完没了。正是这种声音，让我看见承载我们的火车在穿透气流、黑夜、酷暑、高山、大江大河。是的，我和大家正在朝着我们想要抵达的地方前进，我们心怀的梦想就像黑夜里的一颗火苗在燃烧。

餐车不锈钢盘里的小炒肉、火烧鱼块、鸡腿、煎蛋、麻辣香干，散发出喷香喷香的味道，小炒肉里有打鼓垄的辣味，火烧鱼块有芜水河的桃花鱼的腥甜气味，煎鸡蛋有打鼓垄的稻谷香。那些挤在座位上的乡下人，或喝着矿泉水嗑着瓜子花生，或吃着煮熟的鸡蛋、在车站商店买的熟食，或嚼着槟榔、口香糖。我从行李架上取下布包，从里面翻出豆腐脑和煎饼。豆腐脑有咸味辣味，煎饼有甜味香味，有桃花鱼的鲜美味。翠鸟，我的第二个崽，他是捉桃花鱼的好手，坐火车到李文俊那里去了。黑伢和他在家，他躺在棺里，黑伢养着大黑牛。水仙是我血滴滴生下来的，她嫁给了哈利油，她不是我女儿，我没这样的女儿。

终于看见，车厢穿过了高山、隧道，当它在天桥上奔跑时，像是飘浮在空中。我不敢往下看，因为它深不见底。我是火车上的局外人，我敢说。我不会说出内心秘密的，打死也不说。猴子说他在那里打金。火车太慢太慢，像蜗牛在地上爬，哪怕是个小站也要停。他要是晓得我正在路上，正在一点点地靠近他，他就会溜走的。

猴子的眼睛色眯眯的，他一会儿说看见了，一会儿说没看见，说看见了时，就不肯说在哪里看见的，都把我给气晕了，真讨嫌。他把鸡蛋退了回来，说都是屋门口人，我这样反而见外。我说是不是嫌少了，他说真没必要。说完，色眯眯的眼睛在我胸脯上睃来睃去，弄得我的脸像火在烧。最后我说，少废话，到底看见没？他终于一本正经地说，看见了。我红着脸说，那你能不能告诉我？他嘿嘿地干笑了一声，趁屋子里只有我和他两人，就把一只手伸到了我胸脯上。我早就料到他会那样做，顺手把那只手挡了回去，狠狠地瞪了他一眼。他偏过脸去，露出一副与嬉皮笑脸截然不同的模样来。我低着头，脸青一阵白一阵红一阵，心想着要离开他家才对，尽管脚跨过了门槛，但在门槛那边的走道上磨磨蹭蹭。我一会儿想该走，一会儿想该留下来，一会儿想该

留下来，一会儿想该走，在走与留下之间磨磨蹭蹭，好像磨磨蹭蹭这个词是专门针对我来的，再没有人能够像我这样理解、体会这个词的含义了。他现在就躺在那间自我们结婚以来就一直困觉的房子里的棺里，睁着眼睛，他说，如果不把凶手抓回来，他就不闭眼。我答应了他。既然这样，我就选择了留下来。我眼睛红红的，就像是做细妹子时受了委屈一样，眼泪就要从眼眶里滚出来了。但是，我尽力不让它滚出来，因为既然选择了留下来，它就不应滚出来。我说，猴子，你确定看见了？他说，都是屋门口人，骗你做什么？我说，要是你骗人呢？他说，我可以对天发誓，如果有半句假话，就天打雷劈。

乘　客

　　车子像一匹吃饱喝足的马腾起四蹄，在大山顶上弯弯曲曲起起伏伏的国道上奔跑。突然，它停了下来，窗外传来一阵尖锐的叫嚷声和踢门声。我的神经一下子就绷紧了，连大气也不敢出。这时，车门"嗤"的一声敞开了，几个黑影蹿上来，像几条恶狗，将雪白的手电光打在一双双鼓得像电灯泡一样的迷惑、惊恐的眼睛上，也打在他们在手里不停地向两边摇晃的马叶刀上，发出野物那样的吼叫声：听好了，乖乖地把票子和金器丢到过道上。哪个要是敢不丢，别怪老子不客气！

　　大概从来没遇见过这种让人惧怕的场景，大家压抑着呼吸声，有的偷偷地站起来看，有的侧着身子偏着脑壳看，有的钻到座椅底下藏起来，有的捂住怀里孩子的嘴巴，不让其哭出声来。光头关上车门，班车就像一具失去灵魂的躯壳，似乎不是在朝着既定的方向奔跑，而是借助高山涌动的气流在毫无目的地漂流。一路上叽里呱啦的深发和光头不吭一声，像两只缩头乌龟。一个细把戏"哇"的一声号啕大哭，抱孩子的阿妈在哀求，他们的呵斥、责骂、威胁声听起来吓死人。

一盏手电光打到我脸上，我告诉他，身上只剩下一点点钱，还是一路上饿着肚子节省下来的。他拎小鸡一样把我从座位上拎起来，命令站直。他打着手电，搜过外衣和内衣所有的口袋以及怀疑可能藏匿的地方后，一叠票子就到了他手上。他吼了一声，一个巴掌甩过来，落在脸上，热辣辣的，带着明显的痛感，我连粗气也不敢出，死死地盯在那一叠票子上，不敢相信是从我身上搜出的。这一路颠簸，我从没掏过钱，也没提过钱的事，舍不得花，因为这点钱都是从亲戚家借来的。

我扭过脑壳去，屏住呼吸，看见一束贪婪的手电光落到姓李的女人脸上，那脸蛋如果抹去因熬夜而憔悴的部分，就显得好漂亮。唉，等下她会不会吃亏……

班车又向前奔跑。

在黑咕隆咚的马路边，班车打个响屁后就刹住了。大灯一下子灭了，小灯照在车头前一米左右的地上，尘土在灯光里被凌晨的寒风搅成一团昏黄的迷失方向的雾霭。光头和深发手里拿一根一米多长的小钢管，敲击着靠过道的椅子边，惊醒困了的和困得迷迷糊糊的乘客：下车！全部下车！

这是哪呀？我揉揉睡眼惺忪的眼睛，把头伸到窗外，望着远方暗淡的点点灯火，以及眼前黑黝黝的不晓得是山岗还是河汉的地方嘀咕。趴在窗口分辨好一阵，只觉得那地方格外陌生，感到离三亚汽车站还有一段不短的路程。但他俩好像并没听到大家的嘀咕声，敲击声变得越来越大：下车！没长耳朵吗？票打到三亚呢。光头和深发仍像是没听见一样，手一扬，小钢管就落在我们肩膀、背脊、屁股或腿肚上，发出与衣服摩擦出的沉闷声，就像两个大人在教训一群不听话的细把戏一样，只是细把戏没哭。我们的仇恨、厌恶、谩骂、哀求、无奈像是被掏空，只剩下空虚、麻木。

我们拖着或扛着大包小包，极不情愿地朝车门口走去。班车像一条野狗，屁股一扭，随即消失在远方的夜色中。大家眼睁睁地望着消失在夜色中的班车，像迷失的一群羔羊，站在异地他乡冷飕飕的风中，瑟瑟发抖。这时从班车消失的方向现出的一束微弱的光，渐渐地明亮。接着又现出一束。"呜呜呜"的鸣叫声，与风的凄号声混杂在一起。摩托车戛然而止，雪白的车灯里，尘雾在翻滚，一双双疲惫的、忧伤的眼睛，茫然，无助。

"喂，坐摩托吗？"

"请问到英达电子厂还有多远？"

"二十多里。"

"我们被抢，师傅，能不能做做好事，送一下？"

"丢你老母，没钱想坐车？"

"师傅，要不……到了再借给你……"

"哼，几个？"

"三个。"

"师傅，行行好……"

有的坐摩托车走了，有的步行走了。剩下的蹲在黑暗里，不知何去何从。我帮姓李的女人提着用印花布大手帕扎得紧紧实实的小布包，领着她，朝远方闪烁着点点星光的方向走去。

我在前面打亮火机，借着豆子大的光，发现前方有一个废弃的工地，那里隐约可见一根根螺纹钢从水泥墩里钻出来，像一只只伸向黑夜的魔爪。地面坑坑洼洼，野草和藤蔓在疯长。我伸手摸到她的一只衣袖，她本能地扭了一下，衣袖就从指间滑走了。天地间黑黝黝的，我看不清她的脸和眼睛，只感到她冷冰冰的。

"累了吧，嫂子。"我说。

"不……"她发出蚊子声，好像不大愿意跟我说话。

我想，既然跟着我，就应该听从安排，至少得热情点，但是她就是这样，让我感到难堪。不过她真可怜，在班车上遭受了那么大的羞辱、折磨。一个乡下女人，走到这步田地，还说要替死去的丈夫报仇。她说，村里那个男人活活地杀死他丈夫后，逃跑了，至今没抓到。她答应丈夫了，说的话要兑现。但是我和她都身无分文了，出门在外，连喝口水都得花钱呢。我倒是没关系的，离上班的厂子只有几十里路远了。问题是她呢，我劝她倒不如回家去，或者同我进厂打打工，等挣到钱了再作打算。可是她犟得很，说就是死也要赶到那个地方去，把那个凶手抓起来再说。具体那个地方在哪里，她没说出来。虽然看不清她的表情，但是我猜得出，她心情一定糟透了，却从不说累，就如同她在班车上遭受到那么大的羞辱和折磨，以至于后来把眼睛都哭肿了，却从没见她哀求过一样。

"到那里去歇歇吧，还不到天亮呢。"我小声说。

"不去。"

"没事，你放心，有我在。"

她低着脑壳，没吭声。

"那是烂尾楼，刚好歇歇，等天亮了再走。"尽管我一再小心说话，她也毫不理睬。我只好说："那你打算怎么办？"

她想了半天，才细说："走大路吧。"

"听我的没错，在天没亮之前，最好不要走了，要是碰到坏人，就麻烦了。你大概是头一回出门吧。"

"哦……不是……"

"去吧，别磨蹭啦，我是你老乡，不会害你的，请相信！"

"我……"她继续在原地磨蹭着，拿不定主意。

这时，我听到有摩托车声音从身后不远处传来，"快走，有人来了"！我在黑暗中摸到她的一只衣袖，拽着她就朝烂尾楼跑去。那摩托车的声音从我们身后不远处擦过，消失在墨黑的夜色里。

黑暗中，我点燃收拢来的水泥袋、饭盒和模板，火光照亮了烂尾楼。楼内空洞洞的，散发出腐烂气息，地上落满灰尘、烟蒂、纸牌、槟榔渣、模板、水泥袋、砖块和饭盒，冷飕飕的风携带着潮湿的水汽裹挟着灰尘、饭盒，像蛇一样在里面梭进梭出。我倒是一点也不陌生，因为我都是从灰尘、烟蒂、纸牌、槟榔渣、模板、水泥袋、砖块、饭盒以及汗臭味浓的工地熬过来的。我喜欢在人前穿着干净好看的衣服，在洁净舒适的房子里抽烟打牌喝酒聊天，讨厌这不是人待的地方。但我还是在不是人待的地方苦熬了好些年，是生活的鞭子抽打着我的脊背和脚，我除了做下力气的活外，什么也做不了。后来总算在厂子里找了份稍许轻松的事，但是一天得做十多个小时，工资还没工地多。

她被呛得接连打了几个喷嚏。她疲惫、麻木、邋遢的脸，冷冰冰的。我朝她淡淡地一笑，拾掇着柴火。越烧越旺的火焰，在那些梭进梭出的风中摇曳，发出"嚯嚯嚯"的不知是冷漠、怜悯还是嘲笑的声音。

她看了看被汗水灰尘油渍搞得墨黑的手，也不擦一擦，就打开了布包，从中摸出用布包好的煎饼和一罐豆腐脑。她横着衣袖擦了一把眼屎，撕了一大块煎饼递给我，示意我蘸点早糊成一锅粥的豆腐脑，说："吃吧。"

我用模板、水泥袋、砖块搭起一张简易的床，找来一床散发出霉烂、腐蚀气味的被子，请她爬到上面去。

她瞅也没瞅，说："烤火呢。"

我说："客气什么？我给你当保镖。"

她摇了摇头，没吭声。

我说："放心吧，不会害你。"

她看了我一眼，摇了摇头。把头埋在两膝间，好长一段时间，也不作声。完了又把头抬起来，瞅瞅火焰，瞅瞅我，接着又把头埋在两膝间。

我和她就坐在火堆旁，哪个也没上床，把头埋在两膝间，等待着早晨的那一片阳光早早投射到楼外的空地上，然后就各奔东西。

阿　兰

　　八个人站在一条直线上，背几乎就要贴在墙上了，但他们的脑壳低垂着，眼光里充满了沮丧。我坐在办公桌边，只要把脑壳稍许向左偏一下，八个人脸上的表情就尽收眼底了。当然阿娇、阿秀、阿珠也在，但我们四个哪个也不吭声，脸上的表情与他们八个也尽量协调一致。我对自己说，可不能露出一丁点扬扬得意或者幸灾乐祸的情绪，一来被他们八个瞅见了会招来白眼仇恨，二来被马总发现，也有可能要挨批了。因此，我们四个女同胞哪个也不吭声，脸上的表情显得非常严肃。

　　马总和肥仔坐在他们八个对面的椅子上，肥仔手上、胸脯上的黑毛像一片森林，是马总招来的总监。在我看来，与其说是总监，不如说是保镖。瞅他身上那阴森森的黑毛，一看就让人感到不适。马总手里总不离那个大哥大，并且最喜欢用上端的天线当指挥棒，这时候他正用它指着他们八个，就像换了个人一样，因为平常在我们四个面前，他总是说粤语，有时跟司机就用潮汕语。他的普通话总难免夹带些粤语潮汕语成分在里边，总让我感到硬邦邦的，有时更是来一句"丢你个海"。他又高又大，五官端庄，皮肤白皙，但生着一对三角眼，眼光像两把匕首，让人想起《动物世界》里的蝰蛇。只见他用天线指着他们八个说，你们说，是哪个故意捅破香精桶的？说不出来，费用就分摊！但是他们八个哪个也不吭声，自始至终都没抬一下脑壳。我看见翠鸟连大气也不敢出，似乎连瞅一眼马总和肥仔的勇气也没有，但他眼光里充满了敌意。办公室里的空气像是凝固了。

那天早上一跨进仓库门，就看见堆在地上的那些被沁湿得稀稀烂烂的纸箱了，南天出版社的图书露出了边角，都被沁湿了，仓库里弥漫着一股刺鼻的香精味。我猜，多半是香精闯祸了。原来，那天夜里林司机把他们八个丢在中都后，也没多瞅车厢里一眼，关了车门就朝广州的同德货运市场赶。当打开车门发货时，就闻到一股刺鼻的香精味，他满以为是那些香精桶没盖牢呢。但等到把香精桶卸下车后，他就看见那些图书被沁湿了，其中一只香精桶也往外渗漏个不停，他数了数那些图书，沁湿了十七箱，于是就打电话报告给马总，根据马总的指示，把沁湿了的全拉回公司仓库。当天上午，南天出版社仓储部经理闻讯赶来，清点核算后，既补齐了箱数，也把赔款带走了。其间马总不停地对他保证这样的事情以后不会再发生了，请他多担待一下，改天请他喝酒。仓储部经理一走，马总就让我把他们八个叫到办公室，在他面前站成一排。虽然他没暴跳如雷，质问的声音也很小，但是严厉的话语、锋利的眼光戳得他们抬不起脑壳。站在一旁的林司机，一口咬定是他们八个中有一个或几个在故意捣蛋，让其中的一只香精桶往外渗漏个不停。他还说压根就不关他的事，平常也托运了那么多香精，怎么也不见渗漏，为什么独独拉上他们八个就渗漏了呢？

李桂花

　　我甚至连回家瞅一眼也来不及，直奔猴子家。我窝着满肚子火，在见到他时，难保不会扇他几巴掌，我最恨的就是这号男人。

　　但是，他不在家，堂客倒是在。这事倒不好开口问，我和她还是好姐妹呢。只好找个借口离开，我想不用着急，他总会回家的。恨不得扇自己三个耳光，真蠢，让他占了便宜还作不得声，恶心。我发誓要让他好看，让我吃了那么多苦遭了那么多罪，最后却只能两手空空地回家，连那家伙的影子也没见着。

　　在回家的路上，我发觉村里人总用异样的眼光打量我。好像我李桂花去了一回三亚，就不是原来的李桂花了。也不晓得怎么的，大家都晓得我去三亚了。这事只有我和猴子晓得，就连黑伢也不晓得呢。猴子这家伙，真不是个东西。接下来，我在公安局和打鼓垄之间频繁穿梭，对自己要做的、做过的事，无论是多熟的人也守口如瓶。这样在打鼓垄人眼里，我给他们带来行踪飘忽不定甚至诡异的感觉。

裤子看上去有些矮小，站在我面前几乎要矮一个脑壳。但她一点也不把我放在眼里，她似乎有着大把时间在打鼓垄逛来逛去。男人在外出打工之后的漫长日子，她就像女指挥官一样成天指派那些闲得发慌的单身人，人们能看到她即使是在农忙时节也很少打赤脚下田，仅仅在家做些生火做饭、喂猪、晒谷之类的轻快活。打鼓垄几个单身几乎把她家田里的重活累活都做了。别以为她在偷懒，小眼珠似乎时刻都在盯着我和黑伢。我什么时候起床，到了什么地方，做了什么事，夜里什么时候回家，她似乎都了如指掌。其实，那也不算什么秘密，因为她有时总是在我家房前屋后指桑骂槐旁敲侧击，暗示我趁早打消寻找金匠一号的恶毒念头，要不然，她和另外几个妯娌就会联合起来打我。显然我不会在恐吓前止步，对频频警告充耳不闻。为此，她和几个妯娌寝食难安，因为可以预见在不久的将来，金匠一号遭受牢狱之灾在所难免，甚至性命不保。失去亲人的滋味把她往昔的颐指气使折磨得荡然无存。

绝不能让她得逞，得阻止她！我猜她这样想。

裤子在那条田埂上与我就要相遇了。她偏着脑壳从我的视线里走来，我偏着脑壳在她的视线里走去。她眼睛里喷出的怒气像刀剑一样可以让人流血受伤。就在我与她擦肩而过的一瞬间，她用手肘一推我就失去平衡滚下两米多高的土墩，下边是长满浮萍的沼泽地。我笨拙的身子就那样沉重地倒在那看上去很浅其实足以吞掉一头大牛的泥沼，不过随同我一道滚下去的还有一个女人，那就是用手肘推我的人。就在她推我的一眨眼间，我顺手揪住她的那条胳膊，借惯性以及下坠的力量，将她带进泥沼。

我晓得泥沼的厉害，因为曾经有一头大黑牛在背犁时不小心陷入，冲里二老倌叫来崽和邻居，把一捆捆稻草和一块块木板填充在里面，用绳索兜起大黑牛的肚皮，八个男人像抬棺一样花了整整一个下午才将大黑牛抬出来。

我的脚最先着地，接着身子侧倒在泥沼上，水花溅到几乎是同时倒到泥沼上的裤子身上。我半边身子浸在泥水和浮萍里，感觉像是做细把戏时在池塘里游泳一样漂浮在水面上。

当我用手掌撑着泥沼试图坐立起来时，根本找不到支点。坠在身旁的裤子，倒是在下坠过程中保持站立的姿势，双脚深深地陷进泥沼，像一头眼看就要沉没的羔羊，手掌一次次地试图在泥沼里寻觅支点，同时嗓门也没有闲着，那些路过的不管是远是近的人，几乎都听到她急促而尖厉的呼喊声。

大家都自发地冲到离两个落魄女人不远的泥地上，朝我和她伸出手中的扁担、扦担或者特地从家里寻来的木棍。但由于自身重量和泥沼阻力，我和她不得不使出吃奶的力气。当我和她脱离泥沼的危险坐在泥地上时，豆大的汗珠和混浊的水搅和在一起，从头发下的皮面上滚出，滑过泥糊的只看见两只眼睛在眨的脸。

尽管我和她肚皮在不歇气地起伏，但我俩也泼出各自最厉害的脏话狠话试图打败对方，迫使对方臣服在自己的威慑之下。但我和她似乎势均力敌，或者半斤配八两，哪个也没击倒对方的迹象。当我终于恢复体力从泥地上爬起时，就冲破乡亲的阻力扑过去揪住她的头发撕扯，她也伸手揪住我的头发撕扯。我和她变得人不像人鬼不像鬼。随后黑伢赶来了，她几个侄子赶来了。黑伢凭借自身拳脚功夫，在对方人数众多的状况下总算没吃大亏。

我和裤子再次对打起来，只听见拳头的撞击声和粗鲁的谩骂声在被黑云压得低低的原野间回荡。那时我就是这样范，时不时像喝醉酒或者脑壳发热一样，总是热衷于在田间地头门前屋后扯开嗓门、挥舞锄头铁耙抑或其他什物和裤子、孙二娘开战。我似乎从来就不愿消停下来，不愿听从内心深处的使唤，好像只要稍许消停一会儿，太阳在明日清晨的山头就不再升起。其实，我并不是感知不到个中苦涩痛楚的滋味，但认为自己只能也必须那样去做，并不奢望那样做会尝到多少甜头，会得到多少福报，但就是要那样做。要不，又怎能兑现我对石奎的承诺呢？

在夜深人静时，我静静地聆听从屋顶、从窗棂间传来的阵阵风吟。风裹挟着寒冷，从数里外的地方像潮水汹涌而来，漫过芜水河畔的柳枝、土墙上的楠竹，还有山间的松树杉树油茶树尖。涛声一阵紧接一阵，像山洪席卷而来时的天崩地裂声。我从来没这样清晰地感知过打鼓垄的存在，心随风飘荡起来，起起落落。我一动也不动地蜷缩在被窝里，感触那里的温暖才是那时那刻我最最需要的东西。也只有在那时，我才感知冬天并不遥远，曾经冷漠的心，其实是需要那些温暖来煨热的。

裤　子

　　太阳的光都从窗棂间穿过来照到榻板上的鞋子上了，公鸡和母鸡在鸡坜里闹腾了，花母猪也在栏里叫个不停，我敢说，如果不是这些畜生又闹又吵，就不晓得要困到什么时候去呢。当我喂了鸡和猪赶到田埂上时，看见前天刘十老倌帮我插完的禾好大一片都倒下去，贴在泥巴上了。还以为没困醒呢，擦了擦眼睛，鼓大眼睛去看，没错，它们全都倒下去贴在泥巴上，不像是被大风吹倒的，是有人用耙子耙倒的，泥巴上都显出耙子和脚板的印痕。是哪个千刀万剐的猪弄的？是哪个该绝子绝孙的猪弄的？昨天刚插下的禾，连根也没生稳呢。自家的禾苗插在自家的田里，关别人屁事？气死人！要是被老娘捉住了，就用刀砍。

　　我站在田埂上，朝不同的方向骂。声音像高音喇叭，要让不同方向的邻居都能听到，要让那个缺德恶心的猪弄的听到，要让那个猪弄的晓得老娘并不好欺侮，老娘来了脾气，什么事也做得出来。我的骂声像洪水一样向不同的方向滚去，整个打鼓垄都听到了，有好几个扛着锄头的男人来看过了，他们说那是有人故意这样做的，问我是不是得罪人了。我过细想想，凭我裤子的臭脾气，得罪人的事难免。我喉咙都骂嘶哑了，就朝黑伢家急急地赶去，我能听见裤脚与风打架的呼啦啦声。到了他家门口，看见他家屋顶的脊上落着几只老鹰，像是事先排练了，从高到低、从大个到小个、从年老到年少，都落在一条直线上。它们抻长脖子一齐望着我，发出尖叫声。我朝他家地坪才迈出一步，就有一只老鹰从脊上起飞了，那翅膀张开有盘箕大，像浮在水面上一样，一动不动地停在地坪上空，虎视眈眈地盯着我。刚要骂猪弄的，爬到舌头尖尖上，又缩回到喉咙里去了。这时，我看到他牵着那头大黑牛从牛栏里出来了，大黑牛一踏上地坪，就赶到他前头了，鼻子把牛绚绷得笔直，它歪斜着脑壳，那油黑肥硕的躯体吞没了他，吐出了他。它在地坪上甩着蹶子，发出"呼哧呼哧"的鼻息声。

　　苍蝇全都从墙壁上飞了出来，围绕在他和它的身边，发出"嗡嗡嗡"的叫声。他把它拴在那棵樟树下，就到阶基上抓了个竹扫把，返回来给它扫背。它起先围着樟树打圈圈，把脚下的落叶和杂草都踩进泥土里，显出一个个清晰的蹄印来。没多久，它就把牛绚绕在樟树上，把自己的鼻子抻得高高的，还没来得及绕上的最后一截牛绚被它的鼻子绷得紧紧的，它的脑壳也被吊得高高的，脖子抻出好长。他嘴里发出柔软的噜噜噜声，将一根食指弯成钩状，猫着腰，慢慢地靠近它，那个钩子在鼻子前勾引它的视线。它像是听懂了他的手语，晓得他在讨好自己，于是就站在那里一动不动了，那白瓷球样的眼珠朝他这边像凝固了一样。他轻轻地靠近它，慢慢地将牛绚抓在手里，嘴里发出柔软的噜噜噜声，它跟在他屁股后围着樟树往回绕，牛绚一圈一圈地从樟树上松下来，它耷拉着脑壳，恢复了安静。他扔下牛绚，举着竹扫把从它背脊上往肚腩下一下一下地扫，把那些藏在黑毛间的尘土虫子扫干净，它一动也不动地站在原地，脚印上、落叶上落着被扫下来的牛毛、灰尘和虫子。它的呼吸像池水一样平静，身上浓密的黑发全朝下倒去，像是被梳子梳理过一样，越发油亮。他把竹扫把扔到一边，翻开它肚腩上的一撮黑毛，眼睛都快贴在那撮黑毛上了，他的两只手在黑毛里翻找着什么，接着就像翻找到了什么一样，把它丢在了地上，用右脚尖在地上用力踩了几下，接着又去翻它肚皮上的毛。

我不声不响地靠近他，眼光全落在他的那双光脚板上，把他的光脚板与禾田里的脚板印一比对，嗯，差不了多少，甚至刚刚好呢，就是他做的。他也不是没有理由的。哼！哼！我勒起衣袖，冲了过去，抓起他扔在一边的那只竹扫把，就朝他脑壳劈去。也许他早就看见我站在那里了，也许就在我弯腰的一眨眼间，他就防备了。总之，当竹扫把眼看着就要落到他脑壳顶时，他猛地转身一伸手，就把它夹在胳膊下，两只手紧紧地抓住了它的那一头，并用力朝他那边拽。我力气也不小，要不然一下子就被他拽过去了。我和他就你一下我一下地拉扯起来，它的把很快就散架了，他抢过去了，两只单皮眼像两条恶狗凶巴巴的。

我手里什么也没有了，就朝他扑过去，扯开嗓门喊，强奸啦，黑伢强奸啦……强奸啦，黑伢强奸妇女啦……这下可热闹了，来了好多看热闹的，都是陆陆续续跑来的，我可不能放过这千载难逢的机会，拼了命去搂抱他，他这会倒是尿了，想溜，我跟在他屁股后，一个劲地追，还一个劲地喊他强奸了我的话。后来我也不追他了，干脆躺在他家地坪上一边哭，一边喊。没想到的是，他从屋里跑出来，手里举着一把雪白的尖刀，他咬牙切齿、脖颈涨得通红，两只单眼皮眼睛放出灼人的光，把围观的人吓坏了。我被几个侄子从地坪上架了回去。

后来听赶猪匠说，那个耙倒我家禾苗的人，倒不是黑伢，而是刘十老倌。

翠　鸟

　　我被阿兰叫到办公室，阿娇阿秀她们坐在桌子边，用审视的眼光齐刷刷地盯了我一眼后，嘴角纷纷露出了微笑。我站在离她们一两米的地方，马总站在我身边，用他严厉的眼光扫了我一眼，没吭声。阿兰用粤语与马总谈了一下，马总又用他严厉的眼光瞄了我一眼后，用粤语对阿兰说了句什么。我像个胆怯的细把戏，不晓得阿兰叫我来做什么，她和马总是不是在说我，她们的眼光里到底隐藏着什么秘密。直到阿兰笑眯眯地对我说，翠鸟，赶紧回宿舍收拾衣服，押车去长沙，我这才明白刚才他们在叽里咕噜什么。我像得了老师表扬的小学生，快活得像只小鸟，搭公交车回宿舍飞快地洗澡收拾行囊。回到公司时，正好，离下班还有半个小时。翠鸟，多借点，以防万一。在填借款单时，阿兰给我出主意，我本来只借一千五的，在填借款单的时候，填了两千。

当阿兰对我说，去北站发货吧。那时我心里就有一只兔子在"咚咚咚"地跳，但当站在阿娇办公桌边、在那张借款单上签下名字，再交给阿秀签字，在阿娇那里领到钱的过程中，那只兔子居然变得很听话了。其实在这之前，我在阿娇那里支过好几次钱了，那都是在阿兰提出后经马总点头了的。每到阿娇那里报一次账，事后她总免不了对阿兰她们说，翠鸟每次押运的时间和费用总比其他押运的工友少很多。公司有个做毛毯的L客户，在深圳和广州都有仓库。广州的仓库最大，设在中都，就是上次我们八个倒霉蛋去搞整理回来后被扣掉一个月工资的鬼地方，是L客户付费请马总安排工人去的。马总为了节省费用，就由林司机顺带我们去。中都的仓库是一栋三层带货梯的楼房，房内一层层货架上摆放着用纸箱包装的不同型号、重量、质地、颜色的毛毯，纸箱上落着厚厚的一层灰尘，摆设凌乱。L客户隔三岔五地将一整车一整车的毛毯发往全国各地。承担此任的蚂蚁公司应L客户的要求，每次都派员押运。我想，马总之所以对我信任有加，先后让我押运到长沙和南宁，是因为我给他透露了林司机在广州发货时的猫腻。那时我常跟车去广州的货运站，每到一家货运站时，林司机只叫我上车把货卸下来了事，每每在开票时，会故意把我支使到一边，与对方的收货员叽里咕噜地谈价钱，然后就用手语和收货员搞点鬼鬼祟祟的小动作。

他拿得多吗？马总白净的脸一下子失去了血色。不清楚……总之……他不会让我看清楚的……我害怕得直哆嗦，好像林司机就站在身旁一样。其实，当时办公室就只有我和马总两人，我就是逮住机会、斗胆向他汇报的。他听后好一阵没吭声，显然我的小报告触动了他的某一根神经，最后他无奈地说，这是任何老板也无法控制得了的。然后接着又说，好样的，翠鸟，加油干！我不晓得当初为什么要出卖林司机，他固然让我恶心，但马总也让我想吐，他的三角眼阴冷骄横，手里的大哥大像是横隔在我与他之间的一条深沟，他站在深沟那边，我站在深沟这边。在潜意识里，他是另一个世界的人，我只是在他眼前匆匆走过的一个路人。我之所以出卖林司机，也许是因为从那些工友阿谀奉承的嘴脸上获得了灵感吧。

每一次押运，我都会事先填写一份借款单，到阿娇那里支一笔用于返程时打火车票吃盒饭等开销的钱，回来后再一一报销。我清楚地记得，当毛毯安全快捷地抵达目的地后，我就会直奔当地的火车站售票厅，订最早那趟到深圳的硬座火车票。

当阿兰把发货资料递到我手中，用那双满带着微笑、清澈的眼神盯着我时，我不得不在脸上多挤出些腼腆来，让她"扑哧"笑出声来。她们就像妹子一样，成天在阴凉底下用我听不懂的潮汕语粤语嘻嘻哈哈，皮肤雪白，像十足的城里人。

灰蒙蒙的细雨落个不停，我戴着鸭舌帽匆匆地离开蚂蚁公司，横穿马路，然后也不到平时搭车的站亭等车，而是步行一个站，转乘另一路同样可抵达宿舍的公交车。我低着头，让鸭舌帽遮拦住眼睛里流露出的惊慌、恍惚，不让他们猜测出是蚂蚁公司的工人及其心怀的鬼胎。我偷偷地打量了一遍前排后排左边右边的乘客，把身子蜷缩在座位上，把脸埋在两膝间，等待着"请到七里庙的乘客在此下车"的声音传来。我的血在管子里"咚咚咚"地跑，像一个惊慌失措的细把戏不时回头看在后面紧追不舍的坏人。

车子一点也不性急，一站一站地停，让那些该死的乘客上车后又下车，让该死的门开了关，关了开。它明明晓得我是性急的，马总、阿兰，还有一帮工友像坏人一样在后头追赶，他们的狗鼻子嗅到了我身上的气味，紧追不舍。我的一只手压在裤兜上，裤兜里的信封装着那笔钱，钱会飞，如果不压住的话。

下车后，我把发货资料顺手丢进了马路边的一只垃圾桶。宿舍里空荡荡冷清清的，像荒郊的坟墓。我慌手慌脚地取下晾在走廊里的衣服、被单及牙膏牙刷等一并塞进牛仔袋，锁上门。也没回头瞅一眼。阿兰站在公司门口的地坪上，朝宿舍的这边傻傻地望着我。

在离宿舍外五十米处的七里庙门口拦住一部的士，在深圳郊外的一个陌生小镇下车。

两个警察并排着朝我走来，他们腰间的皮带上挂着警棍、手枪和对讲机。我慌忙闪进旁边的一家士多店，装模作样地把眼光投在一件件商品上。店老板问，先生，买东西吗？我没作声，睃一眼外面，见两个警察走远了，就匆匆地离开了。

我拿着过塑照片，走在一条条街和巷子里，凡是那些摆摊的小贩、鞋匠、配钥匙的师傅、金匠、金铺老板，一见就问，见过这个男人吗？长沙口音。如果您看见他，就请呼这个BB机号。

一个暴出两颗门牙的金匠坐在街边，接过照片一看，说："走了。"

"真是他？"

没错。"他把照片还给我。

"他姓什么？"

他停了停说："姓刘。"

"不对哦，叔叔，他不姓刘。"我又把照片递给他，好让他看清些。

"没错。"他确信照片上的老倌子就是早些天和他同在一条街摆摊打金的老刘。

我愣愣地站在那里，半天说不出话来。不信他的话，他只不过是在跟我开玩笑而已。但他一本正经地说，他也是长沙人，老刘也是，这条街也就几个长沙人，所以平常交谈得多点。但老刘很少谈家事和往事，所以他对他了解也不多。早几天他突然走了，说家里搭信来了，得赶紧回去。

我将信将疑，或许他看花了眼。我来到了七子坡一家十元店。所谓十元店，就是只需花十元就可住一晚的小旅馆。无非是蚂蚁公司宿舍的翻版，一张张双层铁架床，一个共用小厕所兼冲凉房。但不同的是，他们大都是刚从大学校园里走出的毕业生，谈吐间散发出浓浓的书卷气。他们大都怀揣着一张张应聘表在人才市场与应聘单位间穿梭，直到夜幕降临才带着兴奋或沮丧回到那里，然后第二天又重复着前一天的故事，直到找到了工作或者最终失望才离开。

楼下到处是快餐店、小商店、歌厅、舞厅、发廊和按摩店，我并不清楚歌舞厅里那些搂搂抱抱的先生小姐心里琢磨的是什么，那些坐在发廊门口穿得单薄的妹子骚媚的眼神频频将路边的男人引进去做什么。只是，我会突然想起兰癫婆来，想起她在稻草垛里的点滴温柔。也不晓得她现在怎么样，还在不在打鼓垄。

我袋子里还剩下一半票子，它们残留着阿娇指间的气味和纹路，照出马总阴森得让我哆嗦的眼神。我懂得他那点心思，尽力不想，因为我甚至连那样想的一丁点时间都没了。睁着眼睛躺在棺里的阿爸一直在催促，如果不快走，就再也追不到了，他采用最善于伪装的道法使我们再也辨识不出。他盼着我们早一天追到就早一天闭眼，他现在天天瞪大眼睛盯着我和哥哥、阿妈，内心的怨恨像癌细胞一样在不停地扩散，像气球一样在不停地胀大，终有一天会到极限。阿爸的肌肉兴许被苍蝇和老鹰早就吃掉了，黑伢是守不住的，就算阿妈在家，也是守不住的。我们母子仨是一心一意要让他看到金匠一号被抓回来的场景的，他一定要待到那一天，一直把身子保养到那一天。但是我离家时前几天，他的气味就越来越重了。阿妈却说，没事的。唯一的办法，就是尽快抓到！阿妈一提起那老畜生，就气得咬牙切齿。

我至今也不明白，和阿爸都号称打鼓垄数一数二的金匠，平常也要得蛮好，到成都、沈阳、兰州、上海都一路出去、一路回家，为什么要害死阿爸？是金子分配不均？是阿爸在某一方面得罪了他？还是问题出在阿妈身上？我清楚地记得做细把戏时，一天夜里，阿爸到金匠三号家打骨牌去了，黑伢和水仙到粑粑家看电视去了，只有阿妈和我在家。不晓得什么时候，一个黑影溜进了阿妈房里，没多久就从门缝里传来吱嘎吱嘎的细碎响声和蚊子般细的说话声，当时我羞得满脸通红，浑身直打战，从蚊子声我判断得出，那个黑影不是别人，是金匠一号。

时钟在耳边"嗒嗒嗒"地行走，就像定时炸弹那样"嗒嗒嗒"地行走。

我所在的十元店离马总那仅仅十分钟的路程，马总的影子不时出现在眼前，阴森的眼神让我害怕得有些哆嗦。想象着他和警察正在暗中寻我，如同我、哥和娘在暗中寻一号一样。马总像响尾蛇一样紧紧跟随，有时一听到警铃声响起，一看到巡警正朝我走来，就意识到危险即将来临，手铐的银光和狰狞面孔漂浮在眼前，"咔嚓"一声我被推上警车。

我买了副墨镜戴上。那天我不晓得是去做什么，在马路边阴森森的榕树下经过时，见李文俊骑着单车朝我驶来。我摘掉墨镜，还没等他下车，就尴尬地喊了一声"表哥"。他下了单车，站在我身旁，脸色在一瞬间变得铁青、僵硬，用疑惑的鄙夷的眼光瞟了我一眼后，就扭过脸去，说了七个字：以后各走各的路！说完，就轻轻地一抬后腿，骑着单车走了。我没有回头，在那里站了许久，脑壳里一片空白。是的，再也不用去找他，因为我不值得他见了。但我还欠着他三百呢，或许因为他一时恼怒给忘了，也或许一开始他就不担心。

我腰间别着个黑色的小匣子，一根银灰色的链子一头拴着它，一头拴着裤扣，如果有人要找我，只要他晓得小匣子的号码，就可以通过寻呼台呼叫我。小匣子就像马总手里的砖头一样好时髦的，打鼓垄的大人、细把戏一定觉得蛮稀奇的。他们怎么也不会想到，那玩意在深圳满大街都是。我还到商场添了一件白衬衣，到皮鞋店挑了一双尖脑壳皮鞋，去发廊剪短了被肥皂水洗得干涩的长发，一台电动剃须刀也"呜呜呜"地把毛茸茸的胡子收割干净。站在商场试衣镜前我发现自己不再是原来的我了，是一个崭新的将会改变一切的我。

我带着得意和沮丧悄悄地回到家，在阿妈、黑伢面前炫耀：表哥把我搞进了一家货运搬迁公司，老板很器重我，因为我接受能力强，为人诚实又肯下力气做事，工资也拿得多一点。瞧，头一回出远门，就挣到钱了。

虽然阿妈和黑伢感到颇为高兴，但是，当问及追凶的事时，阿妈难掩内心的悲伤，眼眶里盈满泪花，她伏在阿爸的棺盖上，诉说着去三亚路上的遭遇、打鼓垄人的冷嘲热讽，对前路的忧虑和茫然。她常常整夜整夜地坐在床头，像癫子一样喃喃自语，又哭又笑。我和黑伢都感到无所适从，暗暗发誓要不惜一切代价去寻他。

赶猪匠

  它把我甩得远远的，虽然我拖着一条锄头把粗细的瘸腿，但是打鼓垄没一个走路超过我的，这不是吹牛，我从天亮走到墨黑，一年 365 天有 360 天在赶猪的路上。吃百家饭，喝百家酒，偶尔还走点桃花运，一点也不累。当然还有它，这畜生只要一出门，就走得飞快，哪还用拿竹棍子赶它。它在前面站住了，李寡妇家门口的小路上站着裤子、刘春秀、李春香、张芝兰好几个女人，在那里叽叽喳喳，准是出了什么事，因为要搁在平常，那地方连鬼花子也不见一个呢。这帮女人，果然是为了那股气味在叽叽喳喳，我说："你们吃饱了撑的？"

  "刘十甲，你呢，平常爱钻牛角尖，今天，就要跟你钻一钻。

你说这李桂花，把个死人搁在家里，什么意思？"张芝兰问。

"感情好。"我说。

"是跟野男人感情好吧？"

"刘十甲，你平常左说左绝，右说右绝，现今你护着她，是不是跟她感情好？是不是要臭死我们你就高兴了？"李春香指着我鼻子起了高腔，"你平常在葬礼上口口声声喊，死者为大，入土为安，放你娘的狗屁！"

"对呀，刘十甲，你今天不站出来说句公道话，让那疯癫婆把尸体埋了。"

"是呀，埋了！"

"埋了！"

"埋了！"

这几个跳起来有骡子高的女人，哪次到她们家赶猪收过一升米一个银碎子？还说李桂花怎么怎么样，一点也不害臊。怎么不当着这么多人的面讲，说自己跟我都上过床？哼！不过，几个都说得还在理，这李桂花娘仁都是癫子，也不晓得他们的日子怎么熬过来的，邻居都怕从她家屋门口过身，一过身就嗅到一股尸臭，我都好些天没去了，根据臭味来判断，估计一身都腐烂了，气温越来越高了，再不埋，这上十里下十里都能嗅到尸臭味，搞得人过不了日子。李桂花呀李桂花，金匠二号活着的时候，这上屋下屋哪个不晓得你跟金匠一号的关系？哪个不晓得黑伢是他下的种？你说你跟金匠二号感情好，好在哪里？当然，话又说回来，一日夫妻百日恩，自己的男人被人害了，搁在哪个身上也不好想。但人死不能复生，不让死者入土为安，要遭天打雷劈呀。退一步说，你这样做妨碍了邻居。我刘十甲平常爱钻牛角尖，这个事怕没什么好钻的。

女人们的吵吵闹闹引来许多人看热闹，其中不乏在堂客的怂恿下从家里赶来的男人，他们像是事先商量好了一样，从村部拿来了寿杠、横梁、扁担、绳索，径直跨进了地坪。之前一直缩在屋里没露面的李桂花、黑伢和翠鸟终于出来了，娘仨像是商量好了一样，排成"一"字站在那里，李桂花站在中间，黑伢靠左，翠鸟靠右，她面色铁青，眼光里充满了愤怒、仇恨。我真的搞不懂了，娘仨为了一具死尸，竟然癫狂到了这种地步，难不成金匠二号真的还没死？在日日夜夜向他们娘仨哭诉自己的痛苦、不幸，不准许娘仨埋？

不得了了，要出大事了。为头的男人是兰猛子，这伢子在打鼓垄说一不二，虽说蛮讲义气，但脾气来了张三不认得李四，不搞赢怕是收不了场。

"你们娘仨听好了，今天兰爷来，不是来打架闹是非的，是来抬棺埋人的。不埋也得埋，我们也不喝你家一口水，不吸你家一支烟。不要试图阻拦，兰爷的脾气你们是晓得的！"兰猛子肩上扛着绳索，站在前头。

"这是我洪家的事，不用操心！"黑伢说。

李桂花"嘭"的一声倒在地坪上，摊开四肢，面朝着窄窄的天空，喊道："你们要埋，就从老娘的肚子上踩过去吧——老娘要是喊了一声疼，就是狗娘养的！"

　　这一喊地动山摇，兰猛子和他身后的男人女人惊得一时说不出话来，大家万万没料到，她会使出这一招。说实在的，哪个男人有胆从一个寡妇身上踩过去？但兰猛子不这样想，既然当着这么多人的面发了话，就得照着去做。要不然，不等于放屁？日后哪个还听他的？他的威信不就这样被一个耍赖的寡妇灭了吗？那还了得？

　　"张芝兰、李春香、刘春秀，你们三个把她扯起来！"兰猛子站在原地没动，命令道。

　　她们三个慌忙弯腰，有的扯手，有的搂腰："起来——，起来呀——，你这是发什么癫呀！"三人一边动手，一边嚷嚷。

　　冷不丁，刘春秀的一条胳膊被狠狠地咬了一口，疼得她"呀"的一声喊叫起来，紧接着，她用脚朝地上的李桂花狠狠地踢去，没料到李桂花一翻身，抱住她的腿，在上面又狠狠地咬了一口，疼得她发出撕心裂肺的叫声。

　　以兰猛子为首的男人与黑伢、翠鸟打斗起来，现场顿时一片混乱。我躲在芜水河边的一片竹林里，一点皮毛也没伤着。

黑　伢

　　我拉上玻璃窗，绿皮火车呼啸的声音在耳边响起，大山黑黝黝的野兽般的脊背，江面上的点点渔火，从我眼前迅速地向后退去，接着什么也看不见了，只有"哐当哐当""哐当哐当"的声音在耳边萦绕。

　　车厢走廊里，挤着站着、蹲着和坐着的人，散发出一股汗腺、狐臭、尿酸、果皮纸屑混杂着香烟、汽油、呕吐物的热烘烘的异味。

　　"当当当，当当当。让一让，让一让喽，有香烟、啤酒、麻辣干子、火腿肠呢。"

　　"有香烟、啤酒、麻辣干子、火腿肠呢。"

"起来，起来。"

穿着白色工装服的女人，推着手推车，一路喊叫着走来，蹲在躺在走廊里的乘客，懒洋洋地起身，让出道来，他们眼睛里布满血丝，打着哈欠，睡眼惺忪，一副慵懒憔悴的样范。

"喂，来一块麻辣干子。"

"来一个鸡腿。"

我睁开了眼睛，发现自己坐在厕所对面洗手间的角落里，屁股落在阿爸每次外出打金背的箱子上，箱子里有三层，一层一个屉子，下面两个屉子装着天平秤、拉丝板、钳子、锉刀、铁锤和錾子。上面的屉子稍深，装着一件西装跟一条咔叽裤。最下层有个开口，装着抛光用的布轮，摇手装在箱外。

我双手抱着膝盖，脑壳伏在膝盖上，对面的厕所门前，排着长队，门一开，一股难闻的气味扑鼻而来，我的脚木木的，失去了知觉，双手撑地，撅起屁股，好半天才站起来，伸了伸懒腰，跺了跺脚。

火车的声音越来越小，火车越来越慢，窗外现出了光，一点点地亮起来，我看见了铁轨、枕木、栅栏、路灯、站台、贴在墙上的严禁烟火、手推车、蒸笼里冒出的热气、乱哄哄的人流。它停了下来，车厢里乱起来，行李从架子上滚下来，压在肩上，座位空起来，走廊挤起来，人群向出口挤起来，站台的影子在晃荡。我的脑壳顶空荡荡的，我背着木箱，揉了揉眼睛，用衣袖揩了一把眼屎，顶着脑壳、抻长脖颈，像一只脚鱼浮出水面向四周张望。

在我身后，传来乱糟糟的声音，急匆匆的人影从身边掠过，喇叭里传来微弱的声音，在我脑壳顶盘旋。一个人影擦着我的木箱向前冲去，我像一只陀螺，被突然抽了一鞭，在原地转了一圈。

"娘的脚，没长眼？"

那个人回头瞥了我一眼，像是没听懂我的鸟语，走了。

人流越来越密，像洪水，我像一片漂浮在上面的树叶，被浪花追打，我看见三个字——重庆站，又黑又大，它们站在我身旁的墙壁上，站在我眼前的银屏里，挤眉弄眼，像是在嘲笑，调侃。天哪，怎么是重庆，我要到达的地方是成都，成都，成都。我转过身，身后站台空荡荡的，只剩下一个穿制服的女人，她收起了剪票的剪子，钻了进去，随手关闭了绿皮火车门。

火车沿着站台的边缘，一点点地向前蠕动，像一条长蛇在蠕动，我一阵猛跑，很快就追上了，扑上了火车门，站在那个制服女人剪票的地方，死死地抓着脑壳顶上的扶手。

火车离开了，越来越快，"哐当哐当，哐当哐当，呜呜"，它睁着两只雪白的眼珠，盯着铁轨，盯着枕木，盯着前方墨黑的夜色。

我在飞速向前，风从脑壳顶上削过，揪住我的头发，向后使劲拉扯，风箍着我的手，箍着我的脚，箍着我的身子，使劲向后扯，在身边"呜呜呜"地号叫，它们贪得无厌地折磨我，不但不让我歇一会儿，而且变本加厉地折磨，木箱的背带从肩上滑到胳膊上，像一个顽皮捣蛋鬼，使劲地吊着，那里面装着手锤、拉丝板、钳子、锉子、錾子，是阿爸生前用过的家伙。

我摇晃得越来越厉害了，玻璃窗那边的乘客，眼珠鼓得灯泡大，预感到用不了几分钟，我就变成了一片树叶，飞到了空中，在空中打着旋涡，跌到悬崖下，撞到电线杆上，落到水里，从所有的眼睛里消失。

时间在耳边"嗒嗒嗒"地走过，我看见一个大盖帽，出现在玻璃窗那边，额头上滴着豆子大的汗珠，也不瞅我，眼睛死死地盯着手里的螺丝刀，螺丝刀插进了玻璃与橡胶圈间的缝隙里，向外撬了一下橡胶圈，没有动弹，像滑溜的泥巴，又撬了一下，橡胶圈还是没动弹，他是那样笨拙，急切。另一个大盖帽挤到他身边，夺过螺丝刀，插进玻璃与橡胶圈间的缝隙里，向外撬了一下，橡胶圈没动弹，又撬了一下，橡胶圈动了一下，再撬一下，橡胶圈就翘起来一点点，接着又一点点，翘得越来越多了，玻璃终于松动了，被大盖帽取走了，窗子张开了大口，一双大手死死地拽着我的胳膊，先将我的木箱拖进去，接着将我拖进去。

翠　鸟

　　再次离家后，我又来到了深圳。黑伢叫我同他去成都打金，因为那是打鼓垄金匠的天下，他很可能逃到了那里，就算没逃到那里，也能从别的金匠口中获得蛛丝马迹，更何况水仙也在那里，毕竟，她也是家中的一员，也要动员她去寻。阿妈也觉得黑伢说的有道理。但是，问题是，经费从哪里来？出门喝口水都要钱。我说，我在深圳打开了门路，可以提供经费。再说，我有 BB 机，一旦有线索，马上可以联系我。同时，我希望黑伢、阿妈也配个 BB 机，这样，大家随时可以保持联系。阿妈同意了我的请求。

　　很快，我应聘到一家货运公司当业务员。货运部经理杰哥是个身材魁梧、长着一张马脸的家伙，穿一身牛仔裤，操一口浓重北方口音，习惯坐在茶几旁的长椅上，一边将手伸到茶几上的烟灰缸上，用无名指轻轻地弹掉指间的烟灰，一边骂客户"傻B""王八蛋"。

"好啦，小兄弟，从明天开始'扫楼'。"听完我的简单介绍，他笑嘻嘻的，朝我露出满嘴被烟熏黑的牙齿，拍拍我的肩，像跟我格外熟似的。

他给我印了几盒名片，打了货运价格表。我骑着一辆在附近天桥底下从一个鬼鬼祟祟的家伙手里买来的单车，载着行李飞奔到了龙头湾。由于公司不包吃住，而我袋子里的票子也花光了，所以在把单车停在秀姐小店门口时，我就琢磨该怎么解决住宿的问题。刚好汉哥骑着摩托回来。他叼着烟，来到我身边，那双锐利的眼睛直盯着我，嘴上的八字须笑得一根根地竖起来："嘿嘿，几个月不见，搞得钱啦。"

"没呢。"

"还在那边搞搬运吗？"

"没呢。"

"搞什么？"

"业务。"

"哦，你爸的事呢？"

"老样范。"

我记得这是汉哥第二回问阿爸的事，我每回都以同样的话回复他，装出一副毫不在意的样范，而他则苦笑："我站在中间讲一句（因为两边都是邻居），最好的办法，就是让人家赔一笔钱算了。"听说他可是个爱管闲事的人。

"人死不能复生，事实既然已造成，无法挽回。你也要看到，人家也是受害者。如果赔一笔钱，你们也就想得开了，他也不用在外东躲西藏。如果你们娘仨去寻，既浪费钱又浪费精力，还不晓得能不能寻到。就算寻到，他大不了去坐牢，那样你家没占到便宜。""一口气能当饭吃当钱用吗？再说，我看你们娘仨寻到猴年马月去。大海捞针，懂吗？"汉哥点上一支烟，眼睛直直地盯着我，说："莫做白日梦，现实一点，找个中间人，拿一笔赔偿，安安心心过好日子才重要。"

我没吭声，从手板心流出的汗浸湿了单车扶手。他留我吃夜饭，我摇了摇头，问他有地方住没有，他就叫我跟他老弟困一间屋。刚好他老弟从他住的小屋里走出来，蓬乱的头发，一副慵懒的样范。我叫他九哥，是个泥水匠，到深圳好些天了，是汉哥叫他从家里赶来的，说在深圳包到了土石方工程，但一来又没办妥，就一直闲着。那是一间不到两平方米的仅容下一张床的潮湿阴暗小屋，洗澡上厕所都得和汉哥一家挤着，很不方便，但也只能将就。

就这样，我暂时在那里安顿下来，但当九哥问我为什么不去表哥那里住时，我吞吞吐吐地告诉他，说不方便。他信了，老乡都信了，只有李文俊一人不信。即使是那样，我也不埋怨，因为我很清楚他是一个什么样的人而我又找不到埋怨他的理由。但我也找到了为自己辩驳的理由。我想事情都过去很久了，他或许早就忘了，当然在马总看来那只不过是他手指缝里漏掉的几个铜板而已，他犯不着去报案或者报复，正如当初我做出那样的决定时所猜测的一样。

他们嘻嘻哈哈打打闹闹，不是下棋就是打牌聊天，秀姐似乎也总是忙不赢，她既要搞茶饭、给两个孩子洗衣服，又要卖货，很少见到她安静坐一会儿。她不愠不火，脸上总挂着微笑的样范，与她娘简直是一个模子印的，总是给人亲切和蔼温暖的感觉。汉哥则老叼着一支烟，他"哈哈哈"的大笑声，不时在榕树下回荡。他的头发尽管染得乌黑发亮，但不出几天又会长出一层白来，他还是一次次地染。

九哥喜欢去旁边一家卡拉 OK 厅唱歌，我没心情唱，就陪他。"何处传来驼铃声，声声敲心坎……"歌声满含深情，就像是满含着对千里之外的故乡、堂客崽女的思念一样。他也满含忧伤，也许他会问自己，为什么要离开堂客崽女来到千里之外的深圳辛苦挣钱，为什么晚上只能仰望孤寒的满月独自哀叹……那时候我也会想起娘和哥，听汉哥从家里带来的消息，说娘和哥都不在家，不晓得到哪里去了。还说舅舅每隔两三天就到我家来，给田里的禾苗灌灌水施施肥治治虫。

那时候我无心听他唱，独自离开，在工业区旁的一片空旷寂静的荒地上发呆。愿老天保佑，让我早点寻到那个家伙。

我那时恨不得马上就动身，无论袋子里有没有票子，坐火车还是坐班车，只要晓得一丁点线索就去寻。也不晓得有没有人呼李文俊，昨天我把 BB 机号、要说的话，都留在他 BB 机里了。他一定晓得，尽管没回一丁点信。我觉得汉哥的话也不无道理，我们娘仨就算是寻遍海角天涯，也确实不一定寻得到。就算寻到，得付出多少时间？三年五年，十年八年，或者更长，都无法预料，更何况还得付出多少奔波劳累。难道我们就这样把自己美好的日月白白耗费？难道我和哥就不想挣些钱将来讨个堂客，过上幸福日子？难道娘也不想找个中意男人在家带孙子孙女，享受开心快乐的晚年？难道耗费十年二十年的青春仅仅只是为了阿爸不再怀抱怨恨，仅仅只是让金匠一号锒铛入狱？难道我们娘仨就是有意跟自己过不去，明明晓得前面是个坑也还要往里跳？那时候我感到自己曾经固若金汤的信念在摇摆，感到能不能抓到那个家伙也很渺茫。我一会儿想要静下心，踏踏实实地挣到钱再说但一会儿又想这样对不起含恨离去的阿爸。只有早一天寻到金匠一号，阿爸才早一天心安。无论前面的坑有多大多深也要往里跳。我这么翻来覆去想，老毛病就来了，脑壳晕眼睛花脚发软。

我将名片钉在价格表右上角，从中南花园大厦A栋到B栋C栋，从最高那层往下一层一层一间一间，不管客户乐意不乐意，只要是办公室有人或者办公室门敞着，都在没经对方点头同意下进去，和最近的那位先生或者小姐套套近乎，说："贵公司最近有货发吗？我是某某货运部业务员，这是价格表，量大优惠。"

"放着吧，暂时没有。"

运气好的话，就会碰上准客户："到汉中走汽运要几天？"

我支支吾吾一时竟答不出，因为那个地方感觉比较偏远，几乎连地名都没听说过，一下子慌了手脚，就一会儿说三天，一会儿说一个星期。他一听就露出轻蔑的笑："放这吧，到时再联系。"

"您什么时候有货发？"

"暂时搞不清，到时再联系。"

我补了一句："到时请呼我，上面有 BB 机号。"

生怕他打上面的座机，因为我不一定能接到，要是被张小惠或杰哥接了，那单就不是我的了。事实证明，我的猜测不无道理，因为我那天亲眼看到一个面熟的客户来到部里与杰哥洽谈，之后杰哥和司机就从客户那拉回一大车货，发西安、兰州、银川三个地方，狠赚了一笔。

我对杰哥说："客户是我跑的。"

他说："你问张小惠，看是你的还是部里的？"

张小惠说："部里的。"

我别过脸去，小声嘀咕了一句："我还跟他（客户）砍过价呢。"

"甭担心，是你的客户就会算你提成。"杰哥说完，又转身对她说，"张小惠，你记好，凡是客户打电话找翠鸟发货的，都算翠鸟的单。一是一，二是二。"

"嗯。"

我窝一肚子火："那客户明明是我跑的，怎说是部里的？肯定是客户拨打价格表上的电话，找到部里的。杰哥故意装糊涂，气死人。"

几十层的楼基本家家扫到，用杰哥的话说是"也许你漏掉的那一家，恰恰是马上就有货发的客户"。我想也是，这么多家都扫了还差那一家几家吗？

但有时碰上保安就麻烦："干什么？这里不准搞推销，走！"

"跟客户谈业务呢。"

"谈业务？在监控里就看到你在搞推销，走！"

那时只能自认倒霉，乖乖去扫下一个大厦。南岗一带的高楼扫完，就扫周边沙湾工业区和车公庙工业区，这也是杰哥点拨的。我发现他只要一提到跑业务就兴奋，一个劲地安排我今天跑哪里哪里，明天跑哪里哪里。哪里哪里有几家什么什么大厂，如果搞定其中一家某一条线的业务，就可以天天在家玩耍，只等到了月底来部里收票子了。为了证明自己不是在胡编瞎说，他说他曾经也是从业务的战火中摸爬滚打出来的，去年他一个战友只搞定康佳西北线的货运业务，每天光整车就发十多辆，不晓得一年赚多少。他甚至说如果我也抓到那样的大鱼，就什么也不用操心，他从调车到配车发货跟单一条龙通通搞定。无论是从广州还是从东莞，什么五吨车、八吨车、拖头车、厢式车，甚至冷藏车也分分钟搞定，而且价钱便宜，司机开车技术了得，信用一流云云。说得天花乱坠，听得一塌糊涂。但那时我坚信，觉得路走对了，挣大钱的日子快了，阿爸的怨恨就要消解，那个家伙就要遭审判了。

"嘿，跑到大客户，买个大哥大。到时咱也借你的，到客户面前显摆显摆。"

"对。"张小惠也附和。那个有事没事就哼几句"跟着感觉走"的搬运工小白，也附和。司机也附和。那时真恨不得一口气跑完深圳所有工业区、写字楼。

我一般都是早上骑单车去工业区，把单车锁在楼下，然后一层一层、一家一家扫。那时客户一般打部里电话，因为电话相对BB机来说要直接些。可张小惠从来就没呼过我，从来就没。我固执地以为，客户要发货自然首先想到要呼我。但我却忘了自己是个刚入门的新手，对货运这行还比较陌生，在初次接触时并没给客户留下较好印象，或者一眼就被对方视为外行。客户怎会放心？当然，他们也懂得，一家货站既然有新手也就有老手，既然不想找新手自然就找老手，因为货总得第一时间发到客户手中。所以这就给杰哥张小惠他们提供了机会，在为部里创收的同时也为自己腰包创收。除了杰哥张小惠心知肚明外，实际上老板也不糊涂，但他也只能装糊涂，因为毕竟那是他无法控制的。唯有我这个蠢货是劳而无功白费气力。

车公庙工业区味千拉面厂戴着一副宽边近视镜的安经理，一见我，那张白净国字脸就露出其他客户少有的微笑。那是诱人的一朵花，因为每一次去他都会绽放。奇怪的是，仓库的拉面堆成小山后不久就消失，消失不久后又堆成小山，然后再消失。

我说："安经理，你说没货发，那你仓库里的货哪去了？"

他一边在车间里忙碌，一边说："人家到西安才八毛钱一公斤，你却要九毛。"

我说："七毛给你做，怎样？"

"真的吗？"

"真的。"

"几天到？"

"三天。"

"那你等下来装吧。"

"多谢安经理。"

下午四点钟左右，部里的货车开到楼下。我把杰哥介绍给了安经理，又把安经理介绍给了杰哥。

杰哥在得知货重只有一吨，而价格又很低时，原本和我一样因激动而红润的脸色瞬间变得铁青，在我身边小声嘀咕一句"赚不了几个钱"，连一声道别的话也没留下，就转身下楼，走了。盯着他离去的背影，安经理气得直发抖。我也感到好尴尬，后来再也没去找过他。

我垂头丧气地回到部里，情绪极度低落。杰哥也默不作声，脸绷得紧紧的，很难看。一眨眼，又到开晚饭节点，可我袋子里早已布撞布，几乎没拿到多少提成，那一笔钱也早已花个精光。没拿到业务，谈什么提成？怎么好意思吃饭？但到哪去吃？到老乡那里吧，丢不起那个脸。我只好低头坐着，不吭一声。听他们揭锅盛饭，"吧嗒吧嗒"地咀嚼吞咽，任由口水直往肚里吞，就像是小时候做错事，被阿妈训斥一阵后，低头立在饭桌边，听家人盛饭、嚼饭的声音。

"吃吧，吃饱了才有力气跑业务。"

"来来来，吃吃吃。"杰哥终于开口说话了，但当我偷偷地把眼光移到他身上时，我看见他只顾埋头扒饭，好像只是在与筷子、碗、饭菜说话。多年以后，我总会回想起他只顾埋头扒饭、我傻傻地去揭锅盛饭的一幕，羞辱得无地自容。

黑伢

新龙门客栈是一栋三层大楼，门庭正对着川一街，街的两边，商铺、饭馆、面馆、酒楼林立，连接着华天街、成都市邮政大楼、体育馆。一间间神秘的客房里，弥漫着煤油、汽油味，金属和硝酸盐酸化学反应出来的刺鼻的令人窒息的气味，锤子、錾子、拉丝板、砧铁、银子、金子的铜屑气味，传来焊枪熔化金属时发出的"刺刺刺"声，叮咣叮咣的捶揲声，细把戏的啼哭声，抱着城市小姐滚床单的呻吟声，绝望的尖叫声，刀具器械的较量声……

一个身穿银白色西装、梳着精致中分头、驴脸的男子，蹲在客栈门前，用好奇跟惊诧的眼神，看了我好一阵，才缓缓地站起身，说："原来是黑伢呀。"

我在他肩上拍了一巴掌。

服务员站在柜台那边笑呵呵，她说："粑粑，又来老乡啦。"

"对喽。"粑粑回敬她一个微笑。转身，驴脸露出了一团尴尬的红晕，说："你姐姐不是住在悦来吗？"

见我低着头，没作声，他又转过身去，双手伏在窗台上，说："小姐，还有床位吗？"

"117 还有一个。"

"那就 117 吧。"

"身份证拿来。"

"要得。"

轮到要交房租时，我将粑粑扯到一边，细声说："先借两百。"

他又用怀疑的眼光瞟了我一眼，露出一团尴尬的红晕，慢吞吞地摸出了钱包，从里面抽出两张一百的票子，说："过几天要去看叶倩文演唱会呢。"

"电视里都播了，我等不及了。"

一个操成都口音的红指甲女人，额头上编着好几条小辫，圆脸上透出一种据说是来自雪域高原的红，手挽着一个精致的红色小提包，踏着一双红紫色的高跟鞋，"噔噔噔"出现在粑粑面前。

她用成都话和粑粑交谈了几句，我看见粑粑狭长的驴脸上随即显露出太阳日落西山时羞涩的红晕，仿佛就要被她身上裹挟的火焰熔化了一般。一个从一千多公里外村子挤火车来的匠人，能得到如此高贵小姐的青睐，粑粑一定觉得是上天的恩宠。

粑粑拽着手里的票子，就要走，"粑粑……"我喊住他。

"哦……"他把票子塞给我后，就领着高原红朝客房走去。

我跟在服务员屁股后，来到117，她手里拎着的一串吊在小木排上的钥匙银光闪闪，铃铃作响。

开门的男人又高又瘦，穿着一件整洁的白衬衣，一双擦得溜光的黑皮鞋，但生着横肉的左脸上方的一个显眼的刀疤，就和我胸脯上的那个刀疤一样，或许同样纠结着一段不同寻常的往事。他目光阴冷，上嘴唇间留着一撇又黑又粗的胡子。他住在离我家两里多远的牛角冲，平时经常在路上碰到，只是喊不出名字。

房间内摆着两张雪白干净的铁床，一张桌子，几把椅子。他坐在靠里边的床沿边，面对着手里的镜子，用剃须刀悠闲地刮着胡子。在他床头的小柜边，立着一口崭新的鼓鼓的皮箱，一把小锁闪着银光，好像主人将随时随地拖着它，为了某种企图而匆匆地离去，前往成都火车站或者成都国际机场一样。

新龙门客栈之于我，就像是那口锁得严严实实的皮箱，随时随地都有可能为了某种企图而消失在未知的路途。

房间里最为显眼的无非是那口乌黑溜光的、长宽高都没超过一米的木箱了，和我的一样，一根皮带作背带，上方一角绑着一个砧铁。从走廊里吹来夏日的风，裹挟着从各个房间里涌出的煤油、汽油、酸液和金属的混合气味，还有干瘪瘪的成都话与顺溜溜的成都话。

他是金匠七号。我清楚地记得，那年秋天，牛角冲后的狮子山满是砍柴的人，远远望去，狮子山的一头深发，像被理发师的推剪推过一样，在辽远的天空下，像铺着一块块白布。七号家就成了我家的中转场，阿爸将柴从大山上担下来，码在他家地坪上，再由我和水仙、翠鸟一担担担回家。我们在他家喝茶，为砍柴的阿爸做饭，他阿爸阿妈也不嫌弃。

"你姐姐不在悦来吗？"

"我阿爸……"

"哪个害死的？"

我摇摇头。

"公安没查出来？"

"没。"

"你会打金吗？"

"差不多。"

这时，房门"砰"的一声被推开，一高一矮两个年轻男子，绷着脸，僵直着身子，裹挟着一股冬天寒气逼人的气息闯了进来，在靠门边的铺位前站住，凶巴巴地瞪了一眼七号后，矮个男子用近乎命令的口气对我说："你出去一下，我们有事！"

我瞅了瞅七号，瞅了瞅一高一矮两个年轻男子，什么话也没说，就出来了。

"砰——"门板几乎撞到了脚后跟。

门外，在离头顶十多厘米高的门板上，刚好有一个指头大小的孔，从孔里能看到里面三个人的一举一动。两人逼向七号，高个男子箍他的腰，矮个男子搂他的脚，将他牢牢地控制住。

两人不是外人，自然都是我和七号所熟悉的人。我们都来自一千多公里外的打鼓垄，彼此相隔不过几里路，有很多都是小学、中学的同学，甚至是穿开裆裤的朋友。他们血管里流淌着打鼓垄先人世代遗存下来的基因，正在一点点地裂变，排列组合成另外一种基因，一种在年轻一代看来最适合生存的基因。是的，我就是年轻一代中的一个，我们要裂变，因为我们的祖辈至今仍然居住在低矮的土砖屋里，只能在一亩三分地上一日日地苦熬，而那些城里人那些有钱有势的人，却过着比我们潇洒安逸百倍千倍的生活。

他们是兄弟，高个子是金匠五号，矮个子是金匠六号，阿爸在数年前不知是什么原因，喝了甲胺磷。那时候甲胺磷是打鼓垄最厉害最见效的一种药，它除了无情地杀死那些伤害禾苗的虫子外，还无情地杀死了一个个在打鼓垄贫瘠的土地上再也不能苦熬的人。阿爸走后不久，继阿爸跟着就来了。但兄弟二人早已无心像死去的阿爸那样在贫瘠的土地上苦熬，只读完小学，在村子里鬼混几年后，就跟在一帮金匠的屁股后走南闯北。

毫无防备的七号，嚷道："你们……要……做什么？"回答他的是自己愤怒的回声。他硬撑着那条腿，挣扎了一下，却被箍得死死的，动不得。跛着一只脚，接连后退了两步，气得脸一会儿青，一会儿紫，一会儿红。

我听到刀子出鞘的声音，用力推了一把门，门将我挡了回来。七号还在喊："你们……要……做什么？"

回答他的似乎只是自己的回声。五号、六号也许说了话，也许没说话，一个箍腰子，一个搂腿，似乎在等待七号做出某个决定后，再决定将不将他撂倒在地。但不久，兄弟俩松开了七号。七号弯下腰，将那只鼓鼓的皮箱放倒在地，从腰间摸出钥匙，打开锁，就在扯开拉链的一瞬间，他就像变魔术一样，从皮箱里摸出一把磨得雪亮的杀猪刀，我几乎没看清他是怎样站起来，怎样扭身砍向五号、六号的。躲闪不及的六号手臂被砍了一刀，一股鲜血染红了衣袖。他咬着牙，接连后退几步，飞快地从屁股后摸出一把锤子。五号也早已从屁股后摸出一把锤子。两人各站一角，形成夹击之势。五号向他虚晃了一锤，他随即朝他的脑壳砍来。六号趁机从一侧扑上去，朝他的脑壳顶砸了一锤，我看见血液飞绽出的长长的抛物线。七号本能地偏了一下，闭上了眼睛，在我预感到他随即就会倒地的一瞬间，他的眼睛居然睁开了。鲜血染红了一撮头发，顺着头皮流到了脸上的横肉上，一滴滴地掉到了地上。他索性闭上眼睛发癫似的一阵乱砍。门被惊慌失措地打开，五号、六号一前一后逃了出来。浓烈的血腥味从房间里像风一样刮出来，扩散到了走廊里。

七号没像我预感的那样倒在里面，举着杀猪刀在走廊上追赶。打鼓垄的金匠和他们的家人闻讯而出，值班保安，一个戴着酒瓶盖那样高倍近视镜的中年男子，穿着一身制服，拨开人群，堵在七号和五号、六号中间，用他颤抖的电警棍一会儿指向这边，一会儿指向那边，大声呵斥着他妈的成都鸟语。尽管双方都被别的金匠控制住，但七号仍像狮子一样在咆哮。他没支撑多久，就两腿发软，像一袋面粉一样倒在地上。血在不断地从那里涌出，滚到走廊水泥地上，像长了腿一样聚集在低洼里。

"快！快打 120 ！""快打 120 ！"

一辆警车停在客栈门口，几个警察正和酒瓶盖唠叨着什么。救护车来了又走了。走廊上空弥漫着浓烈的血腥味。

李桂花

我把翠鸟的BB机号写在床头的墙上，有线索随时可以呼他。我叮嘱他，要存些钱做经费，他答应得好好的。黑伢去了成都，几天前他打电话回来，说他到了。我问他去找水仙没，他说懒得去，跟粑粑借了两百，住在新龙门客栈。他到了阿爸生前打拼的城市，那客栈我也住过。

说实话，在外打金，打个戒指耳环手工费才两块，有时一天也打不到一个，而吃饭、住宿就得花十多块，如果不搞点金把把，就要困大街了。我们乡下人进城图的不是好耍，家里堂客崽女都鼓大眼珠望着，柴米油盐人情南北，哪一样少得了钱？所以石奎说，他日思夜想地发明挖金把把的绝技，也实是没办法的办法，再说金子的诱惑实在不是一般人抵挡得了的，他晓得这是缺德的，每挖一次，就在臭骂自己一回，觉得对不住顾客。可挖的次数多了，就不以为然了。

而今，对于我来说，打鼓垄待不下去了，没有一个人不用异样的眼光打量我，裤子和兰癫婆，两个猪婆到处说我家闲话，那眼睛里喷出的是仇恨的火焰。孙二娘不见了，听说跑到广州去了。那些平常与我要得好的姐妹，自从石奎被害以后，就有意疏远我，也不愿来坐一坐、聊一聊。

屋里空荡荡的，只有石奎能听我诉说内心的苦闷忧愁，我坐在床上想了一夜，我也要走，留在家里没意思。我伏在棺盖上又是哭，又是拍，我说，石奎呀，你死了就死了，怎么还要来折磨堂客崽女？我前世欠了你的债？我真不想理你的事了，死了就死了，难不成你还能活过来？再说金匠一号都不晓得跑哪里了，世界这么大，到哪里去寻？要是他改名换姓了，躲到一个老鹰不生蛋的地方，鬼才寻得到呢。你叫我们去寻，可晓得世上有多少杀人案子没判出来哟，难不成你的就能判出来？你睁开眼睛看看吧，两个崽，为了你，连书也不读了，就出去寻钱寻人，要有个三长两短，唉，我这一世怎么搞？你瞅瞅李染匠的崽，刘漆匠的孙，望木匠的侄孙，都与你两个崽一样年纪，他们都一门心思读书，屋里的事不搭一点。将来毕业了，分配了工作，讨堂客都不用爷娘操心了。做爷娘的多光荣呀，多享福呀。你呢，看看，这个家还像个家吗？就这样散了，散了，我活在世上还有什么意思？我要死了就好了，万事不管了，一了百了。你倒是享福呀，眼睛一闭，万事不管，一了百了，他怎么不连我也杀了？这个畜生，要活活地折磨我和我的崽女，成心拆散这个家。

金匠一号在我子宫里播下了种，结出了黑伢这苦果。那是十多年来我在崽女面前尤其是在黑伢面前不顾一切地掩藏的东西。那一天，金匠一号刚从遥远的沈阳打金回来。他来到我家，看上去精神焕发，抽着带把的香烟，总是有意无意地在我面前从荷包里摸出一摞大票子来。它们花花绿绿，就像那些肥嘟嘟的小猪仔一样令人着迷（石奎回来，大票子少得可怜）。兴许我再在猪栏前溜出一条坑，也赚不到那一摞大票子呢。我想，要是不费多大力气，就能拿到手，那该多好呢。真是凑巧，他每次从荷包里摸出一摞大票子的时候，眼珠子就盯着我滴溜溜转，笑眯眯的。我也说不清，那时脸一下子就红了，怪不好意思的，不敢看他的眼睛。我想，石奎好几个月没回家了，信倒是收了好几封，票子却没见。油盐费用都在店里赊着呢，都好几百了。石奎总不走运。哼，这次回来再不赚钱，下次就休想出去了。唉，这打金的营生，靠运气嘞。

那是一个令人昏昏欲睡的晌午，我正躺在厢房里的门板上午睡，门敞开着，被谁推了一下，就醒了。当我睁开眼睛时，就看见他趴在我身上，毛茸茸的胸毛，毛茸茸的手，散发出的香味跟满嘴的烟臭味刺得我连呛两声，他的手在我身上乱摸。也不知使出了多大的劲，我竟然将他推在地上，爬了起来。他没吭声，不慌不忙地爬起来，从荷包里摸出一样东西来，在我眼前晃了晃。哇，大票子，能抵几头小猪仔呢。我伸手去拿时，他躲开了。我一瞪眼，他就乖乖地交出来了。我示意他别吭声，然后就关上了门。

当石奎从上海回来时，我已经一个月没来例假了。石奎没有察觉，但后来的一个黑夜，他撞上了我跟金匠一号。石奎扇了他一个耳光，臭骂了一阵，就让他走了。石奎砸了好几个瓷碗，瓷碗碎了一地。那是我和他结婚以来，他第一次砸瓷碗，尽管以前再怎么争争吵吵，他也没砸过瓷碗。瓷碗是青花的，还是我哥从芦苇荡那边千山路远带回来的呢。要是平时孩子们不小心摔坏一个，我准会恶狠狠地臭骂一顿，然后心痛得不唠叨半天绝不收场。但那时，我任由他砸去，只是背着崽女在房内唠叨。崽女们也不晓得我在唠叨什么，更不晓得他为什么发那么大火。只听见我瓮声瓮气地咒骂着只有我和他才能听懂的话。而金匠一号从外面打金回来了，只要有机会，就往我家跑。

"我问你，你为什么要杀石奎？你说说，你有什么理由要杀他？我晓得你现在不会说，因为你躲起来了，躲在外州外省一个防空洞里，躲在一个岩鹰不生蛋的山坳里，躲在一座城里的地下室里，躲在北方森林里的一个农场里……你一点也不担心，你想我们寻不到你，你要在那些地方再偷个野堂客，你在笑我们无能，笑我们蠢，所以，你当然不会说呀。你牛B，你有本事，你就是不说，我们拿你没办法。呸，我李桂花就不信这个邪，就是要寻到你，抓到你，撬开你的老嘴，老畜生。我李桂花哪一点对不住你？……啊，老天爷，惩罚我吧，让我下地狱吧，我有罪，对不住石奎呀……"

说实在的，金匠一号是个好男人，他与别的金匠不同，他从来就不惦记顾客的金子，哪怕是多余的随手可得的，也从不伸手。他要的是加工费，打的也是加工费。他对打金的手艺好痴迷的，打出的梅花项链简直就像盛开在雪中的梅花一样鲜活逼真……

石奎啊，你都听见了吧，我把多年来隐藏在内心的话告诉你了，你打吧，你骂吧，我不会还手。我对不住你呀，是我引狼入室害了你啊……这个老畜生，他为什么要害死你？难道他要通过害死你达到长期占有我的目的？这不可能，天阿公可以作证。他绝不是那样心狠手辣的男人，这个，我比你更了解他。

天阿公哪，您惩罚我吧，他是我唯一动过心的男人。我被他手臂、胸脯上浓密的黑毛迷醉，每当独处时，我就会心慌意乱六神无主，他浓密的黑毛就在眼前，我禁不住伸手去摸，那柔柔的略带刺感的触觉，那喷香的气味，销魂荡魄。我试图摆脱他的纠缠，不一个人在家。但是，当夜幕降临，而你和他都留在成都的话，他浓密的黑毛又来了，我坠入甜蜜和苦痛的煎熬中，我偷偷地给他打电话诉说，他有时很狂热，说想死我了，叫我不要待在家，到成都去和他幽会。但他更多时不大愿意接电话，有时我猜到他在一号金铺里，但隔壁士多店的老板说他不在。后来我实在无法忍受煎熬的痛苦，便去成都你那里住十天半月（当时你还住在新龙门客栈里），趁你上街摆摊打金之机与他幽会。我沉浸在他浓密黑毛的温柔甜蜜里，对打金的事从来就不闻不问。你对金子特别疯狂，而他则不然，兴许，这一点，也是我始终无法挣脱他的原因之一。

他对挖金把把和使用外来的石膏模具之事充满仇恨，咬牙切齿的仇恨，他常常在我耳边臭骂你，因为你不但发明了挖金把把的绝技，而且头一个从福建人那里买来石膏模具，他声称这两件事使得打鼓垄的金匠从此彻底堕落了，并预言将来会面临灾难。

我不止一次捂住他的嘴，并一次次地警告他不要污蔑你，因为你是我男人，我和他都背叛了你，都应该在天阿公面前接受惩罚。也许正是基于这一点，他故意疏远冷落我，尽管他比我大十多岁，耳朵也有点背，看上去是个又高又瘦的老倌子；孙二娘年轻漂亮，比他小整整二十岁，眼睛里早没了他。按理，他不应该躲避我，至少，我比他年轻，但是，他曾经不止一次地向我忏悔，向天阿公忏悔，他说他该死，不应该把我拖进泥潭。他不止一次提出要与我分手，结束这段偷偷摸摸的恋情。但是，我始终不肯，因为那样还不如让我去死。在你眼里，我始终是个罪人，在你离我而去后，我仍然没有彻底断掉对杀害你的仇人的念想。天阿公哪，多可怕哪。

石奎，你应该猜得到杀你的人是哪个，你现在就说出来，到底是不是，现在王警官把他列为重点怀疑对象。其一，他和你是一同从成都回家的。其二，有人看见在你出事当晚，他跟在你后面。其三，你被害后，他就从打鼓垄消失了。其四，那天夜里黑伢差一点就抓住了他，当时他一看见黑伢就跑。他为什么要跑？孙二娘为什么要拦住黑伢，并趁黑伢与他打架之机，从背后用木棍打晕黑伢？其五，黑伢从哑巴手里搞到了一把刀，虽说刀子被哑巴磨过，但是可以判断那是凶器，因为有人在他家看见过那把刀，那是一把尖刀，而它就躺在那口枯井旁的草丛里。其六，也就是前面我提到的，他对你发明挖金绝技及推广石膏模具的事恨之入骨。

如果我没猜错的话，第六点就是他要你性命的动机。虽然你在我面前从没提过这一点，但是，你在成都一定与他发生过争执，甚至动过手。

石奎，在你死后，我为你所做的一切，你都看见了。你不晓得，我在去三亚的前前后后，上当受骗，受到的侮辱，吃过的苦头。你不用担心，不寻到他，我和黑伢、翠鸟是不会收手的。我向天起誓，天阿公可以作证，我要寻到他，为你报仇！为我救赎！

黑 仔

　　警车离去了，我来到对面的面馆。里面客人很多，服务员忙个不停，拣了个清静的角落坐下来。街上传来了熟悉的歌声：

　　　　留一半清醒留一半醉

　　　　至少梦里有你追随

　　　　我拿青春赌明天

　　　　你用真情换此生

　　　　……

　　那歌声几乎伴随着我走过了一千多公里，在汽车站，在火车上，在广场上，在大街上，几乎只要是人群聚集的地方，就有。

服务员一只手端起桌面上的一碗残汤，另一只手抹桌面，然后将一张菜谱丢在桌面上。哦，面，居然会有那么多，素面、羊肉面、牛肉面、排骨面、鸡蛋面、拉面……等她再次走到面前的时候，我手指在素面那两个字上点了点。

无意间，我发现对面坐着一个男人，椅子下搁着一只乌黑发亮的木箱，再仔细打量一下，左脸上缺了一只耳朵，而那只耳朵在我的记忆中就是完好无损地贴在那里的。我平时经常在路上碰到他，就是叫不出名来，我也懒得问，因为在新龙门客栈，如果你需要的话，就能打印出一串长长的金匠名单来。但又有什么意思？就像金匠七号一样，我晓得了他的名字，他进了医院，生死未卜，而我正准备慢悠悠地享用一碗充满异域风味的面食。

一只耳点了一碗排骨面，朝我友好地一笑。

他问我贵姓、家住哪，我如实相告。他说他姓邓，家住打鼓垄邓家大屋，读中学时，从我家门口的塘基上经过，后来外出打金，也要经过我家门口的塘基，去对门的公路上搭班车，认识我和家人。尤其是阿爸，很熟。

"凶手抓到了吗？"

"你也听说了？"

"嘿，整个新龙门早就炸锅了。"

"哦，难怪，一进新龙门客栈，金匠们就用那种很不自然的眼神打量我，还暗地里议论着什么。"

"你爸肯定是与人结仇了，要不然……"

"跟谁结仇？"

他摇摇头，只顾吃面。

我猜他心里藏着许多话，不便于说出口，就改变话题，问他，五号、六号为什么要打七号？他说，五号和七号昨天在文殊院摆摊，两个人相隔不到五米远，一个小姐走到五号摊前，看中了样品盒里的一款蝴蝶戒指，正要坐下来，七号手里拿着样品盒走过来，小姐就把眼睛移过去，觉得里面的一款蝴蝶戒指更迷人，于是跟七号到了他摊位，一阵叮叮咣咣的响声过后，七号给小姐戴上了新打出的那款迷人的蝴蝶戒指，小姐付了加工费就走了。自始至终，五号也没离开七号的摊位，他不时帮七号打打下手，不时与小姐搭话，七号报了多少假秤，挖了多少金把把，五号心里有数。这样的生意，依照打鼓垄规矩，五号应该有份。但当五号一提出，七号就不同意，认为生意是他做的，五号太过分。但五号态度坚决，两人就动起手来，最后五号被七号撂倒在地，吃了亏。第二天便叫上六号来报复。

一只耳说，金匠一号是打鼓垄的怪人，大都不喜欢与他交往，他也不大喜欢与金匠交往。至于为什么，他只字不提。

我跟在他屁股后，走过一条又一条街，穿过一条又一条巷子，约莫二十分钟，就到了西一街，他指着一个招牌上写着"一号金铺"的店子，说关了好久了。说完，就去华天街摆摊了。我则借口要到隔壁士多店买点东西，留在一号金铺前，只见门与地面间的缝隙处，清晰可辨雨点吹打过的痕迹。问士多店的女老板，她摇摇头。

一号到底来过成都没？有人说，他到了成都，只是很少露面。我想，这有可能，成都是他的根据地，他是唯一一个在成都开打金店的金匠，据说生意很好。我猜，店，肯定是空的，他早就转移了里面的东西，在另外一处重新开张。他不会蠢到待在这里，等待警察来抓。

我回到新龙门客栈，发现在二楼一间客房的窗户下，有许多黑压压的脑壳，自上而下，将整个窗户都挤得严严实实，远看就像无数只苍蝇在那里哄抢食物。我挤进去，却被一股近乎野蛮的力气挤了出来。我闻到了一股长期吸附在赶猪匠身上的腺体味从窗户里散发出来，填满了鼻孔，弥漫到了空中。我讨厌这种气味，因为正是这种气味，致使我至今深陷在迷茫和苦痛之中，无法晓得是哪一种气味使我投胎母腹。

"加油！"

"加油！"

他们朝铁窗户内呼喊，尖叫，幸灾乐祸。

"咻……"一个从人墙里挤出来的金匠，转身把拇指和食指捏在一起伸进嘴里，清脆尖厉的口哨声随即刺破了新龙门客栈，那么熟悉而又陌生，可恶而又搞笑，真实而又荒诞。约莫过了十分钟，门终于打开了，从黑压压的人缝里钻出一个女人来，她留着红红的指甲，额头上编着的好几条小辫已乱蓬蓬的，几乎将整个高原红遮掩在下面。她手挽着一只红红的精致的小提包，"噔噔噔"地踏着一双慌乱的红紫色高跟鞋，走了。

"粑粑，猛男！"

"粑粑，小心人家男人扁你！"

大家围着只穿着一条裤衩的粑粑，你一言我一语地嬉笑着，有几个还将他的裤衩扯下来，粑粑倒是笑得眼睛眯成了一条缝，一点也不生气。

"请客！"

"请客！"

"去成都火锅城！"

"去成都大酒店！"

当天下午，我摆摊回来，看见一个女人，一个脑门上编着好几条小辫的女人，提着一只红红的精致小提包，踏着一双红紫色的高跟鞋"噔噔噔"地走来，雪域高原红的脸上，燃烧着一股难堪的愤怒的火焰。在她的身后，紧跟着四个身着异域服饰的男人，那黑脸上透出分外耀目的高原红，那壮硕的身躯，那毛茸茸的手臂，那握在手中的藏刀，一瞬间，金匠们惊吓得纷纷躲进屋。后来有金匠告诉我，在那种情况下，没有一个打鼓垄金匠救得了粑粑，他只有脱掉鞋袜衣衫和时间赛跑，抑或在一眨眼间变成一条泥鳅钻进泥巴里，才是唯一的生路。

粑粑早就看见了那个女人，那个在他身上残留着胭脂香，那个能熊欲火超越发情母猪的女人，那个让金匠挤破脑壳都要瞧一眼的女人，裹挟着一股来自北冰洋的寒流滚滚而来。刀刃幽蓝的光泽在我眼睛里不停地跳荡，炫耀，在那张紧紧地闭合着的房门内的微弱的光亮里跳荡，炫耀。房门静静地闭合在那里，我的心"咚咚咚"地跳。那四个男人用他们脚上的牦牛皮靴子，一脚一脚地踢着蹬着房门，嘴里发出了野兽般的嚎叫声。

门像弹簧一样被踢开，他们拥进去了，一阵砰砰砰、哗啦啦、哐当当的打砸声过后，他们从客房里拥了出来，挟持着一股狂风，朝客栈大门口冲去，向右一拐，消失了。那些和我一样躲起来的金匠，像贼一样从不同的客房里探出脑壳来，小声说着什么。

粑粑客房里的椅子倒在地上，沙发倒在地上，那个黝黑发亮的木箱倒是立着，但抽屉里面的锤子、钳子、锉子、拉丝板等工具散落在地，一只盐酸瓶被打碎，碎片露出锋利的棱角，盐酸将水泥地侵蚀出一摊金黄，散发出一股强烈的刺鼻气味，那张粑粑搂着高原红在上面翻云覆雨的床也被翻了个底朝天，瘸着腿立在那里，我又看见了她赤裸裸的身子，闻到了胭脂香和熟悉的打鼓垄鱼腥草混合出的刺鼻气味，要呕。我盯着对面墙上被打开的玻璃窗，窗子间的一根铁条被一股野蛮的力量扭弯，铁条间的间隙比原来大了一倍，窗子上落着一只皮鞋，窗子外是一堵高墙，高墙那边，是一条人来人往的小巷。

李桂花

　　这个没用的家伙，气死我了。我从来就没这样生气过，他居然说，他身上的新衣服、新皮鞋，还有那个 BB 机，都是自己挣钱买的。呸，骗人。要不是李文俊回家揭破他的谎言，我还信以为真了。我心口又疼了，自从石奎被害以来，我心脏就出了问题，有时又闷又疼，到医院去检查，医生说我血压冲到一百八，心跳比一般人快很多，血管壁增厚，建议我要时刻保持心情舒畅，不喝酒，多吃清淡的食物，并开了一些西药给我。

　　怎么做得到？家里出了这样的事，无论哪个也会得心脏病。我又伏在石奎的棺盖上哭了一夜，我说，我的命怎么这么苦啊，男人被害死，女儿跟仇家结亲，两个崽停学，一个居然成了骗子，家里一盘散沙……

　　翠鸟在家不是这样的人，在他和黑伢做细把戏时，我就教育他俩千万不要拿人家的东西。记得有一回，翠鸟拿了李春香家的一个鸡蛋回家，我揪着他，硬是给人家退了回去，并赔礼道歉。回家后，我咬牙切齿地警告他，下次再发生偷东摸西的事，就要打得他皮开肉绽。他很听话。有一回，他在放学回家的路上捡到一个钱包，主动交给了我，里面的钱一分也没动。后来听说是对门东阿公丢失的，就送了过去。东阿公一见我就夸："桂嫂，你的崽教育得多好呀！我的钱包要是被别人捡了，还不晓得有回没回呢。"听了这样的话，我心里那个甜。

　　我在想，翠鸟现今怎么会变成这样？要是这样下去的话，将来要坐牢呢。一泡屎一泡尿带出的崽呀，难道忍心让他去坐牢？多美好的前程，就这样被断送？石奎，你若在天有灵，看到自己的崽变成这样，你会不会难过？你兴许不晓得，你让我替你报仇，导致了今天这样的结局，你会心安吗？你死了就死了，还要来折磨人，于心何忍？自己崽的心事，难不成我不晓得？翠鸟之所以拿走老板的钱，肯定是为了寻凶的事，他心里一直憋着一股劲，一直在暗中寻。

　　莫看翠鸟平常老实，实则不是。

　　石奎，原谅我在你面前唠叨，我一个女人家，容易吗？我做的这些，都是为你寻凶，为你报仇。我走了，暂时不陪你了，你一个人待在屋里，要看好这个家。

　　一楼后门被我用木方顶稳住了，所有的玻璃门窗被我关上了，锅子被我洗刷干净挂在墙上，碗柜里没有了一点残菜剩汤，地上没有了一丁点草屑灰尘，猪栏里没有一丁点粪便，我走了，楼梯间的门锁上了。我交代了赶猪匠，他是唯一一个晓得我走了的邻居，他会时不时到地坪上来瞅瞅，看门锁有没有被撬开，家里有没有进贼。

石奎，趁天还没亮，我走了，我不愿在路上碰到一个熟人，免得在打鼓垄人眼前泄露行踪，被人怀疑。要不，我和你的崽女都没脸回来见你。你不要为我们担心愁苦，好好看家。你要是憋闷了，就和老鹰说说话，它们隔三岔五就落在屋顶上，你能听到它们的叫声。

我昨夜到娘家打了个转身，翠鸟拿走老板的钱的消息，就是侄子李文俊告诉他爸，他爸再告诉我的。哥哥嫂子和爷娘都叫我不要出去，还是那个想法，就是叫我请人把你埋了，找个男人，在家好好过日子。至于寻凶的事，那是崽女的事了，叫我不要再操心，免得搞坏了身体。这些话我都听腻了。没再跟他们借钱，他们也没什么经济来源，守着几亩田地，崽女要读书要讨堂客，哪还有钱支援？只有靠自己，望别人都是空的。

黑 仔

邮政大楼紧靠着华天街，华天街的左边，也就是邮政大楼的斜对面，是个大集市，卖服装的，卖玩具的，修鞋的，修钟表的，配钥匙的，修电视的，算命的，五花八门。右边，是一堵高高的墙，墙根下，就是马路。马路两边，排着一个个木箱，木箱后，坐着一个个金匠，远远望去，像两条长龙。

我选择了中段，坐在木箱后的皮凳上，木箱顶上右角用橡胶条绑着一个长条形砧铁，表面光滑、平稳，一端横刻三条深浅、长短不一的小槽，用来锻造耳环戒指的。顶前方挂着一个样品盒，上面嵌着一块能够推进推出的玻璃，玻璃下铺着一层海绵，海绵被刀子划成一格一格，样品就嵌在格子缝里，有宝石戒指、蝴蝶耳环、金梅花项链、手链、银耳环、银手链、银脚链，全是仿制品。

我在木板地上的一块砖头上搁一截木头，把一块银圆搁在木头上，点燃焊枪，一踩皮老虎，焊枪呼呼地燃烧，通红的淡蓝色的火焰，将银圆一点点地熔化成银水，撒上一勺硼砂，接着烧，银水翻滚，表面浮出一层白色的沫，用镊子夹掉，再烧，再翻滚，再夹掉，熄火，稍等片刻，银水就化成一颗红通通的豆子，用镊子夹起豆子，往清水中一浸，水面蹿起一股青烟。夹出来后搁到铁丁的捶摞面上，左手里的镊子夹起豆子，右手举起锤子，叮咣，叮咣，叮叮咣咣，豆子在砧铁上翻滚，锤子在豆子上捶摞，豆子一点点延展成一根细长的银条，再回火，捶摞，我全神贯注，额上的汗水沁进眼眶，用衣袖一抹，接着往下捶摞。

阿爸在堂屋里捶摞时，我总要抢他手里的锤子，他说："去，读你的书去！"我说："要打！要打！就要打！"阿爸拗不过，就教我坐正，如何握锤，如何熔化，如何出条，如何抛光等。我的捶摞功夫炉火纯青后，在我一再央求下，他才悄悄地把挖金绝技教给我，他说，一个走南闯北的金匠，只有在走投无路万般无奈的情况下，才出此下策，那是在刀尖上跳舞，虎口夺食，搞得不好，要坐牢，甚至命都没了。我清楚地记得，那次阿爸给我一坨金子，我捶摞成条，在砧铁的界面上，叮咣，叮咣，叮叮咣咣，不久就在阿爸的眼皮底下，挖到金把把，它带着明显的折痕，棱角歪歪斜斜，在灯光下活蹦乱跳，像条小金鱼。我把小金鱼伸到嘴边，静静地吻它，咬它，只感到像喝蜜一样甜。我看到无数的小金鱼，摇着鳍，在眼前翩翩起舞。一伸手，就捉了一条。再一伸手，又捉了一条。捉呀捉，手都酸了痛了，还要捉，小金鱼落在碗里，堆成了锥形。

在我身旁，围着好几个看热闹的市民，他们鼓着牛卵子大的眼珠，只觉得新奇。不久，一个小姐挤进来，递给我一坨银子，说给娃儿打个银手圈。这是我的第一单生意。在打制过程中，我神不知鬼不觉地挖了个银把把，趁到衣兜里拿打火机的机会，把它带进衣兜。为了蒙蔽她，我事先在天平秤的砝码上做了手脚，她满心欢喜地走了。

中午时分，一个白胡子老头拉着一辆板车，一个扎辫子的姑娘在后面推，上面载着一个高高的木桶，三个高高的不锈钢桶，一个装着碗筷勺子的竹篮。板车在对面的马路边立住，金匠们一声吆喝，一个接一个围过去。在饭菜腾起的香气间，白胡子老头操起勺子，打了一碗饭、一碗菜，递给金匠。姑娘一边找钱，一边递碗。金匠们喜滋滋地把两碗饭菜搁在木箱上，一屁股坐在木箱后的皮凳上，低着头，大口大口扒饭，大口大口吃菜，一会儿就把饭菜吃个溜光。不到半个钟头，木桶空了，不锈钢桶空了，白胡子老头跟姑娘收拾碗筷，推着板车走了。

我填饱肚子，坐在工具箱前，又在砧铁上敲打着一坨银子，叮咣，叮咣，叮叮咣咣。太阳西斜，一股清爽凉快的风从华天街那头吹来，刮起马路上的树叶，在空中翻飞。一个细皮嫩肉的小姐在木箱前蹲下，从背包里摸出一个小纸包，小心翼翼地打开，随即露出一副分量不轻的黄澄澄的梅花手链来，请我改做一对空心大耳环。在叮咣，叮咣，叮叮咣咣的捶揲间，被熔化了的金子，在砧铁上延展，伸长，变成黄澄澄的金条，几个没生意的金匠围在身边，灼人的眼睛不时盯住我左手里的金条。汗水沁进了眼眶，沁湿了手心里的金条跟锤子的木把。而我的手，在隐隐地抖动，锤子也险些砸到手上。不要抖！千万不要抖啊！千万不要抖啊！在一次次祈祷中，我得手了。但是，小姐在临走时，将大耳环在手里掂来掂去，说：

"小伙子，轻了不少哦。"

"没轻呢。"

"不对，绝不止这么重！"

"小姐，从头到尾，你都看了。"我说，"损耗总有的。"

"不对，绝对是折了很多，小伙子。"

"正常的损耗有的。"

"哼，小伙子，你吃了金子。"

"没有没有。"

她悻悻地走了。

接连三天，我躲在客栈不敢出门，不时把金把把送到嘴边，亲了又亲，吻了又吻。但是，小姐悻悻离去时的背影，让我心难安。到了第四天，摆摊回来的金匠说，华天街一切风平浪静，我才又背着木箱出摊了，又在砧铁上肆意敲打着一根白花花的银条，叮咣，叮咣，叮叮咣咣，仿佛不是在捶揲，而是在击打一首乐曲。

下午三时，那个细皮嫩肉的小姐突然出现在眼前，两个牛高马大的汉子一左一右将我挟持。小姐的眼光像刀子一样锋利，她怒气冲冲，指着我的鼻子喊：他吃了金子！

跑已经来不及了，我的胳膊被两个汉子架住，拖到马路中间，被一只秤砣一样冰冷坚硬的脚踢趴在地。两个汉子，你一脚、我一脚地踢着我肚子，脚尖铆足劲踢，放肆踢，似乎不把我的肠肚心肺踢出来，就不解心头之恨。我双手紧抱着脑壳，在地上打滚。

天空下起了稀稀疏疏的雨点，路面渐渐地湿了。金匠们围过来，摆摊的小贩围过来，居然没一个金匠同情我，我年纪轻轻，就遭此厄运，面子丢光，情何以堪。一辆接一辆的小车按着喇叭，小心翼翼地从我身旁绕过去。四只秤砣样的脚踢痛了就踩，踩痛了就踢。小姐双手叉腰，大声喊：踢死他！往死里踢！踢死了老娘负责！这小子，吃了老娘十多克，太狠了！我全身湿透，身上的皮肤青一块紫一块，鼻血染红了水泥地。

一个汉子把我拎起来，喝令我赔金子。我瞟了一眼围观的金匠，粑粑见我看见他，便来到我身边，小声说："货还在吗？"我点点头。他说："快退！"于是他帮我背上箱子，搀扶着我回到新龙门客栈，退还了金子。

金匠一号

　　我时常在夜里梦见他从那口枯井里爬出来，那十七个刀疤上残留的血迹清晰可辨。他来到我家地坪上，像梦游一样徘徊，像蠢巴一样凝望，偶尔发出一声尖厉的咳嗽，把我从梦中惊醒。那么熟悉的声音，打鼓垄那独一无二的声音，只有我能从众多的咳嗽声中分辨出来。是他，他来找我了，我悄悄地打开门，用手电照亮地坪，却没看见他的影子。我用肩膀反顶住门，惊吓得直冒冷汗，好像他并没走远，只等我一关门，他就返回来，并且在外面用力推门。

　　还有一夜，我躺在床上，梦见他又来了，不晓得从哪里进来的，站在灶屋的水缸边，用手舀水清洗那十七个伤口，污黑的血水顺着皮肤流到了地上，在地上汇集成一股血流，围着灶屋打圈圈。他目光呆滞，动作迟缓，舀水的声音哗哗作响，血流漫过灶屋门槛，流进我的睡房，钻进我的床底，浸湿了皮鞋、凉鞋、棉鞋，发出汨汨的响声。我从床上爬起来，扯亮电灯，从枕头下摸出一把尖刀，冲进灶屋，喊道，娘卖肠子的，要杀要剐就动手吧，犯不着这样来折磨我。

我做梦也没想到，将我从死神面前拽回来的居然是堂客，当时我被黑伢死死地摁在下面，刀尖抵在喉咙上，眼看命没了，突然，黑伢从我身上滚下去，像死了一样。堂客举着棍子，眼珠鼓得牛卵子大，张大嘴巴，吓得发不出声。

救我的是她吗？是我堂客吗？黑暗中，我怀疑眼睛花了，但确实是她，看清了。我从草地上爬起来，扯掉她手里的棍子，不管三七二十一，拽着她就跑。我俩上气不接下气，沿着芜水河一口气跑出一里多，她停下来了，等呼吸稍许缓和了，就骂道："老畜生，叫你永世不要归屋了，又回来做什么？警察都上门调查了，把你当成重点怀疑对象，吓得我要死。跑不动了，不要管老子，赶紧跑，有多远跑多远！"

我说："那你到哪去呢？"

她说："不要你管！"

我说："你带好崽。"

随后就跪在地上，给她磕了个头，起身，抹了一把眼泪，转身就走了。

我想，黑伢兴许只是被打晕，就凭堂客那点力气，绝不至于打死他。也不晓得他醒过来没有，但不管怎样，得抄小路，绝不能走大路，而且越快越好，因为假如他醒过来了，惊动派出所的话，就更加危险了。

夜里十点左右，我打着赤脚，一身的泥巴水，冻得脚趾木木的，浑身打战。我咬咬牙，又急匆匆地沿着芜水河下游走了个把钟头，穿过公路，摸上公路左边的一条水圳。流水在耳边哗啦啦响，狗叫声划破寂静的夜空。水圳堤泛着微弱的白光，向前方的山脚延伸。泥巴水衣服粘着皮面，把身子箍得紧紧的，刮擦着堤两边的野草和藤蔓，沙啦沙啦响，脚板不时踩到坚硬的沙粒，钻心地疼。前面不远处露出微弱的灯光，我朝着灯光加快了脚步，摸到灯光下，掀开窗子上塑料膜的一个边角，看见里面一个阿公坐在灶火边吸烟，我摸到门边，轻轻地敲了两下门。

"哪个？"

"郎嘎开开门。"

借着从门缝里漏出的光，我看见一双大眼睛在门缝那边盯着，我露出一脸的笑，说："请郎嘎开开门，人都冻死了。"

"吱嘎"一声，门开了。阿公又高又大，他把煤油灯亮到我眼面前，一双惊悚的眼光死死地盯了一阵，说："哎呀，郎嘎怎么搞得一身泥糊鬼？快进屋！"

"倒霉呢，不小心摔到沁水田，脸也划破了，到郎嘎家里烤热一下身子。"

"可怜的，快莫说了，我把火烧大点，快坐过来。哦，看你冻的，来，喝杯谷酒，暖暖身子。"

"郎嘎真好。"

"嘿嘿，莫客气。家住在哪？"

"就住在麻拐坳新屋湾，郎嘎去过？"

"去过去过，新屋湾哪户人家？"

"卖酒药子的刘十乱弹，郎嘎认得不？"

"刘十乱弹？怎不认得？经常到我这里来卖酒药子，爱扯乱弹，熟得很。"

"死了好久啦。"

"哦，难怪。你是他什么人？"

"共太公的弟兄。"

"原来是熟人。烧壶热水，洗个澡要得不？"

"麻烦郎嘎了。"

"哪个出门不遇到困难？等下再给你找件衣服换上。"

"谢谢。"

因为怕引起阿公的猜疑，我洗完澡换上干净衣服，穿上阿公的大码解放鞋，提着泥巴水衣服急忙离去。在经过一条水圳时，将泥巴衣服搓洗干净，装在阿公给的布袋子里，沿着通往县城的小路疾步走去。

金匠二号

我推开作坊门，一股好闻的气味扑鼻而来，哦，那是煤油、酸液跟金子混合的气味，那是弥漫在新龙门客栈的客房里、走廊里的气味，那是打鼓垄金匠身上散发出的气味。啊，那气味香甜、温暖。

新龙门客栈，在成都地盘上由成都人开的旅馆，楼上楼下，都被煤油、汽油、酸液跟金子混合的气味包围了，充盈了，那是打鼓垄金匠的天下。

我坐在小板凳上，从抽屉里拿出一块袁大头，搁在脚边的木头上，点燃了煤油灯、焊枪，"呼呼呼""呼呼呼"，煤油灯跟焊枪吐出幽蓝幽蓝的火焰，袁大头熔化成通红通红的银浆，冷却成银坨。我用镊子夹起，搁在砧铁上，叮咣，叮咣，叮叮咣咣，银坨在镊子下翻滚，在锤子下像泥巴一样延展成银条，我停了停，朝正中的界面就是一锤，界面瘪了，叮咣，叮咣，界面被捶撵得四四方方，我把两头嵌入砧铁条形槽，叮咣，叮咣，捶撵出两只脚，在套筒上一箍，从上捋下，一个方戒指打成了。

近几年来，我家的田，都让给邻居去种了，我肾里的石头就像鸡下蛋一样，开过一刀，又有了。一做重活，就发作。老天像在冥冥之中暗示，除了打金，我再也做不了别的事。我和金匠们在华天街摆摊打金，生意好得不得了。那时金子便宜，华天街的胖哥（痞子）收购价只有五十块钱一克。胖哥整天嬉皮笑脸，在街上晃来晃去，一个貌美如花的小姐，挽着他的手，眉来眼去。在他的嬉皮笑脸下，隐藏着险恶的用心，他跟那个在街边配钥匙的牛二，联手打压我们金匠。

那时最崇拜金匠七号，他勇敢地闯入华天街打金人气最旺的地段，但是，可惜，他的名字并没列入胖哥的名单，他闯入了禁地，然而，他一点也不在意，大摇大摆，视死如归，在被胖哥围攻得没一丁点退路时，拍着赤裸裸的胸脯，号道："来吧，狗日的！"接着，他直挺挺地摊在水泥地上，任由铁棍、钢管雨点般地落在肚皮跟脑壳上，也不吭声，就连围观的人都听见他五脏六腑的碎裂声。后来他躺在成都市人民医院病床上，胖哥提着一大袋补品怀着无比的敬畏卑躬屈膝地来到他床头，赔礼道歉，完全没了平时那股趾高气扬的神气，金匠七号奇迹般地重出江湖，人气飙升，胖哥刮目相看，华天街无人敢敌。

贵为金匠二号的我，自然被胖哥尊为上宾，因为他晓得可以从我手上得到多少廉价的金子。有时我也打打埋伏，出了华天街，金子就卖到七十多块钱一克。当然，千万不要被金匠七号发现，因为他成了叛徒。

我看见自己坐在木箱前捶揲的影子，日复一日，我死后这几年，打鼓垄发生了翻天覆地的变化，金匠摇身一变，成了珠宝商。那些古老的歌谣，古老的手艺，那些常常让我们在梦里回嚼的乡愁，也只剩下那么一点点。我们爱她们时爱得死去活来，恨她们时恨得咬牙切齿。多年来，乡亲就这样离了回，回了离。直到日暮黄昏，才决定在某一块旱土、某一处山坡，划出归宿。只有在那不多的日子里，才会想着要与她们促膝而谈，神魂相交。当然，她们从不会怨恨，好像早就料想到我们总会回到她们怀里。我的孤魂在游荡，在那沉思默想，我脚下的山水，在百年、千年、万年前到底是个什么样子？山还是那山，河还是那河，田土还是那田土吗？她们存在了多少年？有多少的累累白骨，在她们怀抱里长眠？为什么不能像她们那样活上千年万年？曾经，湾里一位老人对我说，人老了，就得走，不能老占着。要不然，年轻的，怎会上来呢？老人走后，我一直回嚼他的话。在我们都想长命百岁的今天，谁都不愿那样想——活着多好啊！但是，谁又留得下？我不晓得人活着究竟为什么，在世时，一天到晚都在田土里忙碌，养大了崽女建好了大屋，眼看就要过上好日子，却突然不得不走。在弥留之际，只有无尽的不舍和依恋。他们从小就深受父母亲教诲，为了责任、担当和面子而活着。临终后，崽女会剪下自己和亲人的一点点衣角，贴在他们胸口上，祈愿在那边保佑他们一生平安富有；会剪下他们的一缕青丝、一点指甲和骨殖一起长眠，祈愿百年千年之后，他们依然不朽。

一切都会腐朽的，我们和那些所谓的荣华富贵，还有面子。我们为什么要戴着面子虚空的外壳走向坟墓？为什么不留下一点点足以让后来者无比荣耀的，那种像早晨七八点钟的阳光鲜活亮丽的，那种让虚空面子无地自容的东西。

我住在堂客的睡房里，棺里，流下了悔恨的泪水。我看见一双双仇恨的眼光，就如同那个该千刀万剐的家伙的尖刀，捅进我的胸膛，我的血喷涌而出。我还有什么资格什么脸面，托梦给我的家人，让他们荒废了学业，浪费了前程，抛弃了家园，浪迹天涯，我死有余辜，罪上加罪。我一次次托梦给我的堂客崽女，叫他们速速赶回，服从我的安排，从此永不踏上追途。可是，覆水难收，尽管我眼睛望穿，也不见他们的影子。后来堂客回来过，水仙回来过，翠鸟回来过，他们对我的梦无动于衷，也许他们再也收不到我的梦了，我只能在棺中，日夜哭泣，哀号，只等在日夜哭泣跟哀号间，我的灵魂死去，我的皮肉腐烂，我的骨头碎裂，永远地消失掉。如果还有什么可以让我留恋的，就只有我伏在木箱前捶搋出的叮咣，叮咣，叮叮咣咣声，那是一支动人的曲子，永远地陪伴。

李桂花

在火车站见到黑伢时，他像是变了个人，眼光越来越阴冷，越来越严厉，瘦削的下巴上长出了毛茸茸的胡子，手臂跟胸脯上的黑毛越来越密。他阿爸的死在他无忧无虑的心灵上抹下了阴影，这个阴影还抹在翠鸟、水仙和我的心坎上。

黑伢给我戴上一副太阳镜，一顶太阳帽，他自己也戴上了太阳镜和太阳帽，神神秘秘地带我来到西一街一号金铺对面的一间出租房里，把一把钥匙和一副望远镜交给我。那是一个独立的单间，厨房厕所都有，有一扇窗户正对着一号金铺的卷闸门，一号金铺的一切动静包括一丁点响动都在掌控之中。黑伢的意图我懂，问题是，出了这么大的事，成都的金匠都晓得了，王警官他们也在网上发出了通缉令，他绝对不会愚蠢到再回一号金铺的。

"他会来的，妈，我预感到他正在路上！"

"你是不是想他想癫了。"

"预感。"

"不可能不可能。"

"妈，他真的到了路上，我甚至听到了他的脚步声。"

我问过好几个金匠，得知一号是个怪人，对打金的行当相当痴迷，他不可能离开成都。他还敢回家呢。难道他不晓得我们和派出所的人都在抓他？他一见黑伢，就不要命地跑，这是为什么？他没杀人，为什么要跑？

黑伢分析的也有点道理，但是我仍然相信直觉，无论如何，他预感的情况都很难发生。然而，我不想与他争辩，因为只要他在我面前提起，我就感到很尴尬、难堪，就像我内心的丑陋羞耻全都被他看穿了一样，在他眼里，我是个背叛丈夫、背弃家庭、在崽女面前始终抬不起脑壳的阿妈。

长时间以来，我发现黑伢根本不愿瞅我一眼，他在内心深处恨我，那次离家出走，就是恨我的明证。当然，他的主要目的是寻，他以为金匠一号还没逃出湖南省。但是，从他鄙夷的眼光里，我懂得他也在恨他的阿妈，不知羞耻的阿妈。尽管他一直没说出口，一直没对翠鸟、水仙提起，但他内心一定很痛苦，在忍受羞耻愤怒的煎熬。这极大地加深了他对一号的仇恨，切齿的仇恨，从他绑沙袋练跑步、打沙包练拳击等可以看出来，我担心他一旦寻到了，就会杀了他，真的。多可怕呀，杀死人要坐牢，难道他不懂？天哪，我真希望他不要插手。

我躺在床上，身子像散了架一样，软绵绵的。他交给我的望远镜，此刻躺在窗子下的书桌上，像幽灵一样在窥探我的内心，看我有没有勇气和决心拿起它，架在眼前去盯梢对面那扇卷闸门，时刻等待一个鬼鬼祟祟的家伙弯腰拉上它，然后那家伙把自己关在里面，或者从里面拉走一些东西逃走，或者从那里的一条密道逃跑。

翠　鸟

　　我听到阿爸愤怒的责骂声，时间过去了很久，我们娘仁一直没寻到。我常常在夜里自言自语，把这些天来的奔波劳碌一五一十地告诉他，望他少安勿躁。

　　昨天黑伢从成都呼我，说金匠一号很可能要到成都，或者已经到了，只是我们不晓得他藏在什么地方。他和阿妈都急需经费，他留下了新龙门客栈的地址及电话，望我尽快寄钱过去。

　　我来到南安北路的货运中心，那时老乡见面就问，你搞哪一行？我总是说，货运。大概过了两三年，又有人这样问时，我就会说，"物流"。那时我想，"货运"与"物流"能有什么区别呢，反正都是帮客户运货。后来我终于明白，两者之间有区别，要不然为什么要把"货运"改成"物流"，要把"货运公司"改成"物流公司"，要把"货运市场"改成"物流市场"呢？

那时我一跨进货运中心，就感到走进一个新奇的世界。我看到一排排长长短短屁股后挂个"鲁Q""浙B""湘A""川J"等不同字母的车牌号。阳光从一旁的人才大市场高高的楼顶倾泻下来，照耀在货车高高的栏杆上，闪烁在站在车门边或蹲在坑坑洼洼地上司机黝黑的脸上。他们三五个地待在一起，有的揭开银光闪闪的保温杯盖，下巴向上微微一翘，"咕嘟咕嘟"地喝茶，有的点燃一支烟，将两束烟雾从鼻孔里冒出来，用他们的方言悠闲地扯谈；有的两三个围成一圈，席地而坐，在中间铺上一张《南方都市报》，将一只只散发出汽油机油轮胎铁屑气味的手，伸到报中间的一副纸牌上，插到另一只手里。阳光照在挡风玻璃上，照进伏在驾驶室方向盘上的一双双左顾右盼的眼睛里，也照进把市场围成一圈的，用集装箱改造成货运部办公室的门和玻璃窗里。我不敢走进那个剪短发的女老板的办公室，我窥见她正端坐在门边，和一个站在门外抽烟的老司机悠闲地交谈着什么。也不晓得过去多少天了，那一批货应该早就到了。但我在多年以后也不敢打包票，因为我从没一一查询过，发货人也找不到我。唯一能肯定的是，收货人一个个地把投诉电话打到了短发女老板或者平安公司，他们一个个义愤填膺，有的甚至拒绝提货，因为之前的运费都是由发货方支付的。短发女老板、平安公司的发货人全都被我骗得团团转。因为如果不那样的话，也许我早就露宿街头了。

我每从一家货运部门前经过时，就要进去收一张名片，问他们主要走哪条线，价钱多少。他们有的说全国各地都可以到，一吨或一个立方米以上都有优惠。零散货则按件收费。他们大都操一口浙江义乌口音，据说来自同一个乡。这使我感到格外好奇，这些言谈举止间无不散发出泥土气味的生意人，为什么会相约集中在这个城里的一隅，苦心经营着让打鼓垅父老乡亲想都不敢想或者从没想过的事业。他们中有的年过半百，有的正当盛年，开的大都是夫妻店。堂客在家接电话收货，男人在外洽谈业务或调车提货。他们从来都舍不得去租房，在货柜中间用木板隔开，一边用于办公，一边用于休息困觉。在货柜旁搭个偏子，用于煮饭炒菜。这使我想起了以阿爸为首的、背着箱子握着锤子在大中小城市走街串巷的金匠，他们数以万计都来自打鼓垅，每每一回到打鼓垅，开口闭口就是哪个哪个城市、什么街什么巷，坐的火车还是飞机，就连鼻孔里也散发出一股香甜的金子气息。

司机自我进场时就盯上了，他们勾肩搭背，操着普通话加方言围着我说："老板，到哪里的货？""有到青岛的吗？今天就走，你看，主货都有了，配点零担就走。"我说没货，他们不信，硬是跟在屁股后问个不停，真是讨嫌。

围着那个货运中心转一圈，横过一道铁路，没走多远，就到了兰鸿货运市场。那里两个足球场大的地坪也停满来自全国各地的车，"豫 K""鲁 Q"的牌照多。和前者一样，一家家由货柜改装的货运部围在车场周边，顶上打着"深圳——北京、上海、天津""深圳——西安、兰州、银川"等蓝底白字招牌。随着一阵阵"唔隆唔隆"声响起，货车屁股后的黑烟喷向空中，缓缓地从队列中驶出，离开货场。不久，又有货车停在空地中间，或拖着玻璃，或拖着大型机器设备，或拖着电子产品、食品、药品，转货、码货。我会情不自禁地走过去，盯着它们出神。

我总是问自己，那些货是从哪个工业区哪个厂拖来的？噢，那个玻璃厂那个通信设备厂我去过几回，它们就在那个工业区，够大。听说它们一天都发好几车货，有几家固定的货运公司在做，一般人打不进去。因为主管从中捞到大把油水，被货运老板的美酒加美女醉倒。他们为了稳固自己的利益怎么会轻易接受陌生的你，即使你的价格和服务比他们都有优势。这就是你始终都只能站在停车场傻傻地望着一车车货从那里驶出，从你可怜巴巴的眼光里消失，而与你丝毫也不搭边的原因，这就是之前你隔三岔五地去拜访他们，隔三岔五地约他们出来喝杯小酒而他们都以没时间、有固定供应商为由而无动于衷的原因。我为此懊丧到极点，总是问自己："为什么不是我呢？""我为什么拉不到那些货呢？""他们究竟施用什么魔法，把那些高傲自大的主管搞定了呢？""天哪，那一车又该赚到不少哦。"翻来覆去地想了很久，我也没想出名堂来。

我推开那个货柜玻璃门，因为玻璃门贴着"专线直达——西安、兰州、银川"几个醒目红字。里边干净整洁，空调凉爽的微风从额头和鼻尖上轻轻滑过，饮水机放出的水也清凉可口。那个瘦矮个给我的价钱比任何一家都便宜，而且一提到回扣，就脱口而出：

"提货就给，一分不少。赚多少都是你本事。"

"到了那里，就说我是贵公司业务员。"

"嗯，放心，干我们这一行的都懂。"

"千万不要谈价，都谈好了。"

"嗯，听你的。"

"下午两点，我在那等你。我负责喊车。"

"嗯。"他白白净净的小脸，鼻梁上架一副小金丝眼镜，对我提出的要求满口应承。

那是一个面积不超过一百平方米的音像制品公司，位于岗厦中深花园 A 座 23 楼。除了几张办公桌和仓库里一百多箱音像制品外，见不到一台机器设备。也许生产车间设在郊外某一工业区，也许只不过是家小小的贸易公司而已。我倒是很乐意在这等规模的公司间不厌其烦地穿梭，因为它们总待在大厦间的某一角落，发货量小也没相对固定的货运公司。在此之前我已与他沟通了两三回。我叫他李哥，身材又高又瘦，操一口纯正的东北口音。最后一次见到李哥时，他弯着腰站在那间小仓库里，手里挥动着一把美工刀，汗水滴在装音像带的纸壳上，不时用挂在脖颈间的毛巾擦擦脸上、额间的汗珠。我跨进去那会，只感到那里闷热得像烤房。

"车子到了吧。"李哥直起腰，汗水的衬衣贴在皮肤上。

我往小拖车上码货，司机则在后面扶着，往货梯里拖。这时金丝眼镜抓着那本窝成滚轴状的货运单，不声不响地跨进仓库。我给双方作了简短的介绍后，就又和司机一起忙着往货梯里拖货。金丝眼镜则站在那里，和李哥聊着。我的心在"咚咚咚"地跳，可又不便说些什么，也不晓得金丝眼镜说些什么，但可以断定关乎他们公司以及那些货。该不会提及价格以及我的真实身份吧。

他还是不离李哥半步，也不帮手，像领导那样站着，手里的滚轴显得格外地刺眼。在拖货的间隙我来不及擦擦汗歇歇气，因为那阵子他还是站在那里和李哥聊，我得监视。就在我返回仓库时，突然看见他从上衣口袋里摸出一张名片，递给了李哥。李哥像是心领神会，赶紧插进裤袋，然后继续打包。我装作什么也没看见，继续跟司机拖货。完了和他俩打招呼后，货车就像一匹飞快的野马驶离了岗厦中深花园，开上了新洲大道。

"开龙头湾。"我对司机说。

"不是说货运中心吗？"

"少废话，叫你开哪就开哪。"

在我的指引下货车在汉哥小店门前刹住。那时我脑壳里晃荡着一个戴着金丝眼镜、一身假白皮肤的鬼影，它披着虚伪狠毒的外衣。

我对汉哥说："这批货先在这里放一放。"

他拿着扫把和铁撮箕，扫尽走廊下的垃圾，然后腾出手来帮忙卸货。他不时吸一口叼在嘴里的烟，咳嗽几声。抑或喜滋滋地站在一边，用烟屁股点燃另一根烟，叼在嘴里，把一箱箱货码在走廊上。

一百多箱货靠墙码起一人多高、两三米长。他喜滋滋地说："发哪里？"我用衣袖轻轻地擦了一把汗，眨了眨眼，正要开口说话，"嘀嘀嘀"BB 机响了。是金丝眼镜呼我，不错。我晓得他会的，只是没想到这么快。胸口在"咚咚咚"地跳，像在打鼓。我懒得理它，就让他多呼几下吧。他呼得越狠，我越高兴。他要是不呼或呼少了，倒扫兴。我把 BB 机重又插回腰间，但它又"嘀嘀嘀"地响起来，我溜到前方拐角处的另一家士多店，抓起话筒，拨过去。

"为什么抢客户？"

"抢客户？"

"别装了。"

"没呀。"

"你递了名片。"

"准是看花眼了。"

"还装。"

"真的没递呀，你这人真是……"

"啪——"我挂了，"睁着眼睛说瞎话，哼，这种人世上也有。去你的。"

我把一枚硬币丢在玻璃柜上，正要离开，电话响了。我虽不能百分百肯定是金丝眼镜打过来的，但也猜个八九不离十。果然，那个胖女人在叫我："先生，你电话。"

我瞅了瞅她手里的话筒，唠叨了一句"烦死了"，很不情愿地折回去，冲着话筒说："哪个呀？"

"到底想干什么？"

"谁呀？"

"把货拖到哪了？"

"还没回答我呢。"

"什么意思？你——"

"承不承认抢客户？"

"不！"

"是吧？"

"是。"

"好，牛B。"

"啪——"挂了。

我正要离开，电话又响了，我冲她说："别理他。"但她说："哎，先生，给钱。"

"什么？你叫我接的。"

"也要给。"

我很不情愿地又将一枚硬币抛在玻璃柜上，它还在上面翻滚时，"嘀嘀嘀""嘀嘀嘀"，BB机又响了。

我低头返回汉哥那里，呆呆地望着那些货，只感到有一队来势汹汹的人马正一步步地扑来，恨不得将我大卸八块才解心头之恨。我想，为什么不让他们把深圳翻个底朝天后再说出来，或者干脆把它们藏起来，让他们急个半死。或许是扛不住他们的一轮轮进攻，或许是心虚害怕。但我应该会想到他们会这样做的，何苦呢？如果仅仅只是折腾折腾就举手投降的话，真可笑。我在那里焦急地走来走去，额上直往下掉豆粒大的黑汗，感到一股可怕的力量紧紧地揪住我。

李哥果真找来了，铁青着脸，气势汹汹，后面还跟着几个同样气势汹汹的男人。没等我上前解释，他们中的一个瘦个子一把揪住我前胸，不问青红皂白就扇了我一个耳光。一个胖个子咬着牙，也不作声，从侧边冲上来，掐住我脖子。我也掐住他脖子。我看见他呼吸有些紧促，颈动脉管憋得足有筷子粗，脸也憋得通红。这时，剩下的人都围过来，有的掰我的手，有的箍我的脚，有的箍我的腰，把我放倒在地，我一阵乱踢。就在我预感到天快塌下来时，他们一下子又散开，跑一边了。我听到一阵金属砸向地面的声音，它节奏有力，在我脑壳顶一路砸过去，砸向他们。我急忙从地上爬起来，在转身的瞬间，看见汉哥手里抓着那只用螺纹钢、铁板焊制的撮箕，和他的矮小身子一起，像向前飞速旋转的陀螺，一路滚过去。他们像细把戏看到大人举着鞭子冲过来一样，纷纷躲开。我瞅了瞅四周越围越多的人，我看见他们的眼睛全都朝着那个方向，落在那只还在向前飞速旋转的陀螺上。

"快走！"秀姐一把将我推出好远。她抓起阶基上一只高粱扫把扫起来。我站在她两三步远的地方，揉揉惺忪的眼睛。她蓬乱的长发披到胸前，遮住整个脸。当她朝我扫来时，我看见她V字形的胸口间，那里有两只雪白的小兔在扑腾。她直起腰，脑壳向后一甩，长发就全都滚到肩那边去了，把整个脸都露出来。她像是没看见我的红苹果脸以及躲闪不及的眼神一样，嘴角的小酒窝漾起涟漪。

我没再回望身后的陀螺和他所横扫过的一切，像一个越狱的逃犯，躲过飞驰而来的汽车，推倒挡住去路的老人、细把戏，不要命地朝人群稀少的偏僻地方跑。我听见他们躲开了汉哥，朝我追来。他们也和我一样推倒了挡住去路的老人、细把戏，不要命地追。我想起那个陌生的地方，它就在那栋出租屋后面。我钻进去，那里墨黑，什么也看不见。我闻到一股潮湿的腐烂树叶和新鲜泥土气息，感到脚下柔软滑溜。我摸到一棵带针刺的树，一把粗糙的蕨类植物。而我，只有在身子前倾并抓住它们中任意一个的情况下，才不会倒下。我"呼哧呼哧"喘着粗气，从额上滚下来的汗水浸过眉毛，灌进眼眶。眼珠鼓，眼皮眨，在鼓捣几秒钟后，终于看见一根根黑黝黝的家伙，紧挨在一起，直直地插入天际，密密麻麻地压在头顶。散发出阴森的气息。我不晓得在山那边，有没有一条通往外界的路，也不晓得在那些黑影下，是不是潜伏着传说中饥肠辘辘的蛇。但我无论怎样也不愿落入那几个家伙手中，因为在我看来他们对我的残忍远远超越一条巨蛇或者一个鬼魂。虽然我双手可以借助树干或者蕨类植物攀爬，但还是被腐败落叶和烂泥巴拽倒仰翻在地，沾了一身泥。我没放弃，而且爬得更快。人们无法想象在那样的时间那样的地点会冒出一个人，那个人如果不是被人追杀，就是被人威逼。多年以后我一经回想，仍不敢想象那个人就是我。那时时钟走得够慢，拉得够长，黑暗、诡异和恐惧没有尽头，只有我"呼哧呼哧"的喘息声、小动物窸窸窣窣的爬行声撕裂夜的宁静。

　　我不晓得爬了多高多远，在眼前，幽暗的光渐渐地从树隙间射进来，树的影子向后隐去，显出一片黑漆漆的夜空。在我脚下，是一条硬邦邦被铁丝网封闭，并有灯光照射的环行公路。我匆匆向前，迎面而来的两个边防战士拦住我，问干什么，我说后边一辆车发动不了，去帮忙。他们没说什么就让我过去了。

不晓得汉哥干倒他们没有。我早就听说，他和边防部队的政委是乡亲加哥们，还听说他在龙头湾有一帮狐朋狗友，平常在一起称兄道弟喝酒打牌，关系很铁。他吃不了亏的，我猜，那几个家伙才会吃亏。因为相对而言，他才是地头蛇。我原以为他见利忘义口是心非，原来不是。在我被人欺侮时，他挺身而出变成飞旋的陀螺。我想我应该回到那里，看他到底干倒他们没有。

货应该是让那几个家伙运走了，因为谁也霸占不了。而我如果在那时现身，就等于送肉上丁板，所以我也顾不了了。在七子坡的十元店里躲了两天后，就搭车去了成都。

后来粑粑对我说，汉哥为此在黑屋子里待了三天。

黑 伢

　　悦来客栈离新龙门客栈有十多站，七八里路远，是一栋二层木楼，脚踏在楼板上，"咚咚咚"地响。楼上被隔成一小间一小间的，那种煤油灯和汽油燃烧出的气味钻进了鼻孔，叮叮咣咣的锤子与金属撞击声传来，将那种"哗啦啦"的搓麻将声吞嚼了。我没吭声，也没摘下墨镜和鸭舌帽，相信就是水仙看见，也未必一下子会认出来。

　　一个熟悉的影子从一间客房里冒出，出现在走廊里。从上到下就像水桶一样粗壮，黝黑的脸上像是抹上了一层锅底灰，胡子拉碴，头发蓬乱，皱皱巴巴的黑短裤，沾满汗渍的短袖灰衬衣，浑身散发出一股煤油汽油和金属的混合气味。他低着头，沾满油迹的手里捏着一只打好成型的银手镯，走近发出麻将声的客房，倚着门框，脸朝着门内，像是在唠叨着什么。

"哗啦啦"的搓麻将声显然吞没了他的声音。我待在一间杂屋门外，装出一副悠闲抽烟的样范。当我偷偷地转过脸去时，看见他返回来，锅底灰脸显得难堪，恍惚的眼神空洞洞的。他一脚踢开那间客房门，钻了进去，又很快钻了出来，手里提着一只黑黑的玻璃瓶，从我身后走过，留下一路"咚咚咚"匆匆离去的脚步声。我悄悄地靠近那扇门，装出一副匆匆路过的样范。在朝内匆匆地一瞥间，我看见水仙紧挨着一个男人坐着，一只手搭在他肩上，笑眯眯地盯着他手里的一张牌。他穿着一件银灰色的衬衣，打着鲜红的领带，一头长发披在后脑勺上，肤色白皙。在一头雾水间，我也下了楼，跟在他后面。暮色就要来临，小巷边的居民楼传来了锅碗瓢盆的碰撞声，刺鼻的油腻气味从排气孔里钻出来，从榕树下的臭水沟里散发出的腐烂气息与弥漫在街道上空的尘埃混杂在一起，像魔鬼一样飘浮在小巷的上空，呛得人咳嗽不止。

他就像一具僵尸在行走。我想象着他的脸一定变得更加怪异，眼光一定变得更加阴森，牙齿变得更加尖利，脑壳里所储藏下来的那些有关他原有的信息将被彻底击碎。他要到哪里去？去做什么？在那门框边唠叨了什么？他为何变得这么丑陋？街上的人影越来越少，昏黄的路灯也睁开了诡异的眼睛，盯着他和我的影子。我与他的距离既没有拉长，也没有缩短。当他站在十字路口时，尽管前方红灯在闪烁，一步一步地朝斑马线走去。桑塔纳和摩托车尖厉的喇叭声响起，咒骂声响起，他依然没停下来。他穿过一条又一条街，穿进一条偏僻的小路。小路的两边，不时可以看到一畦畦菜地，以及低垂在菜地间的池塘、窝棚和木屋。小路变得越来越窄，越来越陡，消失在像洞穴一样的黑黝黝的林里。

林子静悄悄的，叶子轻轻地坠落在石板台阶上，蟋蟀像河水在喘息，小鸟的啾啾声像在预示着什么。微弱的月光在石板上散下淡淡的白斑，就像三月漆黑的天幕下田野间那条泛出微白的小径，歪歪斜斜地朝着山顶延伸。四周一片黑暗，不晓得他有没有回头、有没有听到我的脚步声、有没有看到我的影子。我从背包里摸出一块黑色的头巾蒙在脸上，从腰间拔出刀。石板台阶在一级级地向上延伸，不久就被一块岩石分割成一左一右两条支线，他的影子究竟飘移向了哪一条支线？把耳朵贴在石板上，只听见大地"咚咚咚"的心跳声，蟋蟀无休无止的吵闹和夜莺的哀鸣声。但偶尔从右边的石板路传来"沙啦""沙啦"的响声。

向前追赶了十多分钟，他的影子始终没出现，而黑漆漆的树林也突然间消失了，周围是黑的野兽脊背似的群山。灰蒙蒙的夜空出现在头顶，一团黑色的云翻滚而来，裹挟着一股冷冰的风将树摇曳得"呼啦啦"响，几乎掀起了脸上的头巾。我在那里搜寻了一阵，隐约听到一阵哭泣声，从西角上的山顶清晰地传来。那是一个男人的哭泣声，时而低沉，时而高亢。低沉处，像是在诉说冤屈；高亢处，像是在祷告上苍。那一定是他，那个应该叫姐夫的家伙。在打鼓垄，大家给他取了个滑稽可笑的绰号——哈利油。如果真是那样，水仙就是一只愚蠢的鸟。我原路返回，在那个岩石旁拐进了石板路。那哭泣声消失一阵后，又隐约传来，渐渐地变得清晰。我爬到一片空旷的地方，冰冷的风，掀起了头巾和毡帽。前方一块黑黝黝的岩石上，显出一个黑点来。我从背包里摸出手电筒，插在屁股后的裤兜里，悄悄地爬上去。原来他跪在那里，背对着我，一只手像是压在膝盖上，另一只手抓着那只黑乎乎的瓶子，在"呜呜呜"哭泣。我几步冲到他身后，一把夺了瓶子，一股熟悉的气味，那种用硝酸、盐酸、硫酸勾兑出的混合液（王水）气味，让人恶心。

他本能地弹了一下，从岩石上爬起来，面朝着我，一副瑟瑟发抖的样范。"鬼……鬼来了……"他哆嗦着，一步步往后退。我顺手扯下了头巾，摘下了毡帽，好让他借着夜空中的一点点光亮看清我的脸、鼻子和眼睛。他还是一副瑟瑟发抖的样范，在离我几步远的地方站住了。我一动不动地站在他爬起来的地方，一只手抓着那只瓶子，一只手握着头巾和毡帽，它们在黑暗中随着冰冷的风飘忽，发出"呼啦啦"的响声。

"我是黑伢。"

"你……不要过来……"也许是乡音消解了他一部分恐惧和紧张，也许是他已经认出来了，语气显然平缓了一些，"再过来……就跳……"他的眼光像猫眼一样在黑暗里反光。

"喝没？"

"喝了。"

我扔了瓶子、头巾和毡帽，冲过去，一只手揪住了他的衣

领，一只手托起他的下颌，将鼻尖抵到他唇边，嗅到了汗臭、油
腻和王水的气味。

"张开。"我说。

他一动也不动。

"到底喝没？"

"喝了。"我用手电照着他的锅底灰脸，那上面挂着豆子大的
汗珠。

他别过脸去，不敢看。

我一把揪住他，推搡他离开了岩石。

"老实点，走。"

"没喝。"他突然反过身来说。

"到底喝没喝？"

"没。"

"谁信？"

"嗅嗅，嗅嗅。"他张开了嘴，吐出了舌头。

"肚子痛吗？"

"痛……哦，不痛。"

"到底痛不痛？"

"不痛。"

"走，少啰唆，不管喝没喝，医生说了算。"

"真没。"

"走——"我说。

他转过身，又乖乖往前走。

"磨蹭个屌。"我对着他的背影，说，"何必要这样？"

"她一不买菜，二不煮饭，三不洗衣，日夜打牌。"

"屁大的事。"

"人输了。"

"什么？"

"呜呜呜……呜呜呜……"他突然反过身来，跪在我面前的石板上，又哽咽起来，"……让我去死吧……没脸见人呀……"

"什么意思？"

"……打牌欠了人家的钱没还……人家就逼着她卖身……呜呜呜……"他耷拉着那张锅底灰的脸，抽噎着，就像一个被大人欺负了的细把戏，"……还有什么脸见人……赚到金子，全给你妹输了……"

"你平常做什么去了？"

"她要做的事，拦也拦不住。"

"起来，像个男人吗？"我打着手电，推着他继续下山。

他摇摇晃晃的，像喝醉了。

水仙不顾家人阻拦，毅然嫁到了仇家，这是洪家的耻辱。可是，我为什么要去悦来客栈？为什么要抢瓶子？为什么要逼着他上医院？我说不清为什么要这样做，但不声不响地做了。要是在没来成都之前，我相信自己非但不会这样做，而且在见到他的那一刻，就会用刀子指着他，命令他说出金匠一号藏身的地方。他一定晓得的，如果他不说，就让他出点血试试，看是刀硬还是嘴硬。

冰冷的风从林子的上空刮过，树枝在摇曳，叶片"哗啦啦"在空中飞舞，坠落在脚下的石板路上，吞嚼了我和他凌乱的脚踏声。这时，在来时的路上，不时有手电光在黑暗中摇晃、闪烁。

"来人了。"

"是警察。"我说。

他一听到警察，就一把推开我，捂着肚子，猫着腰，拼命钻进路旁的灌木丛。我急忙追上去，刺蓬划破了脸皮，好疼。当我追上时，他在灌木丛里打滚，发出压抑的呻吟声。

我一把将他提起来，但他却像一袋面粉一样沉下去了。把手电光打在他脸上，那锅底灰脸在抽搐，黑汗顺着脖颈滴到了茅草里，鼻孔和嘴角也有一股白色的泡沫溢出来。他双手在使劲抠着喉咙，掐着肚子，恐怖地翻着白眼。

"不行……了……"

"起来，背你去医院。"

"……给……你……"他将一个小小的布包塞到我手心，说。

那是一个带拉链的小布包，里面包着一层布，布里还有一层布，最后才是在手电光里闪烁的一颗颗金把把，带着捶搓和掐断的深刻痕迹。毫无疑问，这些金把把都是在一双双紧紧盯梢的眼光里用生命作赌注积攒而来的，就像传说中攀爬在悬崖峭壁间采摘燕窝的人一样，稍不留神，就没命了。我想，他这么害怕警察，也是基于这些金把把吧。既然他可以将金把把托付给我，一定也会将我梦寐以求的东西给我。黑暗中，我搂着他那散发出刺鼻恶心气味的脑壳，说："你叔叔在哪？告诉我！"

"在……在……"

"在哪？"我把耳朵贴在他那泡沫嘴边。

"……乌鲁木齐……"

"在乌鲁木齐？"

但他不说了。

我使劲摇着他的脑壳，但一点反应也没有。他显得那么安详，瞳孔也不再闪光。雨丝丝缕缕地从黑暗中飘落，淅淅沥沥。我在路上截住警察，原来是水仙打了报警电话。

回到新龙门客栈时，客房门几乎都已关闭，只有几扇窗户的灯光投射在走廊的地板上，打牌的争吵声和喝酒的喧哗声从里面传来，划破了夜的寂静。七号的皮箱、木箱和所有的衣物通通不见了，也不晓得伤治得怎么样了，还在不在成都，也许他早就离开了，也许还躺在医院的病床上。其实，想得到这些消息并不难，只需问问值班的那个小姐，抑或面对那亮着灯光的窗户喊几声。但我一点也不想，因为不愿和他们说话，而他们也或许并不愿和我说话。我和他们之间，隔着一道不可逾越的鸿沟。我不时提及金匠一号，大家生怕惹是生非。

坐在床上，我打开了那个小布包，将里面的布一层层剥开，那些带着捶揲和弯折痕迹的金把把，在灯光下清晰可辨。数一数，是二十七颗。我想既然哈利油给了我，就属于我了。他之所以不愿给水仙，是因为她已经做了金匠少爷的堂客吧。但他也不至于留给我，也许是看在我抢瓶子并把它摔到岩石下的缘故吧。除此之外，他没有任何理由托付给我。刚好要买一部摩托车，二十七颗金把把还不足以从专卖店开走一部崭新的摩托车？不知粑粑有没有脱身，那些藏族人有没有找到他，他有没有凑足钱买到叶倩文的演唱会门票。他最好不要出现在我眼前，否则我就得被他缠住，被逼将二十七颗中的几颗抵给他。夜深了，哈利油此刻躺在殡仪馆的炉火上，一点点地化为灰烬。

　　我躺在床上，闻到了哈利油身上散发出的那种气味，那种令人恶心的王水气味。他说在乌鲁木齐，有几分真实？也许纯粹是胡说八道。但他既然把金把把都给了我，又何必编造谎言来为难我？

李桂花

深夜，黑伢带着翠鸟偷偷地来到我租住的房间。我打开昏黄的灯，像做贼一样把声音压得低低的。翠鸟事先也没跟我和黑伢联系，就搭车来了。他看上去比上回消瘦了不少，一条牛仔裤脏得像块抹桌布，衬衣的衣领也被汗渍染黄，衣袖也沾上了灰尘油渍。他面色蜡黄，头发蓬乱，像个乞丐。

我想起了上次他拿走人家钱的事，就用严厉的目光盯着他。

"没挣到钱。"翠鸟说。

"不要装了，你的事粑粑全都说给我听了！"黑伢打断了我的话，他说，他前天在白云寺那边摆摊遇到了粑粑，他为了躲避一个藏族女人，不再住新龙门客栈，也不在华天街摆摊了。粑粑的姐姐打电话给他，把翠鸟一手造成的闹剧一五一十地说了，还说要找我赔钱，因为整个事情都是翠鸟引起的，粑粑姐夫也是出于义气帮翠鸟，结果待了三天黑屋子。

"派出所的怎么要铐他？"我问黑伢。

"第一，因为汉哥把对方的一个人打伤了，虽然只是去了点皮，不碍事。第二，汉哥不让他们把货拖走，除非他们给钱。那批货是他们的，怎么不能拖走呢？问题是汉哥动了歪心思，想趁机敲诈一笔钱。"黑伢说。

"那不关翠鸟的事，他要是让他们把货拖走，屁事都没有！"我说，"要我赔钱，呸，想都莫想！"

翠鸟没吭声，他低着脑壳，晓得自己闯祸了。也难怪，他才多大呀，人家像他这年纪，还在读书呢。唉，少不更事。我说，在外做人做事，都要讲规矩知法守法，不要闯祸。他只顾点头，过后就忘记了，真愁人。都是他阿爸的死惹的，我常想，要是石奎不死，两个崽都在上大学，我和石奎多享福。

唉，我脑壳没一分钟是闲的，日日围着这些事考虑，可想来想去也改变不了现实。但愿尽快寻到一号，好让崽女重新回归到正常人的生活，该读书就读书，该打金就打金，犯不着这样偷偷摸摸担惊受怕过日子。

现在，我们娘仨的话题集中到线索上来。哈利油的死，对于水仙来说是个教训，这个女儿，也怪我没教好。她不上学后就去了东莞，说是打工，其实是挂羊头卖狗肉，骗得了我眼睛吗？她个性太强，谁说的也不听，只依自己的。嫁给哈利油，也是她自己的决定。怨谁呢？怪谁呢？现在出了这号事，她晓得利害了，知错了。我这个做阿妈的，命苦。女儿年纪轻轻就做了寡妇，还落得个逼死丈夫的骂名，我的脸丢尽了。

黑伢说："哈利油的话可信吗？"

我说："我是看着哈利油长大的，做细把戏时是个泥糊鬼，长大了是个邋遢鬼，大热天居然十多天不洗澡，当然，我最讨厌他的是不说真话，不守规矩。水仙得罪了哈利油，哈利油到死也要害她。害不到她，就害她娘家人。他的话，少信点。"

"哥，你不是说一号会来成都吗？"翠鸟说。

"但是我更相信哈利油！"黑伢在屋子里走来走去，暗淡的灯光里，他没有血色的脸上，思绪重重，"我忘不了他临死时的眼睛，我相信他没说假话。"说完，他从上衣袋子里摸出一个小布包，从里面倒出一堆金把把来，说是哈利油临死时交给他的，他一直在考虑要不要告诉水仙，现在水仙带着哈利油的骨灰回打鼓垄料理后事去了，估计不久就会回成都。

"他要是骗我，犯不着交出这些金把把。"黑伢说。他也一直在琢磨哈利油提供的线索，首先，他向来与我们交往不多，又是仇家人，而水仙也不是好货，她在外鬼混这么多年，也没给家里做出什么贡献，两个人都不可信。其次，哈利油只说是在乌鲁木齐，乌鲁木齐那么大，鬼晓得藏在哪。当然，他绝对不会放弃他的老本行，他要维持生活，只能在街上摆摊打金或再开一家金店。我们到了那里，只要分头在大街小巷寻找就可以，这点倒是可行。但是，黑伢又明明预感到，一号正朝成都赶来，他日夜兼程，好像要在成都做完一件非常重要的事才能离开。黑伢十分相信预感。但现在综合分析，他觉得两条线索都很重要，最好兵分两路。

我把金把把放在手心里，数了又数，看了又看，觉得哈利油提供的线索不可靠，说道："既然水仙逼得他去寻死，他为什么要把金把把交给黑伢？在他眼里，黑伢是仇人。要是我，宁愿把金把把丢掉，也不交给黑伢。至于提供线索去抓自己的亲叔叔，更不可能。那么，他为什么要这样做？唯一的解释是，当时他喝了王水，神经错乱。"

"分析得有理。"翠鸟说。

"你们错了，哈利油虽然喝了王水，但是脑壳蛮清醒，他之所以那样做，是因为想要感谢我，因为我抢了他瓶子，逼他去医院，他觉得我把他当亲人对待，是好人。"

"哈利油平常也爱撒谎，他的话信不得！"翠鸟说，"要去，你去！"

"不去拉倒，我一个人去！"黑伢说。

"翠鸟！"我瞪了他一眼，说，"你一分钱也没挣到，跑到成都来做什么？"

"我……"翠鸟被我问得目瞪口呆，支支吾吾，"听说一号会到成都来。"

"你的任务就是挣钱，为我们提供经费！"黑伢说，"寻凶的事，不是小看你了，不够格！"

"谁说的？哎，谁说我不够格？"翠鸟从凳子上站起来，瞪着黑伢。

"我说的，好不？就凭你的性格，别人说三句好话，就把你说动心了，立场不稳。"黑伢盯着他。

"不要吵！翠鸟，你哥说的也不是没道理，当初你去深圳，我们就说好了，你的任务是挣钱，为我和黑伢提供经费。现在倒好了，你不但不提供经费，还增加了我和黑伢的负担。你看你，现在要是没这些金子，到哪里去搞钱？"

翠鸟低着脑壳，没作声。

"你一次次地犯错，上次李文俊告诉我，你拿走老板的钱。到现在娘胸口还在疼，你晓得不？崽呀，那是犯法嘞，要坐牢嘞。你呀，胆子上得天，敢拿走老板的钱，要是老板狠的，抓住你，把你打成残废，你想想，你才多大年纪，你今后的路那么长，怎么搞？想过没？"我说，"再说这次，你又把老板的货扣押起来，你说人家抢你的客户，算个卵事？就算人家抢了你的客户，那也没法呀。你看看，还把粑粑姐夫搭进去了，你想想，要不是你，他会待三天黑屋子吗？怪得人家找我赔钱？"

"我看你不适合到外面闯，还不如回去读书。"黑伢说。

翠鸟的眼眶湿润了。

黑 仔

华天街那头闹哄哄的，像打起了群架。我从小木凳上站起来，看见金匠们手提着木箱，抓着样品盒，像惊慌失措的鸭子一样四处逃窜。在他们身后，有一群穿着制服的男子在追赶，旁边跟着一辆货车和一辆轿车。轿车顶上架着一部摄像机，镜头对准了金匠们背着木箱奔逃的影子，也对准了拿着样品盒奔逃的水仙。一个穿制服的男子扑上去，一把抓住了她手里的样品盒，而她死也不松手。她跌倒了，仍将样品盒搂抱在胸前。摄像机的镜头跟踪着她，几个穿制服的男子围住她，不久就散了。她躺在地上，两手摊开，血从嘴角流出来，滴在水泥路面上。货车没有停下来，摄像机没有停下来，穿着制服的男子没有停下来，一个个油亮的木箱，不知在成都和打鼓垒之间辗转了多少个日月的木箱，被扔上货车，钳子、铁锤、镊子、玛瑙刀、盐酸瓶……"哐当，哐当"，从抽屉里滚出来，跌落在车厢里。

"快跑啊！"处在中段的金匠如同受惊吓的八哥，木箱磕碰地面的"哐当"声，样品盒掉在地上"哗啦"的玻璃碎裂声，凌乱的脚步声，急促的呼吸声，潮水般涌来，冲击着路上的行人和街道两旁的摊贩。

货车和摄像机缓缓地离开了华天街，穿着制服的男子离开了华天街。金匠们呆呆地望着，他们没有反抗，甚至连一句脏话也没有喷，好像他们一点也不觉得木箱和样品盒可惜，好像他们只不过是在和他们开玩笑，过不了多久，就会将那些木箱那些样品盒物归原主一样。但那些小贩、修理师傅、环卫工人、过客唏嘘不已。一切很快就平静了下来，就像什么事也没发生一样。唯一变化了的，就是曾经端坐在华天街两边的金匠，曾经摆在华天街两边的木箱，那昔日的两条长龙，那些围在木箱跟金匠旁的顾客，再也看不到了。

那时候夜幕低垂，华天街的小贩们不约而同地收拾起太阳伞、桌椅，骑着三轮车，接二连三地走了。但那首歌还在华天街的上空，难舍难离。

天地悠悠过客匆匆
潮起又潮落
恩恩怨怨生死白头

几人能看透

红尘呀滚滚痴痴呀情深

聚散终有时

留一半清醒留一半醉

至少梦里有你追随

我拿青春赌明天

你用真情换此生

……

我突然接纳了这首歌，一种温暖的感觉涌上心头，以至于多年以后，当了打鼓垴珠宝商会会长时，仍念念不忘，尽管它随着时代的更替而渐渐地被人遗忘，但只要一想起，哦，华天街，坐在华天街两边的金匠，摆在华天街两边的木箱，以及他们捶揲的姿势，叮咣，叮咣，叮叮咣咣的捶揲声，带着顾客朝新龙门客栈而去的影子，还有在那里度过的日月，就显现在眼前。

我又上路了，骑着那辆拖着木箱的二手摩托车，车牌号后的数字是 1997，就叫它 1997 吧。我没向新龙门客栈和那些仍然妄想卷土重来的金匠告别，正如那些无奈离去的金匠也没和我告别一样。我想那是没有必要的，尽管依照打鼓垴古老的习俗，不辞而别是很不客气的。

我应该去看看粑粑，还欠他的钱，但听金匠们说，他早就不在成都了，至于去了哪里，谁也不晓得。

水仙从一旁闪出来，在那个角落里拦住了我。

她披着一身黑纱巾，眼光阴冷神情忧郁，完全没有那股与穿制服的男子争抢样品盒时的悲壮。

"你也要走吗？"她说。

我跨在 1997 上，没有熄火，两只脚尖抵在地上，没作声。

"都散了，没剩几个了，客人都跑到福建人开的首饰店去了。"她接着说。

我仍然没作声，眼光穿透头盔防护罩，扫了她最后一眼，加大油门，"突突突"，启动了 1997。但她及时抓住了车架，就要往上爬。我突然松了手刹，1997 一瞬间向前飞出数米，但她的双手仍旧抓住车架不放，以至于车架在拖着她前行。我刹住车，回头看到在车后数米远的路上，一前一后落着两只高跟鞋。我停好 1997，从她身旁绕过去，捡起那双高跟鞋，丢在她脚下。她已爬起来，膝盖和大腿磨出了好几条血印。她的微笑里穿透闪烁的泪花，盯着我，试图以此来见证她的某种决心和勇气。

我说，你不是输给金匠少爷了吗？她弯腰穿好高跟鞋，扯了扯裙子，说金匠少爷那个赌鬼，因为出老千被成都的赌鬼识破，被砍去两只手。

我说："我一个人去就行。"

她说："不，我一定要去。"

我说："上车吧。"

1997 划破气流，一线风似的离开了华天街，直插进开往乌鲁木齐的高速公路。几千公里的路程，不晓得要开多少天。前方的马路上红灯闪烁，一辆救护车孤零零地立在路旁，马路中央躺着一个人，头下淌着一摊殷红的血。路人在叽叽喳喳。我不想把它与兆头捆绑起来，在我的字典里没有兆头两个字。她箍着我腰部的时候，不但碰到了刀鞘，而且试图将它抽出来。我下意识地扭动了一下身子，她的手就缩了回去。她说了些什么，不晓得，强大的气流吹走了她的声音。

夜深了，1997 的发动机像火炉一样烫手，我也感到疲惫，就决定在国道边一间破烂的被遗弃的屋子里过夜。那里蛛网遍布蚊虫成群又脏又乱，但它仍不失为一把遮挡风雨的伞，暂且安放下我和她充满无助的心。一路的风尘，早已将她铅华洗尽。我以几根树枝做扫帚打扫尘土和清理蛛网，然后在潮湿的地上铺上枯草，打开睡袋。

国道上的轮胎飞驰声渐渐消失，河水的呜咽声和林间的鸟叫声以及蟋蟀的"吱吱吱"声，在黑漆漆的夜里，在异地他乡和未知的路途，叫人难以入睡。

篝火"哗哗剥剥"地燃烧着，将小屋的影子照亮，夜来的寒气被火焰温热。她坐在篝火边，早已换上了一条牛仔裤，长长的头发也梳到了后脑勺，扎上橡皮筋。火焰舔着她疲惫的脸，将她的眼光衬托得越发忧伤。她或许还沉迷在失去丈夫、赌场败北和不得不委身于人的失意和苦痛中。我感到自己从来就不曾离她这么近，尽管我和她都是吸着阿妈的奶汁长大的，在一起度过了无忧无虑的童年和少年。我会偶尔想起和她度过的美好时光，点点滴滴，都让人留恋，弥足珍贵。但她曾经背叛家族的阴影依然萦绕心头，如刺卡喉。我曾一度阻止她去家里拜祭被害死的阿爸，更是和阿妈合谋将她挡在门外，她怎么一点也不恨我？

翠　鸟

几天后，我又返回了深圳，下决心好好挣钱。

车场臭气熏天的厕所，露天水龙头"浴室"，五元一个的盒饭，公交车，名片钉在价格表上，工业区，扫楼，司机和货，这就是我在湖北佬货运公司当业务员的生活。

我时时谨记着内心的回声："翠鸟，再也不要……"

"再也不要……"

"你不需要那样，如果你还那样，就再也抓不到一号，也会得不到好下场。"

在拿到一点虽然不多但足以让我一个月食居无忧的提成后，我离开湖北佬货运公司。因为他和那个李经理的套路如出一辙，明明是我的客户偏偏不算提成，一口咬定那不是我跑的单。那是一个不小的单，湖北佬调了四台后八轮前往上步工业区的一个印刷包装厂，拖了近百吨印刷品回车场后，又配载了两百多立方米的抛货。四个包车，湖北佬几乎纯赚了那两百多立方米抛货的运费。为什么一口咬定那个单是我跑的？因为当那个客户来货运部签订合同时，我一眼就认出他，他也一眼就认出我。对我的突然出现，他在惊诧的同时保持沉默。我晓得，如果不是我到上步工业区，不是我找到他公司，递上名片和资料，并与他就那即将发出的四车货一次次砍价，湖北佬就莫想拿到这个单，莫想白白赚到那些钱，莫想。尽管事后与他唇枪舌剑，他也矢口否认，认为我一派胡言。由此我不再对他心存幻想。

　　我来到离货运中心最近的烟天村，在那里租了一间房子，申请安装了一部电话，让房东老板娘帮忙接听。她是个四十多岁的单身女人，为了讨好她，我承诺一旦做了生意就买好烟给她抽。凭空虚构一家名叫"飞达"的货运公司，无论见哪个客户都面不改色心不慌地自称是这家公司的总经理。满心欢喜地期待好运降临。

　　我来到郊外牛角工业区海达包装材料公司时，面对堆成大山似的花花绿绿的酒盒两眼呆直："天哪，该要多少台大车才能装完哟。"据流水线的打工妹透露，他们已连续加班一个月，为赶这批货，今晚还要加通宵，因为贵州酒厂要得急。果然如我所料，公司总经理肖蒙一见面就与我热情握手，当看完名片背面"专线直达贵州、成都、重庆"的介绍文字后，快言快语，在经过简单的一番讨价还价后，当即与我签订了一个到贵州酒厂的包车协议。唯一让我耿耿于怀的是，"凭对方的签收单回甲方结算运费"，这意味着垫钱，而我是无论怎样也拿不出数千块钱让司机上路的。虽然一再向他争取"货到贵州酒厂后由甲方付款再放货"，或者"货到贵州酒厂后由收货方支付全程运费"的支付方式，但全都被他回绝，他说："你都看到了，最近几天，仓库里少说也有七八车要运。"

生怕他怀疑我的承运能力，或者到"公司"来查看，就装出一副满不在乎的样范，说："肖总尽管放心，我公司光是跑西部这条线的大车就有好几辆，只要您信守合同，这个结款方式不是问题。"

第二天一早，我带着川J1978前往海达包装材料公司。司机高军身材高大肥胖，浓眉大眼，是我在湖北佬那里结识的一名在我看来颇为忠厚的司机，曾经带他装过几车货，彼此也算有点交情。当天在与他沟通时，特意提到运费支付方式，"货到贵州酒厂后凭回单结算运费"。他问我现在在哪家公司做，我说："在货运中心的一个货运部，你放心，只要把回单拿来，公司马上付运费！"面对我的信誓旦旦，他没半点怀疑："今天是我的新车头一回拉货，大家都发财。"确实，轮胎散发出新出厂的气味，车头的保险杠上一朵大红花在阳光下绽放出灿烂的笑容。

邻近中午时，肖总说还有一点点货没赶出来，要到下午两点左右才能装货。我和高军来到街头一餐厅，相对而坐。他虽然寡言少语，但是说一句顶几句，浓眉下的大眼很少左顾右盼。他点了四川回锅肉、酸菜鱼头汤、水蒸蛋和白菜。两个人敞开肚皮吃喝。多年以后，总会回想起和他在那个餐馆里相对而坐的情景，因为那是我自到深圳以来，一个并不怎么了解我底细的司机为我付出的热忱、友好和信任。我有些受宠若惊，心想自己根本不配享用。更让良心备受折磨的是，我违背当初的承诺，在整车酒盒安全顺利地抵达酒厂后，他拿着回单再次来深圳时，我并没支付他一分钱运费。因为就在酒盒抵达酒厂签收后的第二天，我就打电话给肖蒙，连续拨了几遍，也没人接。过了个把钟头，他总算接了。

"肖总，昨天货到了。"

"哦……你是要结算运费吧，过三天来。"

说完，就挂了。听得出，他在电话那头显得惊慌仓促，给人一种不祥的预感。但一想，只有三天时间就可以拿运费，就等三天呗。三天后，我事先没打电话就匆匆地钻进开往牛角工业区的公交车。一个多钟头后抵达海达。只见海达两扇铁门被查封，当中贴着一张由牛角街道办出具的白色封条。铁门外汇集了前来要账的供应商和在厂里打工的员工，从他们口中得知，肖蒙在前天夜里就神秘失踪，不但欠下供应商数十万货款，还欠下员工三个月工资，我那区区数千块简直不值一提。挤在人群中半天没转过神来，真后悔三天前在拨打那个电话后没立马赶过去，要不然，就不至于要吞下这颗无法向高军交代的苦果。我在那里徘徊一个多钟头，脑壳里像有无数的蜜蜂在"嗡嗡嗡"地飞来飞去，脚下硬邦邦的水泥地也变得软绵绵的。

"怎么办？"

"怎么办？"

我想砸开铁门，冲进去拖走一些值钱的机器设备，但一看到封条，和我一样茫然无助的一双双眼睛，腿软了，人怂了。

就那样，携带着对那个家伙满腔的怨恨和诅咒，离开了。接下来，我就在思考应对高军的办法。有什么办法？即使有几千块，也早就寄给身在成都的阿妈了。

"你在哪里？"十天后，高军又到了深圳，回到车场，在小卖部呼我。我把事情经过原原本本地告诉他，也许他早就得知真相，因为后来肖蒙瞒着我又调了几个川J车把所有的酒盒运抵酒厂，至于运费有没有拿到不得而知，但那个家伙人间蒸发的消息想必早就在川J司机中间传开。他在电话那头稍许沉默了一下说："按合同办。"

他失去了此前的热情友好和大度，语气间散发出冰块的气息，不愿听取我任何解释和请求，一再重复"按合同办"，并不断追问我在哪。他也许早已在暗中寻找许久，在找不到我的住地抑或发现我根本没在货运中心跑业务后，他有一种受骗的感觉，恨不能一下子把我从茫茫人海中揪出来，逼出那笔运费。

黑 仔

　　一路上，我们遭遇了堵车，因为车祸，1997 只能在车缝里像鲫鱼那样穿梭。在完全堵死的情况下，我扛起了 1997，越过一个个屏障，和 1997 的影子在无数双陌生的眼睛里不断地放大、定格。因为 1997 是用来骑行的，如果让 1997 来骑行一个男人，似乎并不在人们潜意识的范畴。而我，正好相反，因为哪怕是多等待一秒，就有可能延误找到一号的最佳时机。但老天偏偏不断出难题，在一条高高的山岭上，1997 炸了一只轮胎，只好卸下它。让水仙守在原地，我则扛着轮胎走了约五公里的路程，才遇上一家好像等待了许久正要关门的修理店。时值深夜，国道上的车子偶尔从身边梭过，将我和轮胎孤零零的影子照亮后，又融入黑暗。

在重新装摩托车的时候，两部摩托车朝我们缓缓驶来，车灯自始至终没有偏离目标，显得那么机警而又贪婪。我听到了一种看似平静如水实则惊涛骇浪的声音，预感到一场刀与剑的较量即将上演。可我并不感到恐惧，不是因为倚仗自己曾经一度穿过铁鞋使过大刀拳击过沙袋，而是因为恐惧是可悲的化身，人们常常被恐惧吓倒，却从不会想到恐惧只会使局势更糟。事实上，那些人正是紧紧地捏住了这一软肋，并故作一番渲染，逼使恐惧越发地蔓延。

我抄起那根一米五长的铁棍，她握住手中的那把刀，做好迎战的姿势。两辆摩托车的影子在我们面前戛然而止，接着从上面分离出四个影子来，手电光在他们的脸和眼睛间摇晃闪烁，他们的眼光像幽灵，虎视眈眈，狂妄至极，在我故意让铁棍切割手电光的那会，仍一步步地逼来，仿佛我和她只不过是餐桌上的一道美味而已。

他们人数是我和她的两倍，完全是有备而来。鬼晓得他们会施展什么招数，而我也只想尽快踏上孤独的征途。既然他们狂妄至极，就不免暗藏某种杀机。我感到她的呼吸越来越粗重，心跳越来越快，刀子也在瑟瑟发抖。不再去猜测他们接下来会做什么，但我想，第一个冲上来的必定倒在铁棍下，乖乖趴在地上。在他们接近的一瞬间，我扔掉了手电，让它躺在地上，光束戳进一旁的草丛里。

"去死吧，狗娘养的！"我的吼叫声，刺破了黑黢黢的夜空，不等他们再靠近，我就改变了主意，冲了过去。我出其不意的一招，搅乱了他们事先设伏的阴谋，迫使他们以最快的速度逃离。

我盯着摩托车的灯光在前方的国道上渐渐消失，只感到身上的肌肉和骨头一下子柔软松垮了下来。铁棍不由自主地从手里滑落，"哐当"，清脆的撞击和翻滚声，在黑黢黢的无边无际的夜幕里回荡。她扑了过来，一把搂住我的腰，在怀里不停地颤抖。我听到了心脏由缓慢渐渐跳跃的声音，闻到了她汗臭、洗发水和熟悉而陌生的体香的混合气味。我感到双臂在慢慢地苏醒，渐渐地感知了寒冷，获得大脑发出的某种指令。搂抱住她那肥硕的腰，一点点地顺着她的脊背攀爬，最后就捧住了她的脑壳，说："走！"

夜间潮湿的水汽在发间和脏衣服上凝结成小小的水珠，也挂在浓密的眉毛尖上。我让她揿灭了手电，在黑暗中摸索着螺杆、螺帽和扳手，装上轮胎。随着"呜呜"的鸣叫声在黑暗中响起，雪白的车灯划破浓密的雾霭，将三五米远内的国道映入眼帘。但她说眼睛睁不开了，一点力气也没有了，倒不如将1997藏起来，找个隐秘的地方困一觉。我说不行，万一那帮狗崽子杀个回马枪如何是好？她说眼睛实在睁不开了，会从车上滚下去。我说，就用水壶里的水洗洗脸冲冲眼吧，或许前方不远就有客栈抑或服务区，到时就脱离了危险，再舒舒服服洗个热水澡困个觉吧。她说那好呀，你快点开吧，实在太困了哦。

1997"呜呜呜"的鸣叫声穿刺雾霭的重重围困，在寂寥的国道上孤独前行。她紧搂着我的腰，被雾水打湿的脸贴在背心上，在越过坑洼路面时，起起伏伏。我不停地喊，莫困哦，睁开眼哦，前面就有客栈了，看，快看，那里有灯了，有灯了。什么灯呀？黑咕隆咚的。她的脸从我背心上移开了一下，马上又贴了上来。我说，你不要困，灯就在前面，快了，快了。她没有吭声，感觉到她的手臂不再用力搂抱了，脸也像是漂浮在水面一样，随着1997起伏而起伏。我刹住了车，一只手反到身后揪住她的衣角，摇了摇，她一点反应也没有。我大声喊她，她才迷迷糊糊地说了句："好困。""坐稳，我下车找样东西。"她的手掌就撑在坐垫上，头埋在两臂间。我解开绑在行李袋上的一根绳子，一头缚住她的腰，另一头缚住我的，然后继续前行。

渐渐地，前方亮出了朦胧的光，越来越明亮，集镇出现在国道两旁。原来我想错了，这里的集镇几乎就没有一个叫客栈的地方，而是"好再来旅馆""老刘宾馆"之类的。也许客栈这个词仅仅只有成都才会有，它就像打鼓垄这个词一样，携带着某种让人回忆的东西，充满着温暖的气息。而这陌生的集镇，好像早就厌倦了过往，弥漫着一种从未有过的气味。

和她躺在旅馆床上，虽然眼睛睁也睁不开，但我会想起我和她的关系。

她是我的姐姐，但事实告诉我除非去做DNA检验，否则我始终不会明白她是不是亲姐姐，或者说只能是同母异父的姐姐。她被成都的美食养育得膘肥体壮，却变成了一个赌徒，她不仅恬不知耻地把自己输给了另一个赌徒，而且连自己男人的性命也输掉了。

　　其实自从阿爸被害后，她就没忘记给阿爸报仇。之所以要嫁到仇家，是因为她爱上了哈利油，而哈利油也爱上了她。她和他冲破双方亲人的重重阻碍，不为什么，只为神圣的坚贞不渝的那份情缘。

　　"当我发现他躺在那条石板路上，再也没有醒来的时候，我感到，天……塌了……"她伤心地哭泣，"是我……逼他走上绝路……哈利油……"我没告诉她，我是第一个也是唯一一个给他送终的人，并从他手里接过了二十七颗金把把，倒不是为了防备她来索取，而是免得她更加伤心绝望。

　　她抚摸着我脸上的疤痕，说："当你将篮子里的饭菜踢翻，当你来到了新龙门客栈，当你用铁棍赶走那帮劫匪时……弟哪……我才晓得……你才是阿爸真真正正的崽……我的好老弟……"我说，我们是嫡亲兄妹吧。她说，你不是。我说，你怎么晓得？她说，早就晓得了，你是金匠一号的崽。我问她是怎么晓得的，她说，是别人说的。你看吧，你的后脑勺、耳朵、鼻子、嘴巴、眼睛，特别是手毛跟胸毛，都像死了呀。哦……

　　她在身边打着呼噜，一条腿恣意地搭在我身上，"哔哔剥剥"的火焰舔着她那张静静的熟悉而陌生的脸。我轻轻地将她的腿移到一边，离开了篝火，来到了被星光穿透微微发白的林子里。脚踏在厚厚的落叶上发出的"沙沙沙"细碎的响声，惊动了那些在枝头打盹的鸟和趁着夜色出洞觅食的山鼠、野兔。站在那里，感觉我的呼吸声平生头一回归于平稳、谐和，融入了大自然的神秘气息。

金匠一号

我一路向西，幸亏，藏在袋子里的那些钱只是被泥巴水打湿，没丢失。那个好心肠的老倌子，如果我这一生还能回家的话，就要抽空去感谢他。

假如不洗掉一身泥巴水、换上干净衣服，我能走出打鼓垄的地界吗？能在巴镇街上那家饭馆里饱餐一顿吗？

在巴镇街的角落里，抬眼望去，夜空的点点星光在朝我眨眼，像在暗示我快点离开，或许黑伢到派出所报了案，或许他和家人找到了那个老倌子，像猎狗一样嗅着我的气味在后面追赶。

我打着手电上路了，朝着西南方向。在成都，离新龙门客栈不远的地方，有一条街，街上的一号金铺，是我牵肠挂肚的地方，那里有被我摸得油光发亮的手锤、铁丁、拉丝板、皮老虎，有气味好闻的盐酸、硝酸、硫酸，有能开出白色花朵的硼砂。哦，我珍爱的焊枪，它上面带齿轮的开关，手指轻轻一拨，那淡蓝色的火焰就忽明忽暗；我珍爱的皮老虎，那上面的踏板，就像钢琴的键盘，我的右脚，就像一只手，在踏板上时而轻时而重，时而快时而慢……从焊枪里喷出的淡蓝色火焰，有时细小如针尖，有时粗大如火炬，有如琴音，时而低沉，时而激昂，时而安静，像芜水穿越打鼓垄的原野，像山风吹过打鼓垄的柳梢，像山歌浸润打鼓垄的阳光……摆在柜台上的一根根金丝，或粗或细，或长或短，被我一层层地缠绕在一根圆铁管上，退下来变成一个大金丝圈，剪刀从上方正中间剪过，就变成几十个断开的小金丝圈，我用镊子将它们排列组合在一条直线上，在硼砂的融合下，在焊枪的点射间，断开的小金丝圈串联成链，有芜水河的波纹、桃花鱼的鳞片和鳍，有芜水河堤岸上的梅花、菊花，有打鼓垄远古的五牛鼎、大铙、人面纹、瓿、卣，有打鼓垄大山上的虎纹、豹纹、五步蛇肚皮纹、野猪纹、野鸡的翅膀、老鹰的爪……即使最细小的金丝圈断口，在焊枪的点射间，也能瞬间连接，并找不到丁点痕迹。流淌着我们古老的青铜文明，蕴含着我们先人的汗水、智慧和希望，它们会说话，会号叫，会啼哭，会悲伤，会喜乐，会跳舞，会爬山，会游泳，会拼杀，会打斗，会杀戮，会埋伏，会躲藏，每一件金器，都是鲜活的生命，都深深地烙印着打鼓垄的传承和基因，彰显着打鼓垄智慧。

在打鼓垄，打金的手艺排第二的是洪石奎那个恶心的家伙。

那是 1985 年，他在成都华天街摆摊，在一次打金的过程中，无意间将手里的一根金条折成两段，趁到口袋里掏打火机的机会，将那段短的顺手带进口袋。而顾客，那个打扮得像个妖精的小姐，竟然毫无察觉。在新龙门客栈紧闭的客房里，他把打磨得金光闪闪的蝴蝶戒指煞有介事地戴在小姐雪白的手指间，摸来摸去，淫荡的眼光不停地撩她，她心领神会，扭扭捏捏，最终被他搂抱上床，一番云雨过后，她屁颠屁颠地走了。

她一走，他便迫不及待地从口袋里摸出那段带着清晰折痕的金子，贪婪地伸到唇边，亲了又亲，如同亲它的主人，一个十足的骚货。金子、美人，恶心的家伙，他得到了。打鼓垄一个洗脚上岸的穷鬼，乡巴佬，摇身一变，成了城里人。

他从抽屉里摸出一根银条，回火，捶揲，出条，捶揲，回火，出条，如此反复了无数个日日夜夜，终于发明出挖金绝技，即使顾客的眼睛一眨也不眨地盯着他的手、锤子，他也能神不知鬼不觉地把金把把搞到手。他掏空了天平秤砝码，在顾客的金子里掺了银子，他虚伪的热情跟耐心，还有超群的技艺，赢得了顾客的称赞，麻痹了顾客的神经。

第二天清晨，我们这帮打鼓垄金匠，依然规规矩矩老老实实地背着箱子，拿着皮老虎，朝街上走去，在华天街的两边摆开，像两条蜿蜒的长龙。我们坐在木箱背后，脖颈扯得又细又长，用流利的成都话朝路过的小姐吆喝："打戒指吗？小姐。""哎呀，小姐，你这个韭菜叶子好旧嘀，帮你洗一洗吧。"当然，我们不失时机地伸出样品盒，指着一款黄澄澄的、正展翅飞翔的蝴蝶戒指，说戴在手上如何如何漂亮，竭力怂恿她们乖乖地坐下来，让我们挣到为数不多的加工费，从天亮到墨黑。

恶心的金匠二号，当太阳升到老高了，才推着木箱，拿着皮老虎，懒洋洋地来到华天街的一个角落，一副优哉悠哉的样范，而我们则为争抢一单生意而焦虑。

太阳还没爬到正中，恶心的金匠二号就优哉悠哉地回到新龙门客栈，吃完中饭，跷起二郎腿，跟一帮赌鬼打牌。我惊奇地发现，他就像魔术师一样，从口袋里摸出一个又一个带着明显折痕的金把把，以换取一沓沓花花绿绿的票子。接连数天，天天如此。如是，在他打金时，我站在一边，终于破译了他的惊天密码。

我大发雷霆，暗地里警告他：

"不要坏了打鼓垄金匠的规矩！毁了打鼓垄金匠的名声！"

"打鼓垄金匠，走遍大江南北，从来就不惦记顾客的金子！"

可是，他不但嗤之以鼻，还将挖金绝技传授给了别的金匠，而别的金匠又传授给了别的金匠。天啊，他给打鼓垄金匠带来了空前的灾难。

翠　鸟

那一天为调到一个到重庆某工地的超宽车，我不得不走进那个填满了豫 K、川 J 的停车场。就在那些熟悉的面孔前亮相时，高军突然冲到我面前，一把揪住我前胸，扭送到车场保安办公室。

"只要你敢跨出这个门槛，就打断你的腿！"

那双在我记忆中温暖友善的眼睛消失得无影无踪，代之以钢锥般犀利的仇恨和愤怒。我低着头，脸上像有一股大火在熊熊燃烧，麻辣火烧痛。因为在保安室外，无数双熟悉的陌生的眼睛死死地盯着，就像在欣赏一件宝物一样，要从我的眼睛、面孔、腋下皮包里竭力寻找到某一样与众不同的东西来。抑或并不只是这些，他们只是站在他那一边，为维护同行的利益和尊严而战。

"你知道吗？当我们辛辛苦苦跑上一千多公里后却拿不到一分运费时，心在滴血！"

"你没拿到运费，那是你的事。我们司机一分也不能少。"

"如果你确实拿不出钱，就来赔个笑脸，说个时间也行，何必东躲西藏呢？分明是逃避责任。"

他们说的这些我又何尝不懂，我为失去人身自由而羞辱，为不能付清运费而无奈，思绪混乱成一堆乱麻。在僵持间，她来了。那是一个让我不忍多看一眼的女人，因为她的半边脸被一种紫黑色的胎记覆盖，像来自地狱的妖魔。

"是你要找个超宽车吗？"她站在我面前，偏着脑壳说。

我点点头，就像是在无边的黑暗中突然照来一束光亮。

"什么时候装货？"她肩上挎着一个皮包，浑身散发出一股汽油和金属的气味，言语里透射出一股老练沉稳的气息。

"下午。"

"到哪装？"

"中山古镇。"

"什么货？有多少？"

我一一回答，同时与她进行一番讨价还价，居然很快就达成了协议。也许她来深圳等货等了好几天，不能再等，因为每等一天，停车费、司机工资、住宿、吃饭的花销就要几百块呢。

"喂，老乡，他欠你的钱，由我负责，好吗？"她说。

"巴不得。"

"到重庆拿到运费，就打你账上，要得不？"

"要得。"高军说，"信得过你。"

就这样，我终于跨过那个门槛。

当天下午，我带着她的那台超宽低栏板车火速赶到中山古镇那个生产消声器的厂家。

这一单业务，托老天的福，我几乎没费多少心思就搞定了。那天我到华城一工地跑业务，蠢死了，一个在建工地能有什么业务？但是那个戴眼镜的项目经理居然接待了我。他看上去又黑又瘦，但文质彬彬，就像是教授那一类的人物。他问我有没有到重庆的货车，价钱怎么算，几天能到……我颇为流利地一一作答，因为在跟湖北佬打工的那几个月，与四川司机搞熟了，对成都重庆这条线的货运业务十分熟悉。眼镜没怎么磨蹭，就把要托运的一些事宜告诉我，并和我谈妥了运价。瞅他对货运行情并不怎么了解，又是香港地产项目，收货方也是项目的子公司，就把运价抬高了一倍。眼镜居然没还价，天哪，看来好运降临了。

中山古镇厂家是香港地产在大陆的一家供应商，眼镜说："我怎么到中山去？"

我灵机一动，说："货车上又脏又挤，您不习惯，就坐大巴车去吧，路上一切费用全部算我的！"

眼镜十分高兴，早早就在中山古镇等了。托老天的福，我带着胎记一到，就立马装货，开单。太爽了，货到付款，胎记扣掉我赔偿高军的运费后，将剩余的回扣一分不少付了。嘿，这一回终于赚了一笔。我飞快地跑到邮局，给身在成都的"大侦探"阿妈寄出了有生以来的第一笔钱。

钱这东西，有时你挖空心思去寻，反而寻不到，有时你不费吹灰之力，倒是像在捡钱，真是怪。接下来，我又陆续在广州调了几辆超宽车去中山古镇装货，眼镜每一次坐大巴车提前赶到，在那边等。

在深圳，为了得到眼镜的订单，我时不时请他吃饭、洗脚。在中山，我带他去宾馆开房，一出手就是上千块。而我则省吃俭用，第一时间将赚到的大部分钱寄到成都阿妈那里，只留少部分在手上。每寄出一笔钱，我就在心里默默地祈祷："老天哪，让我快点结束这种生活吧，让金匠一号早点伏法吧，让我过上无忧无虑的生活吧！"

眼镜的订单很快就没了。

随着对业务的熟稔，我不再在一个陌生客户面前拘谨不安束手无策。那天在南头工业区遇到刘威，他戴着一副圆圆的眼镜，脸颊上毛茸茸的胡子隐约可见。一见面，他脸上就露出腼腆的笑容，虽然年纪比我大不了多少，但是他走路时挺胸抬头，眼光清纯如水，语气柔和，浑身散发出一种磁力。他是公司最年轻有为的经理，颇受老总赏识器重。初次见面他一点也不怀疑我名片上的信息，更相信我就是那家货运公司甚至是深圳最年轻的老总。因为无论他怎么询问，我都对答如流。比如从深圳走汽运到哈尔滨要多少天，单独发像他们公司一件二十公斤的印刷品的话，运费是怎么算，如果超过五百公斤以上又是一个什么价格，是不是一件货也上门提货，运费能不能月结等，对我的回答他十分满意。那是一家广告设计制作公司，在上海开有分部，主要业务是面对全国各地摩托车制造厂家，如济南轻骑、重庆力帆、温州大阳等。公司办有一个《摩托之星》半月刊杂志，一小部分通过邮局发行，大部分则以汽运的方式发给全国各地书商，由他们在市面上零售。合作不到一月，我就明白当初他那么爽快给我下单的真正原因，原来他们发给每个书商的数量仅仅只有一箱半箱，多的也只有十多箱。更要命的是，在提货回来后要一件件分装打包，因为书商代销的数量不等，而从印刷厂提到的则固定为五十本一箱。如果在深圳货运中心发的话运费比在广州货运站发要贵很多，所以我在当天打包完毕后都要通过深圳到广州的零担车运过去，然后在货运站借用一个小拖车，一件件分流到第二天天大亮，再拖着疲劳的腿鼓着因熬夜而布满血丝的眼睛乘大巴返回。货发出一星期后即开始拨打书商电话，问他们有没有收到，没收到的话又要打到对方所在的货站，问他们某某货号的货是不是到了，其间产生的一切费用都要我先垫付，好在他们结款极为准时。

我当初为了拿到这个单，报价太低，以至于在辛苦奔走一个月后才发现赚得实在太少。我找到刘威要求把价格提上去，他微微一笑："这家伙，又来了。"接着就一本正经地说："好吧，给你提。"

有一回，刘威叫我发几吨印刷品去重庆隆鑫，司机要求至少支付一大半运费才肯合作，而我囊中羞涩，想来想去只好硬着头皮找到刘威，说："运费能不能先给？"

"没钱啦？"

"嗯。"

"你这家伙……等着……"

当时我站在前台边，只见刘威转身拐进财务室，不久就拿着一张支票出现在我面前，毛茸茸的络腮胡子都露出了尴尬红晕。

他不但没到过我"公司"，而且在每次联系时，都遵循我意愿，要么呼我，要么在里面留言。也许他从来就没怀疑过，也许他早就识破我庐山真面目，只是看在我不厌其烦的奔波劳碌却从不叫苦叫累的分上，不愿戳穿而已。我不晓得当他提出要到我"公司"看一看时，会有多尴尬。在他最终摸清我底细后，会不会在一气之下一脚踢了我。我隐隐地感觉到，他迟早会那样的。我敢说，如果不是他们公司委运的东西大多对于我来说是废纸一堆的话，他就不会那样轻易信任，至少会叫我提供营业执照税务登记证之类的，至少要在签订合同之前来"公司"察看一番。其实，他们公司委运的不只是印刷品，还有一部分是由那些生产厂家经过精心挑选后托运过来的"杰作"——有时尚金贵的太子车，有性能优越的越野车，有轻便快捷的小型女式车……由他们公司拍摄制作成画册宣传单后，再委托我托运回原地。

那一天，接到刘威电话时，我打破以往常规，没爬上那趟要漫游二十多站的公交车，挥手拦下一辆的士。一路上我一次一次对自己说："不要这样，千万不要这样，要隐藏好你的秘密。"见到他时，我还有些紧张，感到就连他的微笑和络腮胡子也在窥探我。事实上，他除了和平常没什么两样外，就连寒暄也免了，直接带我去库房见那个负责人胖墩，他向来大大咧咧的，说："这台，这台，这一排，那一排，全都是。"

"记住，凡是北方轻骑的都是，一、二、三……"

"共二十二台。"

"你小子听好了，全部打包，不得有半点刮痕。"

胖墩一边刮脸上的汗珠，一边用他肉嘟嘟的手指指点点，就像大人教训不听话的细把戏那样。我忙碌大半天才把规格量出来，然后又仔细计算出单个体积和总体积，才报价。

"到济南多少钱一立方？"他盯着我之前的报价表说。

"可不能这样算，因为这是重抛货，打一个木架还需要很多钱。"

"明天一天能打完吗？你这家伙，可不要老想着赚钱。"

刘威总是那样微笑着，即使是在质疑价格时也一样。自然，报价对于他来说，只不过是走走过程而已。而我，也不会要价过高，因为价格于我来说并不重要，重要的早已经主宰着我神经中枢，在那一刻并没赶到之前，我就已为那一刻的到来精心设计步骤。当然，那是我一生中最艰难最困苦的设计，为此我彻夜难眠。因为我不晓得为什么要背叛他，他是我今生最不应背叛的人。纯净的微笑，善良的心灵，少见的豁达与大度，让那些奸诈唯利是图的主管经理总监之流相形见绌。但是我只能遵循我的内心，听从内心的召唤，除此以外的忧虑与彷徨，都只能服从，听任内心摆布。再说在事成之后，我会在老天面前为他祈祷，跪求他老人家降罪于我，愿为此承受任何惩罚。

回到货运中心时，已是华灯初上，我不晓得它在这之前的状况，只晓得那还是个靠出海打鱼过日子的村庄，自从邓小平做出那个重大决策后，它就以几何级的速度崛起。大量老外来这里投资建厂，数以百万计的外来工来这里打拼。他们以廉价的劳动力创造巨额财富，各种价廉物美的东西出口五湖四海，运抵大江南北。它们大都要汇集到货运中心来，在那里经过重新配载后，再经历长途跋涉，然后再一次分流。因为在此期间要不停折腾，所以大凡经不起折腾而又金贵的东西，除了要购买运输保险外，还要请专业的木箱包装团队打包方能托运。否则，多半会在中途受损而引发争端甚至对簿公堂。

那里的夜就如同白天。拉货回来的大车小车，以及转场装卸的叉车，屁股冒出的烟雾将地上的尘埃扬到空中，发动机的轰隆声、嘈杂的呼喊声、钢板"砰"地坠地声混合交融在一起，吞噬夜空。码货的工人常常通宵达旦地劳累，不知疲惫的司机在凌晨两三点钟驾着满载的大货车，缓缓驶离。一路上，他们只有倚仗香烟和槟榔才能驱赶瞌睡虫侵扰。那些上夜班的员工，躺在睡椅上打起呼噜。老板则在夜总会或者酒楼陪侍客人，在市场的某一个房间里投掷骰子，或者在绞尽脑汁组织货源调度司机。

阿荣来自天府之国，集装卸搬运打木箱业务于一身，老板娘每天夜里数票子数到手发软。数十名工人拥挤在狭窄的两空门面里，常常通宵达旦地奔走在各个档口抑或生产厂家之间，天作被地作床。据说他初来深圳时也是穷困潦倒到无钱买盒饭的地步，有一次在大街上，趁两个冤家互殴之际，果断地冲上前去，捡起掉在地上的一个钱包逃之天天。在此之前，围观的人群都把眼光投掷在那个从其中一个冤家口袋里掉出的钱包上，没人胆敢上前伸出肮脏的手，直到他的出现。我把二十二个下料尺寸交到他手中，他随手转交给一个嬉皮笑脸的家伙。那家伙粗略地看了一遍，很快就与我订下口头协议，承诺明天将会按照约定时间地点，把二十二部摩托车打木架装进我调派的货车。我交完订金后就赶到了兰鸿停车场，鲁Q的车子基本上都停靠在那里，到济南是他们心中的最爱，因为到那里的货源随时都可配载一个整车。在那喧嚣的尘埃和暗淡的灯光下，我听不到时钟的"嘀嘀嘀"声，它像是突然受伤一般。其实，依照原来的设计赶到兰鸿停车场纯属多此一举，但我的脚像是故意跟我唱反调一样，还是不由自主地朝那边走去。当然，我晓得我需要在那里再一次评估原来的设计，然后再决定是不是要去实施。

我又想起那个手持"砖块"的马总，想起那个像牲口一样被关在车厢里的夜晚，想起那个满口粗话大话的杰哥，想起金丝眼镜递名片时那可耻的手，想起至今也不愿与我达成和解的李文俊，想起那在黑色的林子里逃离的惊慌……

当那二十二台用于拍摄的摩托车被打包，当刘威站在一楼电梯旁的平台上微笑着与我说再见时，对于我来说，那是最后的遇见，不可重来的结局。局促不安的内心，不可预料的明天，无法预知的结局。当货车驶出南头关冲上107国道时，我总是想象刘威在车后紧追不舍，在前方某一个关口等待我自投罗网。或许，他早已拨打110，被擒似乎已成定局。我吓出一身冷汗，不停地诅咒拥堵不前的车，催促素不相识的司机不停超车，声称如果不能及时赶到的话，就得迟缓一天才能发出。利用进加油站的机会，给丁三的 BB 机留言，说如果不堵车的话，一个钟头就能赶到他仓库，请他帮我找好几个装卸工。他是我上次在广州同德货运配载市场发货时，经浙江专线的吴伯介绍认识的。吴伯铁定上夜班，因为每次到广州都要把货卸在他档口门前的地坪上，在把所有浙江线的货给他托运后，再借用他的小拖车，一家家地去其他线路分流。他戴着一副老花眼镜，总是满脸笑容。当然，我也在开单结算运费时多给他十块十五块，他心知肚明，自然随时愿意满足我并不过分的要求。丁三仓库就在同德旁，它隐藏在巷子一角，就是大白天也光线阴暗，很少有路人绕去。这正是我所求之不得的。

　　丁三的仓库里面较宽，二十二部摩托车抬进去仍绰绰有余。在没进仓库之前，我特意让车子在同德里磨蹭一圈，与那些山东专线的值班员胡砍一番价格。司机是个操一口江西口音的哈利油，完全被我的瞎折腾所蒙蔽。

　　"还要去别的市场？"

　　"嗯，这太贵。"

　　"哼，你都听见了，那个客人催四五次了，我可没时间跟你瞎折腾。"

　　"要不，先卸到我朋友仓库去，等明天再发吧。"

　　"多远？"

　　"就在旁边。"

"哼，瞎折腾，上车吧。"

"等下，先打个电话。"

后来我又在同德市场外雇了台大车，将它们转存到郊外一间很不显眼的空房里，这才马不停蹄地去市区找那些摩托车商行老板洽谈。我将事先准备好的北方轻骑摩托车宣传图片及价格表给他们过目，声称是自己通过熟人刚从厂里拿到的，价格比厂家给的低两成。那个家伙尖嘴猴腮，左眉毛间冒出一撮白毛来，他在倏忽间嗅到了某种千载难逢的商机，但仍然面带难色。

"有出厂手续吗？"他双手搂抱胸前，一只手托住下颌，若有所思地说。

"是通过熟人批发的。"我竭力压制住内心的惊慌。

"有点麻烦。"

"一点麻烦也没有。"

"工商会来查。"

"你有的是办法。"

"瞧，我这证照齐全，投资上千万，可不是儿戏。"他带刺的眼光盯我很久。

"爽快点。"

"先看货再说。"

"货都在图片上，骗你不是人。"

"再优惠些，我可要承担不小风险。"

"够优惠了。"

"如果你能再优惠两成，就一手交钱一手交货。"

"顶多一成。"

"这样，你再考虑一下。"

那时候我有些犹豫，因为那只不过等同于再优惠他一成而已。我隐隐地感觉到，刘威正带领着警察悄悄地将我合围，押着我赶到仓库，将它们一台台地装运回去，然后我被关进一间黑屋。

我的腿在不停地颤抖，于是就答应了。当我领着他交易完成后，BB机就响了，显示出那个熟悉得不能再熟悉的号码，那个曾经那么温暖而今那么陌生那么令人战栗的号码。我该怎么办？如果复机就会暴露地址，反之也会让他心存疑虑。他还那么年轻，比我大不了多少。他可以让财务支付一笔款项而不必事先征得老总许可。他仪表堂堂开朗阳光前途不可限量，可是如此种种都将被一股突然袭来的狂风洗劫一空，只剩下虚空和绝望，我为此将背负沉重的十字架踏上追寻金匠一号的路途。一切已成定局，因为我拿到了一摞自从踏上那片土地以来就梦寐以求的东西。在我看来，它数目如此之巨，超乎想象，就像一个狂妄的赌徒在转眼之间押中赌注，一个卑微的彩民在转眼之间中了大奖。血液在沸腾和燃烧，从此告别贫困潦倒颠沛流离的昨天，在伸手之间，金匠一号束手就擒。

BB机"嘀嘀嘀"的哀鸣声，发出阿爸捶揲金属时叮叮咣咣的声音，不知疲累。那是刘威在哀鸣，在为寻找那二十二台摩托车哀鸣；那是他在诅咒，在为一个可耻的家伙背叛他的诚恳、善意、热忱而诅咒。我看见他站在老总的跟前，低下曾经自信满满年少得志的头颅，一滴滴悔恨的泪水滴下来，最后从公司经理宝座上跌下来。当地警察闻讯赶去，迅速布下天罗地网。世间充满滑稽搞笑，因为就在我再次踏上追寻金匠一号的路途时，在身后，一批为追寻我蛛丝马迹的人也踏上路途。

我很快来到广州市火车站，广场外边站着一个个神色诡异乡下打扮的女人，自称包制一切以假乱真的证件。在深圳的人才市场、火车站，这类人遍地都是，像一个个幽灵常常莫名其妙地出现在你眼前，压低声音说，"办证吗"？在你按她们的要求提供相应的东西后，诸如某某某公司印章、某某大学毕业证、租赁合同、承包合同、营业执照等都造得像模像样。我"公司"的营业执照、税务登记证、公章、财务章、发票专用章都出自她们之手。他们居然可以堂而皇之地骗过国税地税工商部门，可以借此在当地银行开设公司账户，与那些大公司进行交易。

我花高价办理了一张名叫张俊的身份证，到附近银行办理银行卡存钱的时候居然顺风顺水。

从此我就叫张俊了。

真的不再是翠鸟了吗？不，我还是翠鸟，还是去抓金匠一号的翠鸟。

张俊。翠鸟。翠鸟。张俊。我深信我的血脉里流淌的还是洪氏家族的血，她的血来自六百多年前一帮江西籍人，在打鼓垄的土地上繁衍生息了六百多年，并且还将循环一个十个百个千个六百多年。她既不会改变质地，也不会改变归宿，因为有翠鸟、黑伢、水仙和李桂花在守望，在抗争，在追寻，在期盼。为此，她得以无限永存。

黑伢、水仙已踏上去乌鲁木齐的路途，阿妈拿着望远镜在日夜监视一号金铺。他们的呼吸自始至终散发出打鼓垄泥土的气息，无论走到哪里都被归为外乡人的行列，固守着外乡人的眼神和吐音，外乡人异样的眼神、陌生的吐音让他们陷入孤独深渊，他们越来越多地怀恋既让他们憎恨又让他们回嚼的乡愁，但他们只为捕捉到熟悉而陌生的那罪恶的影子而活着。他们好长时间没回家，听说我家门前地坪上的杂草已疯长到半人高，大门上的那把铁锁锈迹斑斑，泥墙根被老鼠和蛇掏出一个个洞穴，墙壁被雨水浸蚀出一道道印痕……可以想象，如果再没人去料理，不出几年，那里的房子将会衰败不堪，最后消失在疯长的杂草丛里。而我可怜的阿爸，在棺里一日日地腐烂，最后化作一堆白骨。

一种不祥的预感像杂草一样在内心疯长，不晓得他们仨是不是真的踏上了如我一样的路途，会不会如我一样，为了金匠一号而不得不铤而走险，以至于不得不重演一场蝉、螳螂和黄雀的滑稽剧目。那样他们就不得不忍受远离家乡、亲人和朋友的苦痛煎熬，不能在朗朗乾坤下跪在阿爸的棺边，给他送去冥钱，诉说这些年来为抓到金匠一号所遭受的屈辱和辛酸、艰难与不易，以此告慰他在天之灵，让他累积下的怨恨得以消解，从此得以长眠。

在那个修理行我买了台二手摩托车，外壳虽然锈迹斑斑，但发动机性能良好，是既可以马不停蹄地奔跑也不用担心被贼惦记的那种。他的车牌号尾数是00，就叫他2000吧。我准备了路途所需的东西尤其是协查通报和过塑照片，以及那张小小的银行卡，关了 BB 机。

我骑着 2000 朝成都的方向出发了，那种冲破气流一阵风的快意，那种几乎在伸手之间就可以捕捉的兴奋，那种被尘世一度主宰的愁苦彷徨忧虑，那种背负为阿爸消解怨恨、为金匠家族扬眉吐气的神圣，用任何词语也描述不了。这是那些发明词语的人所无法预知的。如果你站在某一高空向下俯视，你就会看见在如同白色飘带环绕的盘山公路间，有一粒如豆子大的影子在顺着它的边缘朝一个方向不停地漂流，淹没在云缠雾绕的山脚。我循着某一条线索驶进了那个风情万种的小镇，西斜的夕阳将吊脚楼轮廓勾勒在石板路上，异域风情的服饰，背篓里天真无邪的眼神，细把戏"咯咯咯"的笑声，悠闲走过的马队，慵懒的阳光……我想要是能在那里作长久的停留，那该多好啊。也许所有的不幸与悲伤都会随夕阳西沉而永远消失，所有的期待与梦想都会随那一轮初升的太阳而实现。但是，当黑夜的帷幕一点点地张开，当街上的灯光暧昧地敞开，当一个个妖冶的影子在巷子的暗角徘徊，我才突然明白原来小镇也并非不食人间烟火。

我在黑暗中被一阵"咚咚咚"的敲门声惊醒，出现在门缝那边的是一个大眼睛，她看上去小鸟依人，散发出忍冬花香的气息，娇嗔地对你说："帅哥，要陪吗？"她像一条鱼游进你怀抱。但当我趴在她赤裸裸的躯壳上时，她突然失声尖叫挣扎起来。我惊醒过来时，门被一脚踢开，她战栗的赤条条的身子，恐慌而无助的眼神，在她假惺惺的哭诉里，在刺眼的灯光下，在那一双双充满轻蔑、凶残的眼光里，显得那么滑稽、可笑和悲怆。我被拳打脚踢，洗劫一空。

"就这么点？"那个尖瘦下颌处露出刀疤的家伙，用刀尖把我下巴挑起来。事实上，就在他们闯进门的瞬间，我就担心那张被油纸包裹然后缝在行李夹层里的银行卡。

他们把我脱个精光，搜遍衣衫无果后，盯上了行李袋。丧心病狂的他们，将它划了个稀巴烂，他们迫不及待地命令我交出密码。我一再担心和害怕的事终于发生。

那时候我才明白，在夜幕降临前与降临后的小镇并非千差万别，实际上那些在我看来美好温暖的东西，只不过是包裹邪恶卑鄙的漂亮外衣，它们骨子里原本就隐藏着不可告人的东西。我也突然明白，原来受伤的痛竟然是如此深切持久。那些曾经被我欺骗的人，蚂蚁公司的马总，平安公司的主管，年纪比我大不了多少的广告公司经理刘威……他们受伤的痛会不会也这样地深切持久？我与那个假惺惺地哭诉的大眼睛，那几个将我拳打脚踢、逼问密码的家伙又有什么区别？那样想时，我内心平静许多，反而对他们不怎么怨恨了。因为我就是那样的人，他们的欺骗和伤害也就是我的欺骗和伤害，我犯不着诅咒和怨恨。当然，或许我并不会接受这样的论点，因为我会说："我并不是那号人，他们的欺骗和伤害是建立在自身贪婪和淫乐上，而我的欺骗和伤害是建立在伸张正义、维护家族尊严和利益上。这两者之间岂能画上等号？"

刀子在昏暗中寒光闪闪。"说不说？""不说就弄瞎你。"我想象着从此被世界抛弃，坠入黑暗的深渊。不，我要从头再来。

即使倒下，也要倒在路上。但那笔钱根本就不属于这帮家伙，尽管也不属于我。我虚晃一枪，报了个假密码。我想，我应该尽量拖延时间，寻找哪怕一丁点希望。这样做的后果就是他们丧心病狂地在我手臂和大腿上连捅三刀。

"娘的脚，敢耍老子！"

"老大，弄瞎他。"

黑伢

　　茫茫的戈壁滩，风沙，荒凉与孤独，酷热与严寒，如果你去过大西北，骑车或徒步穿越数十里无人区，你就会与我感同身受。一路的风尘，不但早已将我和水仙身上的青春气息漂洗殆尽，而且，困倦、忧虑跟兴奋也将我和她折磨得衰老了许多，看上去与乞丐相差无异。想到那个人，那个自称我亲阿爸的人，那个曾将刀子捅进阿爸心脏的畜生，就在眼前，一伸手，就抓到了。上次让他从我鼻子底下逃走了，这次，休想。我跟水仙在乌鲁木齐人民路旁的一家旅店住下。我美美地洗了个热水澡，只觉得浑身都散架了，腿跟胳膊又酸又痛，一躺下，就睡着了。

　　我戴着草帽，用一部分头发遮掩住一只眼睛，装作一个找工作的人，水仙也是。可就在跨出旅店门时，我发现腰间的刀子不见了，翻遍整个房间，也不见。

"是你藏了吧？"我说。

"嗯。"水仙说。

"拿来。"

"干什么？"

"少废话。"

"不要。"

她的眼光始终透视着平静、无可辩驳，我狠狠地瞪了她一眼。

我们在附近展开了摸查，蹩脚的普通话与当地的少数民族语言格格不入。每到一个砖厂，就要求看一下花名册，看有没有湖南籍的人，然后以工资太低为由离开。走在大卡车掀起的尘雾里，再一次感到他正在一点点地朝我走来，我正在一点点地朝他靠近，然后在某一个节点相遇。阿爸的话又在耳边回响，感到那股血流又从胸口直涌上头顶，在遭遇头骨抑或是头皮的阻挡后回流下来，然后再一次直涌上头顶，周而复始。我的头又变成了铅球，尘雾在眼前模糊起来，公路在脚下软绵起来。我吞了几片药丸。

又到了一家砖厂，我和她分头行动，约定半小时后在厂门口的白杨树下碰面。药丸平定了那股血流，又恢复如初。装模作样地浏览了张贴在墙上的招工信息后，照样走进了厂部办公室。从花名册中看出，有湖南籍的人在此打工，但没有他的名字。宿舍紧靠砖厂大门，一栋独立的二层楼，上下各四间。一层靠外的房间内有两张旧木床，挂着发黑的蚊帐，被子蜷曲在床铺的一头，两个残缺的床腿用砖头支撑着。墙角的简易灶台上放着铁锅、高压锅和碗盆等厨具，一张破旧的小木桌上躺着一块菜板和两袋蔬菜。

砖厂院内场地铺着的厚厚的灰尘印出一个个清晰的脚印，煤块像小山一样堆放在院内西侧，紧挨着加工砖坯的车间和砖坯烘干房。一座十多个孔的砖窑坐落在院落中，砖窑顶高高耸立的烟囱喷吐出滚滚浓烟，直插云端。我低着头，警觉地跨进窑里，里面像蒸笼一样闷热，有一台大功率的电风扇正对着烧好的红砖"呜呜呜"地嘶鸣。三个出砖的工人浑身是灰，破了几个洞的脏衣服被汗水浸湿，紧贴着身子。三个人中的一个，又高又瘦，驼背，露在安全帽下的发丝花白，眼窝深陷，尤其是那张灰糊了的脸上，隐约可见一个历经无数次擦拭也没能消失的疤痕，尤其是他的胸脯跟手臂上，长出又黑又密的毛。他在堆场那里熟练地拔出丁车插销，一只脚踩住丁车腿，手腕向下压车把，车就立起来了。

猜他一定认不出我了，也一定不会料到在离打鼓垄数千公里的戈壁上，有一个打鼓垄人正在苦苦寻找他。我装出一副很随意的样子，走过去用普通话问他："师傅，一车有多少块？""两百。"果然，他那蹩脚的普通话里，透射出浓重的打鼓垄口音。我敷衍了一句，就悄悄地离开了。

他果然逃到了戈壁荒漠里，真是煞费苦心，如果坐火车少说也要三天三夜才能到。不晓得那天夜里，受伤的他，是怎样在孙二娘的帮助下，一路颠沛流离，逃到这里的。

我和水仙潜伏在将整个砖厂一览无余的隐秘的高地，那里生长着稠密的白杨，下面是齐腰深的灌木丛。我和她只需在那架在国道边的集镇小贩手里购置的望远镜里一望，他就显现在里面，从早上起床到茅棚方便，再到夜幕低垂，他将一条毛巾搭在赤裸的灰糊的脊背上，走进那间浴室，然后只穿一条裤衩，顶着一头湿漉漉的白发出来。炎热的晌午时分，他会顶一块木板躺在浴室旁的一棵白杨的影子里入睡。整个看上去瘦削了许多，肋骨一根根地可怜地暴突在腰间的皮面下。他在那里张开嘴巴，肚皮一起一伏，完全把自己犯下的罪行置之度外，抑或认为那些警察随时光流逝，早已将他的那点破事忘得一干二净，又或许料定可怜的洪氏家族的最后一名男丁、他的亲生崽充其量不过是一个白痴，压根不会得知他会隐藏如此之远，如此之深，如此之神秘。而那个曾经为他生下骨肉的女人，想逮住他更是异想天开。我不晓得他为何要对阿爸下此毒手，我不晓得。

我和水仙悄悄地回到旅店，为接下来的行动作准备。时值黄昏，姐弟二人将在夜深人静里出发。她一步不离紧紧监视着我，像间谍，从发丝到脚趾再到呼吸，无不散发出神秘的警觉气息。她一再主张马上让当地派出所出马擒拿，那样可以做到万无一失，因为在我的行李袋里，确实保存着王警官开出的协查通报跟过塑了的相片。但她完全不懂我内心一直以来苦苦追寻的东西。

时间在一点点地逼来，一点点地走过。戈壁之上的绿洲寒风呼啸，街道上的点点灯火忽明忽暗，有如伺机而动的幽灵。我偷偷地在水仙的饮料里下了一点点我在成都街上买到的黑货，她很快就躺在床上进入了梦乡。我将她的手和脚捆绑固定在床架上，为了保险起见，又用布堵住了她的嘴，免得在她醒来时拼命喊叫。但当我背着行李袋关门离去的一瞬间，看到她的头挪动了一下。折回她的床前，她粗重的呼吸声，仿佛预示着窒息将会来临，慌乱中，我拔掉了布塞，匆匆地关门离去。

我骑着 1997 离开了，很快就驶上了那条在寒风中尘土飞扬的泥土路。一阵风的感觉，梦想就要实现的快意，萦绕心头。在快要接近的地方，我将 1997 推倒在路旁的一片灌木丛里，折了些树枝盖上，然后打着手电，检查了行李袋里的东西，拔出腰间的刀子，在黑暗中舞弄了一下，就徒步出发了。

那是一个大门 24 小时敞开、几乎人人都可以随时进出的砖厂，看门的小老头躺在大门口一间小屋的椅子上打着瞌睡，立在桌上的一台 14 英寸黑白电视机的屏幕上闪动的雪花，像一盏瓦数很小的白炽灯，将小老头闭合的眼睛张开嘴巴打呼噜的熊样照亮，"吱吱吱"的杂音与均匀的呼噜声搅和在一起，像楔子一样，扎进了黑黝黝的没有边际的夜幕里。

在潜入砖厂之前，我戴上了鸭舌帽，蒙了面纱。为了让小老头安心入睡，朝窗户的一个小洞里吹了一股烟，并将那扇开口朝着大院的小木门轻轻地合上。老远，就听到了从宿舍楼下窗棂间传来的如雷鼾声，以及偶尔的梦呓和磨牙声。烟从窗棂间缓缓地向内弥漫扩散，十分钟后，我像一只狸猫溜进了那间房，手电打在他那张苍老黝黑的带疤痕的脸上，张开的扁平嘴里散发出一股难闻得让人呕吐的腐臭气味。把他的头及上半身套进一只事先准备好了的蛇皮袋里，用绳子捆绑住，扛在肩上偷偷离开了。

他躺在那片枯萎的草丛里酣睡，即使我扛着他离开砖厂狂奔了数里，他也没有醒来，像一头任由我宰割的羔羊。他不久就会醒来，我用绳子反绑住他的手脚。没有星光，天地间像竖立着一堵看不见的黑黝黝的墙。我在墙内，世界在墙外。风从远方的戈壁吹来，裹挟着沙尘和寒冷，在林子里发出阵阵涛声。我撕去面纱，坐在他身旁，一根接一根地吸烟。从腰间摸出那把刀子，用手电照着，它随即反射出耀目的光芒。它一路跟随，几乎形影不离，承载着我的仇恨跟孤独，还有阿爸的诅咒。

我要把他的头颅与躯体分离，然后偷偷地回到埋着我胞衣的地方。那里的一切将是静悄悄的，像什么也没有发生，像一切都已经结束了。静静地，静静地，我将这个老家伙的头颅埋藏在他家的菜地里，好让他的灵魂在他胞衣的怀抱里获得一丝丝的救赎。然后，当太阳升起的时候，当清晨的第一抹阳光照耀到我身上的时候，我就会发现自己再也不属于那片土地了，再也无法存留在那个穷尽一切为阿爸报仇的地方了。要回到我来到这个世界之前的地方，在那里归于尘土，然后再从尘土中分离出来，成为当年从那片尘土中分离出来的样子。新的阿爸在那里一直好好地活着，新的阿妈在那里一直真诚地热爱着阿爸。我，水仙，翠鸟，一家人在那里好好地活着，并且从来就没有离开过脚下的土地。因为我们脚下活了死、死了活了无数代人的土地，才是我们值得拥有、相守一生的用不着去寻找的东西。人们忘记了这一点，他们离开自己的土地，到处寻找认为值得一生拥有、相守的东西。殊不知，脚下的土地，才是一生值得拥有、相守的东西。

我的孤独和冰冷已是根深蒂固，仇恨永远不会消失，洪氏家族的荣光全都寄托在身。我要履行我的誓言，没有什么能凌驾在我之上。他就躺在身边，他让阿爸再也没有醒来，我也要让他再也不能醒来，这才是公平合理的游戏规则。但他不这样想，显然拒绝这种规则。他要打破这种世间公认了的平衡，将自己的意志强加在另一方的头上，以显示他的强大威武和不可战胜。然而，他如此猥亵，所谓的强大威武和不可战胜原来是一团黑影，在太阳光的照射下，从来就不敢抛头露面。他以此来逃避惩罚，致使我的家人一个个地遭受磨难，他没有理由不接受死亡的宣判。

我举起了尖刀，抵在他胸脯上，阿爸曾经被刀子抵住的地方，不偏不斜，只需用力捅下去，在上面留下一个个深度不浅但刀口并不会过大的痕迹，然后，再割下他的头颅。但是，冰冷的沙尘在一遍遍地刮过，灌进了他的脖颈、白发、耳朵和嘴巴里，覆盖在他又深又黑的胸毛手毛上，渐渐地淹没，他仍然没有醒来。我想，只有等他醒来，亲眼看到我的刀子怎样把他杀死，他才会后悔当年杀死我阿爸，才会跪在我面前忏悔求饶，才会让我狂笑呐喊尖叫，然后我告诉阿爸，郎嘎可以安息了。从此，洪氏家族将扬眉吐气荣光再现，再也不是任人蹂躏的家族。是的，要等待，等待他醒来，睁开他的狗眼，瞅瞅我是谁……

但是，在冰冷的漫天风沙里，我看见一束束手电的光芒刺破了黑黝黝的夜幕，在林子周围的上空摇晃闪烁，并伴随着水仙的呼喊声、狗的汪汪声，一点点地将我包围，包围……

"警察来了！警察来了！"我喊道，醒了。

我浑身哆嗦，在恍如隔世间，好像经历了一场死里逃生的劫难。

我呆呆地坐在床头，细细回想刚才的梦，又惊又奇，难道老天在冥冥之中暗示，金匠一号那个该千刀万剐的家伙，不久就要现身，死于我的刀口？那老家伙真是我的亲生阿爸？假如他真的再次落到我手上，我会不会杀他？

我和水仙分头行动了。我买了一台 BB 机、一份当地城区地图。在公用电话亭，呼了阿妈，阿妈隔了好久才回电。"前夜听到对面卷闸门响了一下，不晓得是哪一间。""真的吗？""嗯，但当时困得迷迷糊糊。""……难不成士多店的老板夜里困在店里？""不，她一般早上七点多才来开门。""这么说……"

我想，是不是阿妈产生了幻觉，或者像我做的梦一样，假如消息可靠，难不成哈利油在骗我？不，一个人在临死之时，是不会骗人的，除非他被别人利用或骗了。

在与阿妈通话间，我还获得一个揪心的信息，那就是阿妈呼弟弟，弟弟怎么也不复机。在离开成都前，我呼他他就回电了。但在来乌鲁木齐的路上，我呼过他一回，在电话前等了好久，他也没回电话。

"莫不是出事了？"阿妈说。

我只好叮嘱阿妈，一旦有什么消息，是弟弟也好一号金铺也罢，一定要第一时间呼我，或者在 BB 机里留言。

挂完电话，我在电话亭待了一阵，我在想，翠鸟失去了联系，一定是出了事。出了什么事，鬼晓得，但反正不是好兆头。前段时间，他给阿妈寄了那么多钱，莫非那些钱是他骗来的，然后被警察抓起来了？这家伙，莫看他表面老实巴交的，胆子上得天。唉，事到如今，随他去。腿长在他身上，爱做什么就做什么。

我踏上了人民南路。人行道上人来人往，叽里呱啦的吆喝声，奇奇怪怪的服饰，单车，摩托车，马，骆驼，葡萄，香瓜，羊肉串，火锅，烧锅巴……让人眼花缭乱。

我在袋子里装着纸笔，重点询问的对象是金匠，在人民北路，我遇上了几个打鼓垄老乡，数千里外相逢，自然十分亲切。他们友好地敬烟买水给我，交谈中得知，他们来乌鲁木齐几年了，有的一年回去一趟，有的几年了也没回去过。他们一如在成都的金匠，用福建蒲团金匠发明的石膏模具，一条项链个把小时就搞定了。他们觉得方便、快捷，铸出的首饰漂亮。问他们生意怎么样，他们微微一笑，说有时一天不开张，有时一天能做几单。当然，不该问的就不问，做打金这一行，如果仅仅靠赚加工费的话，喝西北风去吧。

我想，假如身上的钱花光了，就要在乌鲁木齐摆摊打金了，幸好，木箱带来了。和老乡们聊了一阵后，就从袋子里拿出金匠一号的照片给他们辨认，问他们看见他没有，说他是我家亲戚，自去年到乌鲁木齐打金以来，一直没回过家，没打过电话，是死是活，搞不清。他们看了又看，一个劲地摇脑壳，说没见过。"凡是打鼓垄的金匠，在乌鲁木齐，没几个不认得的，这个人的名字听说过，听说他的手艺，在我们中是数一数二的。还听说他是个怪人，从来就不惦记顾客的金子，只收加工费，所以他的生意好得不得了。至于长时间没跟家里联系，就不晓得了。做我们这一行，不出事是假的。"他们很淡定地说。我留下了 BB 机号和照片，希望他们一旦获得消息，就留言或呼我，必当面酬谢。

我把木箱又绑在 1997 上，骑着它，穿过一条条街，一条条巷。

水　仙

　　和黑伢分手的那天夜里，我躲在旅社的床上，在黑暗中，我看见金匠一号鬼鬼祟祟地出现他的一号金铺前，他背着行李袋，趁四周无人，打开卷闸门锁，悄悄地把卷闸门拉上去几十厘米高，弯腰钻了进去，再顺手把卷闸门拉下去，锁死。我的心在"咚咚咚"地跳，心想得赶紧喊黑伢、翠鸟和阿妈来，要不然他很快就会逃走。但是，我似乎不用太着急，他放下了行李袋，在店里转了一圈，打开工具箱的抽屉，把一件件打金工具亮在眼前看了又看，摸了又摸。也许是嫌它们脏了，他从柜台上寻到一块抹布，蘸点汽油，一件件擦拭，不慌不忙，就像战士擦拭枪支。他擦拭过了手锤，擦拭过了钳子，擦拭过了砧铁，擦拭过了拉丝板，擦拭过了焊枪……他坐在工具箱前，将手锤、钳子、拉丝板、焊枪……归拢到工具箱的抽屉里，再把工具箱擦拭干净。也许嫌店里不够干净，他拿起扫把，轻轻地打扫一遍。

我感到好奇怪，他这么不慌不忙仔仔细细，究竟要做什么呢？难道要在店里长久住下去？要开张营业？难道凶手不是他？假如他是凶手，只有蠢货才会回店里来。但是，就连哈利油家人也承认他是凶手了，王警官更是把他列为嫌疑人，瞅他一副逃难的模样，他确实是凶手。他究竟要做什么？过多久才会离开？

正当我百思不得其解的时候，他又让我吓了一跳，只见他将摆放着银饰品和镀金饰品的柜子轻轻地移开，然后揭开地板，出现一个洞口，他顺着搭在洞口的梯子下去，不见了影子。没多久，他又从洞口爬出来，背着工具箱，顺着洞口的梯子下去，不见了影子。一会儿，他又从洞口出现，将鼓囊囊的行李袋丢进洞……他就这样不慌不忙地折腾了大半夜，把店里的金属饰品和一些打金用的材料、酸液乃至日常用品都转移到了洞里，最后，把那个柜子移到洞口遮掩住，再也看不见他了。铺子里空荡荡的，像是被人遗忘了一样。

他是躲在下面的洞里呢，还是从那里逃到了别的地方？要是从那里消失了，怎么得了？要是我和黑伢、翠鸟、阿妈，或者王警官他们能尽快赶到的话，他就莫想跑了。我扯开喉咙喊："黑伢——快来呀，在这里！"但是，没人应，急死人，黑伢哪去了呢，他刚才还在这里呀。"黑伢——黑伢——"我睁开眼睛，天哪，四周黑沉沉的，我躺在床上，住在乌鲁木齐一家陌生的旅店里。

　　我从床上坐起来，着急得出了一身汗。我想，这是上天在给我报信，催我赶紧去抓金匠一号，他就躲在一号金铺的地下室里，那是一间不足十平方米的地下室，一个打金作坊，地上一片凌乱，手锤、钳子、锉子、皮老虎、焊枪等散落一地，工具箱摆在中间，抽屉被拉出来，敞在那里，里面堆满了杂七杂八的东西……

　　天亮后，我离开了旅店，找到一家开了门的商店，先是呼黑伢，接着呼翠鸟，最后呼阿妈。黑伢很快就复机了，我把梦到的事原原本本地告诉他，"快过来接我，赶紧回成都"！但是，他不信。我刚挂电话，他马上又打过来，说来说去，他不信什么梦，还说要是梦是真的话，他不晓得抓了一号多少回了。我告诉他，我是第一时间预感到阿爸被害的，我的预感百分之八十是真实的。

　　阿妈很快就复机了，她说，她一直在监视一号金铺，根本没听到什么响动。我让她赶紧打电话给王警官，要王警官让成都警方出警，把一号抓起来。可恨的是，阿妈也是将信将疑，她也不大相信梦，谁都是。

翠　鸟

　　尖刀顶着我眼睛，如果不交出真密码，我的眼睛就要瞎了。这帮穷凶极恶之徒，没什么做不出来的。我料定过不了这一关，老天，您怎么不帮帮我，让我带走这些钱，和哥哥姐姐阿妈去寻凶，让我跳出这个圈子，去过我阿爸没死之前的那种生活。尽管我苦苦哀求，您也没有回应，难道您在惩罚我吗？我做错了什么？这个世界，难不成还有对错之分？这帮恶徒，现今落在他们手上，只能自认倒霉，在他们眼里，能抢走我的钱，就永远是对的。我骗走摩托车，也永远是对的。

　　他们把我的手脚绑起来，用胶带封住嘴巴，把我关在那间黑屋子里，直到第二天服务员来敲门，我用背死劲地顶门，才获得

了解救。我只说被人绑架了，也没多说一句话，就拖着疲惫的又
酸又痛的身体，悄悄地离开了，我看见在我身后，旅客和服务员
瞪着牛卵子大的眼珠望着我，直到从他们眼里消失。

　　我一瘸一拐地来到大街上，又饥又饿，还好，在身上摸来摸
去，摸到了几枚硬币，在一个早餐馆里，买了两个馒头，几口吞
下了肚。我生怕警察在后面追，不敢走大路，只能走小路，前方
是一片村庄，村庄后面是山林。我来到一个拐弯的地方，那里有
一片草地，不但背风，而且较为隐秘，于是就一屁股坐下来，靠
着土坡休息一会儿，喘口气，捋一捋混乱的思路。我长长地叹口
气，只感到又饥饿起来，转眼一看，背靠的土坡上爬满了红薯
藤，见四下无人，就翻身爬起来，趴在土坡上，把手伸进红薯藤
里，沙土坚硬，尽管扒得手指尖疼，也顾不了了。红薯不大，像
萝卜，我扯了一把草，把上面的泥巴沙子擦干净，就往嘴巴
里塞。

　　也不晓得这叫什么地方，离成都还有多远。像我这个狼狈
相，到了成都，阿妈会吓晕的。BB 机也被抢了，要是阿妈哥哥
姐姐呼我，该怎么办？他们一定猜到我出事了，出了什么事？
他们一定在猜想，一定在着急，一定在想方设法找表哥去打听。
嘿，幸亏表哥不晓得我在哪家货运公司上班，也根本不晓得我在
哪里开起了皮包公司。他是不会去找我的，因为他早就不理睬我
了。但是，要是刘威的公司报了案，在《深圳晚报》上刊登了悬
赏通告，并贴上我的相片，就难保不会晓得，甚至汉哥他们也会
晓得，打鼓垄的老乡都会晓得。那么，这就意味着，我不能再回

到打鼓垄，甚至连成都也不能去，可想而知，警察会根据调查结果，寻到那里去。只等我在那里一露面，就把我抓起来。

现在我猜测的是，第一，刘威的公司已经报案，深圳警方在抓我。第二，刘威公司的老板会不会下血本死磕到底？这是个问题，因为如果这二十二台摩托车值十几万块，超出了老板的承受能力，他就绝不会轻易放弃。当然，如果老板钱多的是，不把这点小钱放在眼里，托老天的福，我就能侥幸逃脱，大可不必在这里东躲西藏了。问题是，我了解那个老板的底细吗？不了解，正因为不了解，所以就担惊受怕。

可怜的刘威，可想而知，他会被老板炒鱿鱼，说不定还要承担一部分损失。现在我也没心思去顾虑他了，我自身都难保。

李桂花

　　我得到水仙提供的线索，心"咚咚咚"地跳，预感这几年来苦苦等待的东西就要来了，要出大事了，但怎么也不相信，那家伙居然会钻到眼皮底下来，他应该晓得，一号金铺是他不该来的地方，这地方早就被我们盯住了。可是，在我监视的这段时间，除了那天夜里听到一声门响外，再也没听到什么特别的响声，也没看到他的影子。他躲在里面，难道我听不出来？难不成自己耳朵聋了？这怎么可能？假如费一箩筐的累把警察请来，到头来闹出笑话，怎么向人家交代？日后王警官还会相信我们提供的线索吗？

　　我想悄悄地去查看一下现场，但要是他真的来了，会不会发现呢？按理说，他还没发现我，要不然他绝对不会来送死。而我不化装一下，要是被他看见了，那不是打草惊蛇？我戴上帽子和墨镜，换上平时出去很少穿的旗袍，提个篮子，站在镜子前一看，哎呀，哪个都认不出我李桂花了。就那样出了门，北风吹来，让人直打战。一号金铺的卷闸门仍然关得死死的，隔壁士多店的女老板也没开门。趁路上的行人稀少，我快步走到一号金铺卷闸门前，取下墨镜，鼓大眼珠瞅了瞅锁孔和下面的地板，上面落了厚厚的一层灰尘。竖起耳朵听了一阵，里面一丁点声音也没有。怎么办呢？水仙说她在梦里看见他躲在里面，可我根本看不出里面藏着人。现在唯一切实可行的办法是去找房东，请他打开卷闸门进去看个究竟，但听士多店的老板娘说，房东到国外去了，也不晓得什么时候回来。

成都警方来了不少人，把一号金铺团团围住。警察在敲了一阵卷闸门见无人回应后，撬开了卷闸门，但是，里面空空荡荡的，柜子里什么也没有，挂在墙壁的金首饰图片落满了灰尘，结满了蜘蛛网。

翠　鸟

　　我流浪到了一个建筑工地，天气很冷，那里有许多穿着解放鞋戴着安全帽的工人在担砖，和水泥砂浆，砌墙，包工头又高又瘦的，见我胡子拉碴，头发蓬乱，衣服邋遢，说不要人了。我说我有力气，只要给口饭吃就行了。他用异样的眼光盯了我好久，就问，你哪里人？住在哪？我说是长沙人，要到成都去会亲人，不料在路上被抢了，身上一分钱也拿不出，几天没吃饭了。他又问，那你夜里睡在哪？我们这里可不提供住宿。我说，后面有个废弃的猪场，晚上可以凑合一下。他叹了一口气，说，那试试吧，只要你肯下力气，不但有饭吃，还有工钱。

　　我二话没说，就捡起旁边的一把铁锹，帮一个老师傅和水泥砂浆，包工头站在一旁，见我身体实在是虚弱，就问老师傅，中午还有剩饭没？老师傅说，倒掉啦。包头说，那麻烦你骑单车去前面铺子看看，买点吃的回来。钱给你。老师傅用疑惑的眼光睃了我一眼，丢掉手里的铁锹，接过钱，走到路边，骑单车去了。几个工人从脚手架上走来，把几个灰桶丢在我脚边，我铲着水泥砂浆，一锹一锹的，把灰桶填满。工人们用疑惑的眼光盯着我，弯腰担着灰桶上了脚手架。

老师傅很快就回来，递给我一个塑料袋，里面装着两个馒头两个包子，我也不管手脏不脏，抓起一个馒头就往嘴里塞，那味道真不错呀，好吃。我一口接一口，狼吞虎咽。包工头始终站在旁边盯着我，说，慢点吃，别噎着。吃完后的感觉就是不一样，肚子填满了，一身的力气上来了。

包工头叮嘱了老师傅一番，就上脚手架去了。老师傅操着一口方言，教我和水泥砂浆的方法，一包水泥配多少锹沙子、放多少水，要搅拌多少次。一包水泥，他两只手轻轻松松搂起走了，我却怎么也搂不起，只感到像一坨死铁那么重。老师傅瞅我不中用，很快就拉下了脸色。我一咬牙，拼出全身的力气，硬是把一包水泥搂抱到十多米外的搅拌地，用铁锹捅破包装纸，把水泥灰倒到沙堆上。

老师傅见我做得越来越顺手，脸上的笑容也绽开了，话也渐渐地多了，问我从哪里来，要到哪里去，家里有些什么人，怎么搞成这个样范。我就一五一十告诉他，说我阿爸被人杀了，出来寻凶手，在一家货运公司好不容易挣到了一笔钱，买了一辆摩托车，结果在路上被人打劫了，身上的钱没了，BB 机没了，摩托车也没了，流落到了这里。老师傅很同情我，下午收工后，就和包工头说，让我夜里住到他家，他家有空床铺。还说，这伢子可怜，做事舍得下力气，活也干得不错，工钱一分也不能少。包工头也看到了我的表现，鼓励我好好干，干一天就得一天的工钱。我自然很开心，一下班，就骑着老师傅的单车，带着他，朝他家里飞奔而去。

做了几天，心情稍许稳定了下来，我就琢磨着该联系阿妈和哥哥、姐姐了，这段时间，也不晓得他们进展如何，有没有发现金匠一号的踪迹。当然，最重要的是他们一定是呼了我无数遍，晓得我一定出事了。究竟出了什么事？或许他们晓得了，或许还蒙在鼓里。但是不管怎样，我必须联系他们。

一天中午，利用休息的短暂时间，我跟老师傅借了点钱，骑着他的单车，悄悄地来到离工地数里外的集镇，在一家顾客少的商店里呼了阿妈的 BB 机。阿妈很快就复机了，一听到我声音，她哭了，问我怎么搞的，她和哥哥、姐姐不晓得呼了我多少回，也不见复机，后来再呼，得到的答复是停机。阿妈把成都那边发生的一切都告诉了我。

黑 伢

　　时值初冬，我骑着1997，拖着木箱跟水仙，从乌鲁木齐出发，按原路走哈密，卓尔山，西宁，兰州，九寨沟，在成都待了几天，过重庆，穿贵州，进入湘西吉首，进入了打鼓垄地界。在集镇入口，在崭新的水泥路旁，一块高高的石碑上刻着"打鼓垄首饰文化之乡欢迎您"，石碑对面是一片新建的厂房，入口的拱门上写着"打鼓垄珠宝产业园"。打鼓垄金匠，华丽转身，在全国各地开起了金银珠宝连锁销售店，打造了之于克思迪、美凯龙、爱上、打鼓垄黄金等一系列品牌，与福建莆田、广东潮汕形成三足鼎立之势，结束了多年来背着箱子、握着锤子天南海北的流浪式生活，成为赫赫有名的珠宝商。

1997 离家越来越近了，家门口的毛公路也成了水泥路，水泥路两边，矗立着一盏盏路灯，摩托车、小车在上面奔驰，乡亲在路边散步，在欧美风格的别墅里打牌，电线杆纵横交错的田野上，耕田机在轰鸣。靠近芜水河的地方，被刷成淡蓝色的烤烟房紧靠着水泥路，顶上露出一排排烟囱。昔日的打鼓垄，在我们眼前消失了。而我们的家，则被打鼓垄遗忘了。地坪上的野草长到半个人深，土砖杂屋里到处是灰尘草屑及被老鼠刨出的土堆，屋顶塌陷，墙壁现出水流的痕迹，牛栏里结满了蜘蛛网，牛粪已干枯。大门上的锁生出了红色的铁锈，我用石块砸开，推门进去，一股难闻的气味涌出来，到处是蜘蛛网、老鼠光顾留下的痕迹。推开那张门，棺就展现在眼前，还好，棺上盖上了塑料薄膜，掀去它，棺上的红漆虽然有些灰暗，但是没掉。

我伏在棺盖上，诉说着这几年来一家人所经历的寻凶往事，禁不住流下了无助的泪水。我哽咽着对阿爸说，现在，金匠一号仍然在逃，警方的网上追逃也毫无结果。我说，阿爸，我至今也搞不清自己究竟是不是郎嘎亲生的，在几年前的那个夜晚，金匠一号当着我的面，说他才是我的亲阿爸。当时我羞愧得无地自容，感觉这个世界多么荒唐无耻。我问阿妈，她起先遮遮掩掩，后来索性骂金匠一号是一派胡言。我为此忐忑不安，为郎嘎感到羞辱，为阿妈和金匠一号感到可耻，为自己感到难堪。

翠 鸟

　　黑伢跟水仙回家不久，我跟阿妈也从昆明坐火车赶回了家，我们获得线索，寻遍了昆明的大街小巷、车站码头、工地矿区，连金匠一号的鬼花子也没见着。

　　我们一家人将房前屋后屋里屋外，收拾得干干净净，请瓦匠将屋顶修葺一新。那天，我们特地来到阿爸被害的地方，曾经的刺蓬跟枯井不见了，被开发平整的土地上，种上了一株株黄桃树苗。我们在黄桃树苗间走来走去，悲伤地寻找枯井的位置。

　　当我们回家时，在前方的水泥公路旁，停下一辆蓝色的小车，从里面钻出两个高矮不一的男人跟一个胖胖的女人，三人迎着我们走来。陌生的面孔，预示着不祥。我没有转身逃跑，迎着他们走去。果然，三人挨近我后，高个子男人亮出证件，说："我们是深圳市公安局刑侦队警察，你涉嫌一个案子，请配合我们调查。"说完，矮个子警察掏出手铐，"咔嚓"一声给我戴上。那家伙明晃晃地刺眼，像一把尖刀捅进胸膛，好在锥心的痛感，并没持续多久，我微笑着，像磨盘一样压在心头的重负消失了，但是阿妈、黑伢、水仙的眼神，陌生而绝望，我心难安。我恳求高个子，给我一点点时间，让我回去跟家人说几句话，高个子微微一笑，点了点头。

在路上，水仙的脚软得都快站不稳了，她扯着胖女人的衣袖，低声说："多大的事？""多大的事？"胖女小声说，"没多大点事。"然后，就轻轻地拉开了她的手，不声不响地跟上来了。水仙跑了几步，又扯住矮个子的衣袖，低声说："多大的事？"矮个子瞅了她一眼，也轻轻地拉开了她的手，说："没多大点事。"黑伢走在我前面，他挺着笔直的身子，手插在裤兜里，大摇大摆地向前走，不急不慢，挡着我的身子。赶猪匠站在岔路口，大约克丢下他走去了好远，他眼睛远远地盯着，当我们就要跟他擦肩而过时，他对黑伢说："哪里的客？"黑伢说："哦，几个朋友。"我紧跟着黑伢，盯着他的后脑勺，不晓得赶猪匠看见我的手铐没有，虽然我把它隐藏在衣袖里。后来在路上又碰见了李春秀跟裤子。我们一行人都没作声，像哑巴。

一进屋，阿妈就扯着我的衣袖，进了她的睡房，胖女人跟着进来，瞅了瞅里面，被我请了出去，我顺带关了门。阿妈的眼光一触碰到那白晃晃的手铐，就像一袋面粉一样倒了下去。我跪在她面前，扯着她腰间的皮带，用力往上提，说："没多大点事，只不过拿了人家一点点家伙。"

她的眼睛死死地盯着我，像是不认识自己的崽一样。

我微笑着，盯着她，低声说："只不过拿了人家一点点家伙。"

"还回来做什么？蠢得死！"

"回来见阿爸一面。"

阿妈没作声，站起来。但我却跪在那里。

"起来。"

"阿妈。"

"起来吧，蠢崽。"

"郎嘎还没答应。"

"拗不过气。"

"阿妈。"

"蠢崽。"

黑 伢

　　他们仨站在房门口，水仙给他们端茶，让座。他们坐下来，高个子喝了一口，抬了抬手腕，对着门说，时间不早了。矮个子站起来，敲了敲门，对着门说，时间到了！但是，没有应答声，只听见屋里传来阿妈的哭泣声。矮个子又敲了敲，门"吱嘎"一声开了，翠鸟出来了，我突然挤在中间，转过身，把他堵在门里，说，不能走！高个子说，我们在执法。我说，哼，不去抓杀人犯，却来抓寻杀人犯的人！高个子说，小兄弟，此话咋说？我说，你们去派出所了解了解，我阿爸被人杀了，凶手至今逍遥法外，你们怎么不去抓？我们是深圳警方！我说，嘿嘿，深圳警方？你们怎么找到这里的？骗鬼嘞！这是逮捕令，小兄弟，看清楚，阻挠是犯法的！我说，带人可以，叫派出所的王警官来！胖女人说，小兄弟，你倒是说说，你父亲是怎么回事？

水仙突然扯住胖女人的衣袖，跪在她面前，诉说着这几年来我们一家人所经历的寻凶往事，一把鼻涕一把眼泪。这时，从房里传来了号啕大哭声，那是阿妈的哭声，凄凄惨惨，我也禁不住流出泪来。

妹子，你起来。胖女人挣脱水仙的手，去扯她，但是水仙甩开她，说，既然你们不去抓凶手，就不能抓我弟弟！胖女人说，你父亲究竟怎么死的？水仙端起一只手，用袖口抹了一把泪，就把阿爸被杀害的经过断断续续地说了。胖女人说，这个要找你们当地公安局，找我们没用！水仙说，反正我不管，你们是公安，就得管！胖女人说，不讲道理！我说，谁不讲道理？去找你们公安多少回了，你们一时说没线索，一时说经费不足，一时说正在办理，到今天，还是个卵样！你们的事，我们回去了解了解，但确实不关深圳警方的事，请你们配合，不要再阻挠执法！高个子把声音提高了八度。我挡住门，矮个子跟高个子一齐扑上来，我一拳打在矮个子的额头上，不久就跟他们扭打在一起。这时门又开了，二人冲出来，阿妈大声喊，黑伢！黑伢！这时，高个子跟矮个子架住我的胳膊，反扣住我的双手，我逼得弯下腰，像个罪人。阿妈说，他还不懂事，请松手！高个子跟矮个子喘着粗气，高个子对胖女人说，带翠鸟走！我喊道，——阿妈！阿妈说，蠢崽！

黑伢

　　我们选择了良辰吉日，请师公道人为阿爸做了道场，负责开山的几个乡亲把堵塞了的、长出杂树茅草的土眼清理干净。在上山之前，应阿妈的请求，帮忙的乡亲撬开了棺，我们惊奇地发现，阿爸的尸骨竟然完好如初，当年被法医缝合皮面的针眼清晰可辨，但阿爸的眼睛，仍睁在那里。那枚银戒指，竟从嘴里滚了出来，落在身边，暗淡了。阿妈随即失声痛哭，呼天抢地，被几个乡亲架开。净尸人把银戒指捡起来，放在盆子里清洗干净，依照我们的心愿，重新塞进阿爸的嘴里，并抹下他的眼皮。我把曾经陪阿爸走南闯北的木箱，陪我走天涯的木箱，那黑油油的木箱，连同那些工具，一并放进了棺，让它日夜陪伴着阿爸。我抚摸着它坚硬的质地，嗅着它熟悉的气味，一瞬间，热泪涌出眼眶。

　　锣鼓叫，响铳响。我跟水仙穿着孝衣，拄着哭丧棒，走在抬重的队伍前，朝土眼的方向缓缓前行。在队伍的上空，一群老鹰张开又宽又大的翅膀，排成一排，一会儿飞得高高的，一会儿飞得低低的，发出"嘎——""嘎——"的悲鸣声，等棺被抬到山坡上的土眼边时，它们仍然在上方盘旋，直到棺落进了土眼，最后被掩埋，才悄悄地离去。

李桂花

　　我头顶雪白的手绢，腰系蓝印花布围裙，举着一根丈把长的竹扦担，往猪栏顶上的稻草垛一挑，"嘭"的一声，一捆扎实的稻草坠在脚边的走廊上，腾起一股灰。我提着稻草，连呛两口，来到灶屋的角落，解开草缚条，顿时，一股去年秋收的干稻草散发出的暖烘烘的，火焙桃花鱼一样的，新年头米饭的，金匠一号胸脯跟手臂上黑毛的，香气，在灶屋里漫溢，直抵肺腑。我麻利地绾着稻草结，用火杖推进灶膛，稻草结烘烘燃烧。通红的火舌头，舔着我的额角，亲着我的眉毛，吻着我的鼻尖，将我的脸灼得通红。我揭开盘箕大的杉木盖，"哗啦哗啦"的声音炸开了锅，乳白色的蒸汽腾起来，吞没了我，吐出了我。猪食的气味，喷香喷香。我抄起灶上的一根梨木杖，将大半锅猪食拌起一个个旋涡，又掺进去半簸箕碎萝卜菜，半簸箕碎白菜，半簸箕野艾蒿。半个小时后，当我再次揭开锅盖时，锅内的成色五彩斑斓，锅内的气味香醇香甜，我弯弯的眉毛云卷云舒，嘴角的蜜笑激荡。

我提着精心制作的满盆美食，流水般地来到坪场前的香樟树下，双手到嘴边，"唧唧唧"，"喽喽喽"，吆喝声响出很远，宛若呼唤在野外玩耍的细家伙回家恰饭一般。汗珠挂在额间，嵌在细小的皱纹缝里，顺着我的长脸庞流进胸前的乳沟。十五头仔花猪，乌云盖白雪，脖系银项圈，丝颈葫芦肚，耳薄体毛稀，猴子脚板狮子头，在凉爽湿润的壕沟下，泥巴里，打滚，刨土，戏耍。它们一听到吆喝声从壕沟里一跃而出的姿势，格外迷人。飞扬的四蹄，鼓点般地敲击着滚烫的地面，扔下一路"蝈蝈蝈"的尖叫声，箭一般地奔到樟树下的食盆边，你推我搡，挤进挤出，一袋烟工夫，就将满盆猪食啃个精光。挂在头皮和腮角的猪食，一粒粒，一颗颗，亮晶晶，闪莹莹。它们打着饱嗝，拖着沉重了、鼓胀了的肚皮，懒洋洋地进了猪栏。

我提着猪食盆进了灶屋，搁在潲缸上，舀了一瓢清水洗干净，在蓝印花布围裙上擦了擦手，就扛着耙子，出了门。阳光明媚，远处空旷的田野上，一台"铁公鸡"在"突突突"地鸣叫，声音响去很远，那是黑伢在犁田起垄。近处的田间，七八把锄头扬起又落下，落下又扬起，在清沟，领头的戴着一顶雪白的草帽，一件红衣格外打眼，那是水仙。

在去北阳坡的路上，我不时往嘴里丢一粒瓜子。

赶猪匠

　　我一屁股坐在桥上的石礅上，摸出叶子烟，公猪在河堤转弯处拐上了田埂，走走停停，嗅来嗅去，上了北阳坡的山路，经过塘基，菜地，走向坟地。我扔掉烟蒂，一瘸一拐地赶去。

　　它站在坟边上，回头朝我"咕咕"叫。我琢磨出了点什么事，来到坟边，一股大蒜气扑鼻而来。坟上的杂草筷子深，草里趴着一个人，胯跨开，衣裤上沾着泥土，两手插进土里，脑壳对着金匠二号的墓碑，埋在草丛中，只看见一头白发。苍蝇飞来飞去，有的落在草叶上，有的落在衣裤上，"嗡嗡嗡"叫。我吓得直打战，离开时差点跌倒在下边的菜地里。我喘着粗气，赶到坡那边的山嘴，把手窝在嘴边，朝远去的田里喊："快来嘞！死了人嘞！死了人嘞！"

喊声响出很远，起先那些做事的呆呆地望着我，等反应过来后，就扔掉手里的家伙，冲上田埂，火烫伤卵一样地跑来。最先跑来的是黑伢，他打着赤脚，绷着脸，喘着粗气。第二个来的是哑巴，他骑着摩托车，搭着猴子。我二话没说，带他们来到坟上。

黑伢瞅着死者，蠢了一样，我寻思他在想什么，因为人死在自家坟上，必定与自家有牵连，但为什么要死在自家坟上？要死，也要死在人家屋门口。

哑巴折了根树枝，要看死者的脸，被猴子一把抢了，猴子朝他比画了几下，他就骑上摩托车"呜呜呜"地去了。

不久，哑巴载着老支书来了，老支书瞅了现场，就叫哑巴搭猴子赶快去派出所报案。

看热闹的人从四方八面赶来，像看戏一样，把墓地围得水泄不通。李桂花跟水仙挤进来，兰癫婆跟裤子挤进来，都被老支书凶住了。

人群让出一条路，警察带着治安员来了，治安员大声呵斥着人群，拉开警戒线。警察戴着手套，拍照，拿尺子测量，画现场图。王警官也来了，我认得他，在调查金匠二号的案子时，他找过我几回。他问一句，我答一句，一个女警察在旁做笔录，完了，叫我在笔录上签字。我说，我不会写字，她就拿出印泥，叫我按了手印。

一个瘦瘦的警察小心翼翼地把死者的两手拔出来，发现沾满泥土的左手间，戴着一枚戒指，拍照后，他用刷子小心地刷去指间的泥土，取出戒指，放进一个塑料袋。把尸体翻过来，拖到坟边后，人群里随即传出一片尖叫声，死者上衣扣子掉光了，胸脯上的肉青一块、紫一块，中间露出一丛黑毛。眼睛睁着，瞳孔细了。瘦警察提取了死者嘴巴边跟鼻孔上的残留液，王警官则叫兰癫婆、裤子、黑伢、李桂花一个个辨认，做笔录，签字，他们都证实死者就是金匠一号。兰癫婆跟裤子掩着鼻子，哭了。

看热闹的人一脸惊骇，你一句我一句，七嘴八舌的。老支书叫了几个人，把尸体抬到死者家门口的地坪上，盖上了白布。

在等县里法医来的过程中，瘦警察从塑料袋里小心地取出戒指，用刷子刷去上面的泥土碎末，伸到眼前，一束明亮的阳光射来，清晰地照出上面雕刻的一个箍，在场的一个金匠说：

紧箍咒！